U0024697

幻獸志異
7 不死大軍
龍人 策劃 雨魔◎著

如同**魔獸世界**一般，馭獸齋擁有許多不同寵獸的角色，有的凶猛殘暴，有的純真可愛，有的忠心護主，有的見利忘友。擁有不同功能的寵獸，就像量身打造的個性裝備，寵獸們將與主人共同冒險犯難、打擊罪惡，探索未知的世界。

故事背景

三十世紀，地球上所有的國家和民族都統一在聯邦政府的大旗下，

幾個世紀後，人類成功在地球以外的方舟、夢幻、后羿三個星球定居下來。

由於地球經過三十個世紀的開採，資源遠遠少於其他三個星球，

聯邦政府也移居到后羿星。

人類對外界物質的研究彷彿到了盡頭，轉而致力於開發人類自身的潛能。

人類的身體非常脆弱，

雖然通過一些古老的功夫修煉，來達到強身的目的，但是並非每一個人都適合修煉，

要想達到一定的程度，動輒就是幾十年，實在是太久遠了。

於是，科學家們想利用一種簡單有效的方法，來取代按部就班的修煉，

幾十年過去了，終於讓他們研究出來利用其他生物來彌補自身缺陷的不足，

而且瞬間合體後DNA的組合，可以讓人類擁有該生物所獨有的本領，強化肉體。

在以後的幾個世紀裏，培養寵獸蔚然成風，

不只是聯邦政府每年投資大量資金在該研究上，

四大星球的各大財團也每年投入大量的人力物力，
就連有興趣的個人也會在家弄個實驗室來研究。
身體素質的提高將能更好的和寵獸合體，發揮出更強的實力，
因此武術武道武館再一次的興起。
然而好景不常，自身本領的極大提高，使人類的好勝心再一次顯現，
聯邦政府在巨大的衝擊下宣佈垮台，四大星球各自獨立分為四個星球聯邦政府。
據傳說，聯邦政府在垮台前，把每年研究寵獸的失敗品封鎖到一個秘密的地方，
而更在垮台後，將尚未成功的高等獸的實驗品統統封鎖在那個秘密地方，
後世之人將這個秘密的地方稱為——力量之源。
據說，只要能夠達到那裏，你就掌握了全世界，
因為只要從這裏隨便得到一隻高等獸，你就可以縱橫四大星球，唯你獨尊了。
聯邦政府有鑒於高等獸和人類合體後所發揮出來的駭人力量，
在垮台前將所有關於寵獸的寶貴資料付之一炬，
從而直接導致人類在這方面的研究倒退到最原始的地步，研究也停滯不前。
在大戰中倖存下來為數不多的幾隻七級護體獸，也就成了現今人類所知的最高級寵獸。
而威力強大的神獸，只有在夢中尋找，主人公的傳奇也就在夢中開始了……

四大星球

地球：人類的母星，是人類最早居住的地方。雖然地球的經濟與政治地位均低於其他星球，但是總有一些擁有強大力量的修煉武道之人隱於地球。更何況，地球有兩座聞名四大星球的高級武道學府：北斗武道、紫城書院，武道人才充沛促使地球可與其他星球分庭抗禮。

后羿星：地球外最先被發現適合人居的星球，地質地貌與地球無二，同樣是個蔚藍的星球。由於聯邦政府將總部從地球移到后羿星，后羿星一躍成為四大星球的政治中心，並發展迅速。四大星球中最有名的崑崙武道就在后羿星。而四大星球首屈一指的產藥集團「洗武堂」也設有頗具一定規模的附屬學校，培養了大量的醫藥人才。

夢幻星：夢幻星地勢平坦，多平原、丘陵，物產豐富，能源充沛，為各財團所看重，經過數十年的治理，很快成為四大星球經濟最發達的。此時習武成風，冷兵器與熱兵器同樣重要，夢幻星的「煉器坊」便是以此聞名，煉器坊的附屬學校每年為各個星球輸送了大量冷熱兵器方面的人才。

方舟星：最後一個被發現的星球，有著大面積的海洋湖泊，是一個以水為主的星球，少陸地。但是資源豐富，經濟發達。由於開發得不夠，這個星球比其他星球都充斥著未知的秘密和危險。

寵獸等級

寵獸分為一到九級，而每一級又分為上、中、下三品。

一到三級稱之為寵獸，較為常見，寵獸店能夠輕易地買到，但攻擊力不強，主要用來作一些輔助的用途，又被人稱之為奴隸獸。

四級到七級稱之為護體獸，四級和五級的護體獸較常見，寵獸店的搶手貨，不過越是高級的寵獸越脆弱，在未長大之前很容易死亡，四級以上的護體獸能夠大幅度增強主人的攻擊力，級別越高增強的幅度越大。

六級的護體獸就比較罕見了，千金難求，在寵獸店也很難見到，但仍可以在某些大型寵獸店買到，一般六級護體獸都會作為一個寵獸店的鎮店之寶。

七級的護體獸非常罕見，可以說是無價之寶，從百年前到現在四大星系數百億的人口中，據說能擁有七級護體獸的不超過十個，而在上個世紀大戰中倖存下來為數不多的七級護體獸，也不知散落在四大星球的哪個角落裏。

七級以上的稱之為神獸，力量之強大無與倫比，合體後力量更是非人力所能達，這種超強的力量一直為人所津津樂道，也因此有人把七級以上的神獸稱為高等獸，而七級以下的稱為低等獸。

七級獸處在中間，關係就比較曖昧，七級獸是最有可能升級躋身到神獸行列的寵獸。

但是由於到現在還沒有七級以上神獸出世的傳說，所以擁有一隻七級護體獸就成為了天下習武之人的夢想！

聯邦政府在毀滅前將所有資料付之一炬，仍有流落在民間的寶貴資料被保存下來，一些有心人在暗中默默地繼續研究。

那些在大戰中逃散的各級寵獸，有很多沒有被戰後的人類捕捉到，就和普通獸類在另一個世界中悄悄衍生自己的後代，也因此，人類世界不再寂寞，更有千奇百怪的獸類充斥在星球中人類痕跡不及的地方。

馭獸齋傳說

卷七 龍獸魔宮

CONTENTS

目錄

第一章　漫天火蟻

七小環繞著，我騎在小狼的背上，伴隨著精靈族的身旁，這麼多天的相處，戰馬已經習慣了強大的七小的存在，只不過有時七小忍不住戲弄似的朝牠們露出鋒利的牙齒，仍使戰馬們嚇得如同篩糠般瑟瑟發抖。

我們從林子的另一邊穿出去，順著林子的邊緣繼續地向前走著，氣氛出奇地放鬆，太陽也難得地露出臉來，使我們得以享受陽光的溫暖。

忽然，騎士們的戰馬不安地輕微嘶鳴出來，不聽話地停在原地不願往前走，出於安全考慮，兩個精靈法師一塊飛到半空中偵察前方的路上是不是有什麼未知的危險。

我也飛到空中觀察著前方的路，前方一條路蜿蜒的向遠處延伸，路面平坦，靜悄悄的山林中只有不時的鳥叫聲，並沒發現什麼不安全的東西。在七小的驅趕下，戰馬不樂意地繼續向前行進著。

不過雖然沒有發現危險，我仍把自己的六識提到最高，警覺地觀察著四周，這些動物憑藉著本身的直覺，懂得躲避危險，我想牠們不願行走一定是有原因的。

我吩咐精靈們小心些，六位精靈戰士已經將背後的長弓拿在手中，隨時可以向突然出現的危險物發動攻擊。

又向前走了幾百米，忽然七小停了下來，警覺地豎起耳朵。我打了個冷顫，因爲我也感到了一些什麼，前面一定有危險在等著我，就在我想著是不是要親自前去觀察一下的時候，一票奇怪的怪人從我們右邊的森林中倏地衝出來，揮動著手中的斧頭向我們呼喊疾馳而來。

聖琪失聲喊道：「半人馬！」

我們所騎的戰馬是經過嚴格訓練過的，但是沒想到在面對半人馬的時候，竟然哀鳴著向後退縮。我大驚，難道半人馬天生可以克制戰馬嗎？

更讓我吃驚的是，大概百多人半人馬停在後方，手中拿著比精靈們還要強的硬弓，已經開始了第一輪的弓箭攻擊。

刺耳呼嘯的箭羽，如一道道流星向我撞來，盡顯半人馬的臂力，這絕對不是精靈們可以相比的，精靈們雖然箭法很準，可是零星的反擊，根本無法對他們造成任何困擾。反倒是我們在對方的箭雨中顯得異常狼狽。

騎士們最是不堪，由於戰馬的極度不配合，令他們在第一輪的箭矢攻擊中就有幾人受了輕傷。還好我的狼寵和精靈們身下的黑豹並不懼怕半人馬，才勉強穩住陣腳。

半人馬的攻擊一停止，幾個精靈法師們立即對受傷的騎士進行魔法治療，暫時可令他們恢復戰鬥力。

聖琪恨恨地道：「該死的半人馬，竟然狡猾地偷襲我們，在獸族中就屬半人馬部落最狡猾，他們怎麼會知道我們從這條路經過，還懂得埋伏在林中，不讓我們的法師發現他們！」

矮人們此時已從最前面退了回來，三族的人馬靠近在一起，對抗著半人馬的攻擊。在箭雨的掩護下，十幾個高大的半人馬已經快要衝到我們的面前。矮人王望著衝過來的半人馬狠狠地咒罵了兩句，拿起腰間的酒袋大口灌了一口，哈哈大笑地讚美了兩句，翻身下馬向半人馬衝過去，其餘幾個矮人勇士也下馬跟上去。

當下一個高大的半人馬重重的一斧頭向矮人王砸去，可惜矮人王實在太矮了點，而他又太高了點，面對半人馬兇狠的攻擊，矮人王哈哈大笑著輕鬆地一矮身閃了過去，闖進半人馬隊伍中。

矮人王靈巧地避開一個半人馬向他踢來的一腳，甩手給了那個傢伙一錘，只聽「喀嚓」一聲，半人馬竟被他給敲斷了一隻腿，難以支撐身體，頓時跌翻，矮人王錘上的魔法火焰也令半人馬痛苦萬分。

其他幾個矮人勇士也學著矮人王的方法，在半人馬隊伍中一邊閃躲一邊抓住機會敲半人馬的腿。

矮人們的矮小身軀終於發揮了優勢，半人馬根本拿他們一點辦法也沒有。我和聖琪瞠目結舌地看著矮人王帶領著幾個矮人輕鬆地將十幾個半人馬給解決了。

矮人王樂呵呵地一邊喝著美酒，一邊高聲讚美酒神釀造出這麼美妙的酒來，給他們帶來了好運。

要是他們知道他們所讚美的酒神只是一個不起眼的肉乎乎的蟲子時，臉上的表情一定精彩極了。

半人馬剛一出來就損失了十幾個人，這時候謹慎地望著我們沒有立即繼續攻擊。聖琪也趁這個空隙告訴了我半人馬的由來。

半人馬據說是遠古的獸族和野馬交配的產物，下半身呈現馬的特徵，上半身呈現人的特徵，半人馬是獸族所有生物中最具智慧的一族，由於他們可算是馬的一支，所以一般的戰馬見到半人馬都會心生恐懼不敢面對他們。可以說半人馬是人類騎士的天生的剋星。而且半人馬精通射箭術，由於臂力佔優勢的關係，他們也能夠克制住精靈族的箭手們，所以獸族的半人馬才是真正令各族煩惱的部落。

只是沒想到，矮人憑藉自己身矮的「優勢」，竟然可以克制住半人馬，這恐怕是所有人都不曾想到過的。

我問：「對方還有大概兩百來人，我們該怎麼辦？」

聖琪苦惱地望著前方虎視眈眈的半人馬道：「人數懸殊，我們恐怕不是他們的對手，矮人王雖然可以克制他們，可他們要是只放箭不進攻，我們只能落荒而逃。」

我瞥了一眼半人馬身後的箭筒，恐怕每個半人馬都背著上百支的箭矢，想要等他們射完，估計我們也完蛋了。

聖琪雖然表情看起來很苦惱，不過不時地向我瞥來一眼，使我知道他是想讓我上去驅趕這些半人馬。

我在對付比蒙巨獸所展現的實力，使他記憶猶新，他絕對相信我一個人可以把這群半人馬給幹掉。不過他也知道我不會輕易出手的，所以故意裝作苦惱的樣子，不下任何命令。

要我一個人對付這群半人馬，雖然我可以做到，卻不是一件很輕鬆的事，而且自從那天我感覺到有人在暗地裏觀察我時，我一直在隱藏自己的實力，我還不想立即暴露實力。

畢竟那是我要用來對付惡魔用的，當然對付這些半人馬也用不著我使出全部實力，我微微笑道：「我來開路，你們跟在我身後，衝過半人馬的阻攔。」

聖琪見我主動提出來，頓時精神大振，一聲令下，所有人都蓄勢待發，矮人王和矮人勇士們也重新上馬。半人馬們見我們的樣子知道我們要有所動作，手中的弓紛紛搭箭，只等我們一動就射過來。

我對著身周圍躍躍欲試的七小吼了一聲，六隻雪白的小狼倏地躥了出去，急速地向半人馬掠了過去，半人馬們大愕，看著即將掠至他們身前的小狼們，慌忙將手中的箭射出。

然而小狼們彷彿比箭羽的速度還要快，遊刃有餘地在百多支箭組成的箭雨中忽前忽後忽左忽右地奔跑著。

我摸了摸身下的小狼，牠低沉的吼聲在告訴我，牠已經等不及了，我大喝一聲，身體倏地猛的躥出去。聖琪一見我動了，立即令所有人緊跟在我身後向半人馬列出的方陣衝去。

我喚出「盤龍棍」，這個用來對付半人馬們倒是絕好的武器啊，「盤龍棍」在我意念的指揮下，變得非常的長，大概有七八米左右，我猛地揮動「盤龍棍」，金光閃爍的「盤龍棍」順利地將幾個半人馬給砸翻在地。

七小靈活的在半人馬中來回跳躍跑動著，牠們鋒利的爪牙就是最有力的武器，在靈活的速度配合下，很多半人馬都被七小輕易的給撲倒在地，他們依仗的力量和弓箭在七小的爪牙下發揮不出一點威力。

二百來人的半人馬隊伍，因爲我和七小的衝入，頓時亂了陣腳，跟在我身後的矮人、白銀騎士和精靈勇士們毫不手軟地將那些腿折斷倒在地上沒有什麼還手之力的半人馬給解決掉。

在我們通力合作下，二百多的半人馬亂成了一鍋粥，大勢所趨，十幾個半人馬倉皇的向林中逃去，不過卻仍有幾十個半人馬勇猛地阻擋著我們，但卻又不和我們硬碰硬，這令我心中產生一絲疑慮。

大勢由我們控制，顯然在這種情況下，我身邊的勇士們是不會願意就這樣輕易離開的，這是消滅這些半人馬獸人的大好機會，何況這些半人馬獸人對幾族的危害是最大的。

忽然，我靈敏的捕捉到一種極細微的「簌簌」聲，正從遠處傳來，那是什麼東西摩擦樹葉發出來的聲音，突然幾聲哀嚎從遠處傳來，那是半人馬的慘叫，我向著林中望去，頓時頭皮發麻。

鋪天蓋地的火蟻從遠處飛快地向我們爬來，那種令人難受的聲音就是火蟻爬行時發出的聲音。

看著這麼多的火蟻，我沒來由地感到身體非常癢。聖琪和其他人這時候也發現了正快速向我們靠近的火蟻，神色大變道：「大家小心，逃跑的幾個半人馬觸動了火蟻。」

我神色凝重道：「那些半人馬是故意引出火蟻的，而非是不小心碰到，那幾十個纏著我們的半人馬在給牠們創造時間。」

第二章　祭祀的愛情

「大家快退後！」我高聲喊道。

我攔著剩下那二三十個不要命攔著我們的半人馬，白銀騎士和矮人戰士迅速向後退去，精靈族的姑娘們臉色發白地跟在我身邊。

放眼望去，整座林子好像都是火蟻的天下，這麼多的火蟻，我懷疑這裏哪有足夠的食物夠牠們填飽肚子的，時間不夠我想這些無聊的問題，我強迫使不願離開我的精靈們跟著矮人們向林子外退去。

成千上萬的火蟻好像瞬間就撲到了眼前，幾十個半人馬獸人轉眼間就被火蟻流給淹沒了，僅僅來得及發出在這個世界最後一聲慘叫。

擁有強大力量的七小顯然也不知道該怎麼面對如此眾多的火蟻，低吼著發出警告聲，徘徊在我身邊，火蟻如同潮水一樣在淹沒了那些半人馬獸人後接著向我席捲而來。

七小怒吼一聲，一對肉翅隨即展開，帶著我飛到了半空中。我看著牠們肋下薄如羽翼的翅膀，心中暗暗納悶，不知道這些傢伙何時長出翅膀的，我還記得以前牠們飛行都是不用翅膀的。

那些火蟻遲疑的望著飄浮在空中的一人七狼，隨即向前面撲過去。

我迅速取出神鐵木劍，全力催動體內雄渾的內息，將其轉化爲純陽屬性，內氣生生不息的產生，源源不斷地灌注在神鐵木劍中，身邊的溫度急劇上升，神鐵木劍身上隱現火光，火苗不時的吞吐著。

我大喝一聲，向下狠狠的劈去，很多火蟻發出「吱吱」的聲音被神鐵木劍上的烈火化爲灰燼，更多被燒焦冒煙的火蟻仍生命力旺盛的向前面的勇士們撲過去。

我馬上醒悟自己忽略了一件事，這些大個頭的螞蟻既然被稱爲火蟻，當然和火有一定的關係，現在看來，應該是具有相當的抗火能力。

我吐了一口氣，望著下面的林子，心中產生了一個驚人的念頭，我加倍地將內息灌注入神鐵木劍中，這一次連神鐵木劍彷彿也要燃燒起來一樣，整把劍不停地向外釋放著火光。

我驀地發力，一道由純火焰形成的劍在神鐵木劍的劍尖向前延伸開，滾滾熱浪推擠著四周的寒風，我一聲大叫，手中的神鐵木劍幾乎就化作了火劍，瞬間工夫，眼前的幾棵大樹迅速燃燒起來，接著就是在牠們附近的大樹，很快一片林子都燒了起來，滔天的火浪，極爲嚇人。

還沒有從林中出來的火蟻紛紛葬身於火海，即便牠們有再強的抗火性，像這種可以毀滅一切的火焰，牠們也是無可奈何的。

我四處將僥倖逃脫的火蟻給消滅掉。風助火勢，林中的火越燒越大，向更遠的方向傳播，我想這些火蟻的巢穴恐怕也會受到這種可怕大火的波及，就此滅種了吧。

火浪幾乎將整片天都給映得火紅一片，我在心中爲這些樹木祈禱著，爲自己的行爲感到愧疚，這場大火不知道要毀滅多少生物。不過，我知道大火過後，這些樹木還會再活過來的。

突然我隱約在閃躍的火光中看到巨大的圓球在滾動，而且是在向林外滾動。我駭然地看著直徑幾米之巨的燃燒著的火球滾出了林子，又滾出去十幾米，忽然，圓球發出「嚓嚓」的怪聲。

圓球轟然從中間裂開，我汗毛直豎地看著數以萬計的火蟻紛紛地從圓球中爬出來，甩動著腦袋，活動著那對寒森森的大牙。

我還是第一次看到這麼團結力這麼旺盛的生物，所有的火蟻抱在一起，形成一個圓球，結果大火只燒死了在周邊的火蟻，而保全了裏面的眾多火蟻，活動了幾下後，火蟻確認一下目標，繼續向正在拚命退後的勇士們追去。

「他媽的，竟然還有這種事！」我眼睜睜地望著無數的火蟻逃離了大火，繼續追趕過去，精靈族的神箭手們根本對牠們沒有任何威脅，羽箭幾乎連牠們硬殼的一半都不能穿透，而且如此多的火蟻，精靈射手們即便再怎麼快，也無法做到一下把牠們全幹掉。

我心中驚歎半人馬獸人實在太強悍了，為了殺死我們，竟然寧願以自己的生命為代價，引出這些兇狠絕倫的生物。

為了勇士們的生命，我唯有使出全力揮起神鐵木劍，在後面追趕著消滅這些火蟻，可惜效果實在有限。要是有時間的話，我可以在神鐵木劍中封一些三昧真火，對付這些火蟻將會容易許多。

火蟻群實在太多，殺不勝殺，眼看火蟻就要逼近勇士們，我不禁泛起一股無力感。

熊熊大火後面正有一雙陰險的眼睛注視著這一切，看著眼前即將被火蟻給吞噬的所謂封魔勇士們，他嘿嘿的冷笑了幾聲，心中想著那個讓他感到厭惡也令他深深感到驚懼的墮落精靈，這下該滿意了吧，殺死了所有封魔勇士，只留下那個好像有點實力的神使。

寒冷之源！

大雪紛飛，寒風呼嘯，溫暖如春的石洞中，異常妖豔的墮落精靈，正在一塊藍色水晶面前，緊緊的注視著大火和垂死掙扎的勇士們。當然還有那個令她心中十分不自在的神使。

神使的出現令她對惡魔的信奉產生了一絲動搖，令她原本堅硬如鐵的心有了軟化的傾向，但是那些整天圍繞在神使身邊的女精靈們令她深深地憤怒了，所以她吩咐手下最得力的僕人解決那些礙眼的精靈們。看著即將被火蟻給吞噬得一乾二淨的精靈們，她打心底露出了歡欣的笑容。

藍色水晶在火光下也顯得一片火紅，照在神使的臉上，她訝異男人竟然也可以這麼迷人，不自覺伸出手在神使臉上撫摩著，雖然摸到的是藍水晶，她卻仍感到很欣慰，彷彿纖嫩的玉手正在神使的臉上溫柔的摩挲著。

森林大火仍在蔓延著，除非此時天降暴雨，否則誰也無法阻止它的勢頭。

我努力的揮舞著神鐵木劍砍殺著眾多的火蟻，奈何一人的力量始終有限，雖然我有信心可以把這些火蟻全部消滅，可是我卻沒有足夠的時間了，在這一刻，我是多麼的想念大地之熊，有牠在，我也不至於如此狼狽了。

可惜失去了宿體的大地之熊，現在只能苟延殘喘著，除非我能把「大地之厚實」給重新煉造一番，使其恢復往日的力量，不然，「大地之熊」永遠也無法發揮牠的力量！

最後一個白銀騎士已經被火蟻趕上，戰馬一聲哀鳴，被火蟻給圍住，白銀騎士條件反射的從馬背上跳起，暫時逃脫了火蟻的威脅，可是一身鎧甲又沒有戰馬的他，轉眼就會被火蟻追上。

火蟻從戰馬身上爬過後，只有一副乾淨的骨架留在地上，沒留下任何一滴血一根毛，血肉被吞噬得乾乾淨淨。

我顧不得繼續追殺這些火蟻，迅速的向前掠去，我要趕在火蟻之前把那個沒了馬的白銀騎士給救下來。幸好我飛得快，一把抓住他，讓一匹小狼暫時馱著他。

火蟻毫不停留繼續向前掠去，所有人都岌岌可危，我無計可施，正打算能救一個是一個的時候，突然一道帶著巨大能量的火箭，好像穿破了空間，宛若一條火龍，瞬間出現在火蟻面前，正前方的幾十隻火蟻一轉眼失去了生命，火箭沒有停歇，繼續向前衝去，餘勢未歇將火蟻給劈成兩半。

接著又是兩支火箭呼嘯著破空而來，又有許多火蟻吱吱地叫著在火箭下丟了生命，不過三道威力巨大的火箭也只是暫時抑制了火蟻的勢頭，卻無法對牠們造成破壞性的傷害。

火蟻們無畏地向前衝去，看到了一絲曙光，我也配合地努力用神鐵木劍放出熊熊火焰燒殺這些火蟻。

然而火蟻太兇悍了，加上數量眾多，雖然在我和來人的雙重反擊下，仍然前赴後繼地追趕著幾族的勇士。突然，繼火箭之後，一支寒冷刺骨、冒著森森冷氣的冰箭倏地劃破虛空出現在火蟻們面前。

沒想到在熱浪滔天的火光中無所畏懼、悍不畏死的火蟻們，遇到帶著極大寒氣的冰箭頓時沒有了先前的膽量，上百隻火蟻一下子被凍死，剩下的火蟻也都紛紛避開那些被凍死的火蟻，向前爬去。

沒想到用冰箭對付火蟻竟然有這種奇效，接著又是兩支冰箭帶著尖嘯聲出現在火蟻面前，大批的火蟻紛紛被凍死。

我大喜，心中暗罵自己笨，火蟻既然不怕熱，自然是怕冷，而先前穿越森林時，這些火蟻一定是在洞穴中冬眠，後來因爲受到半人馬獸人的騷擾，出於保護自己巢穴的本能，才紛紛從冬眠中醒來追殺入侵者。

火蟻的勢頭一下被抑制住了，我這才有空閒向來人望去，來人在很遠的地方，從我這裏望過去，普通人只能看到一個小黑點，我卻可以清晰地看到她身下騎著一頭黑豹。

手中是一張非常奇特的弓，上面鑲嵌著碩大的珍珠！我突然一愣，這不是美麗的女祭祀月夜嗎？她怎麼會突然出現在這裏？

而月夜此時好像氣力用盡，身體搖搖欲墜。

我迅疾地向月夜飛去，甚至來不及去想爲什麼她會在這裏出現，她看起來十分憔悴，握著弓的手在微微地顫抖著。又是一支冰箭帶著奇異的嘯聲，奏出火蟻死亡之曲，受到極寒冷的冰箭的困擾，一部分火蟻有些恐懼的躊躇不前。

我趕在月夜從黑豹摔下去前，將她擁在懷中。身下的黑豹因爲我突然出現，不安地低吼著，月夜勉強拍了拍牠的腦袋，牠才安靜下來。

月夜安慰的看了一眼，隨即把眼睛合上，勉強使用「箭魚弓」，她已經把體內所有的力量都耗盡了，此時躺在我懷中，才安心地休息，高聳的胸部急促的起伏著。

我暫時沒有時間來欣賞如此誘人的情景，接過她手中的「箭魚弓」，頓時有種血脈相連的動人感覺，「箭魚弓」彷彿成了我身體的一部分，連接在一塊的珍珠彷彿是我身體中的經脈，我丹田中的內息自然、平順地在珍珠中行走著。

我抬手平舉，一支冰箭倏地從我手中脫離出去，衝破空間的障礙眨眼間就出現在火蟻群中，這支由我射出的冰箭比先前幾支冰箭不知道強了多少倍，旋轉破空而去，身後跟著一條長長的冰尾。

星星點點的寒氣彌留在空中，我抬手又射出一支冰箭，緊跟在前一支冰箭之後，幾乎瞬間的工夫，兩支箭不分先後地在火蟻群中炸開，強烈的寒冰之氣將大部分火蟻凍得手腳發軟，行動緩慢。我毫不遲疑的一支又一支地射出冰箭。

總共十支冰箭徹底令在森林中橫行無忌的火蟻喪失了所有勇氣，紛紛地轉頭向後退去，在牠們眼中，熊熊大火遠比冰箭來得可愛。

很快，火蟻群又包裹成一團消失在大火中。

從火蟻群出現到現在消失在火海中，雖然只是短短的幾刻鐘時間，卻令所有人嘗到了恐懼的滋味，那種令人幾乎感覺到死亡的膽寒實在不足爲外人道。幸好牠們懼怕寒冷還會在冬天冬眠，否則這片領土將徹底爲這種兇狠的生物所佔領。

看到火蟻群退去，我才放下一直提在心口的石頭，鬆了一口氣，我輕輕夾了一下身下的黑豹，黑豹知趣地馱著我和月夜向著聖琪那邊走去，我低頭向懷中美麗的精靈女祭祀望去。正好發現她那雙秀氣的眼睛正脈脈地注視著我，與我視線相遇，羞澀地露出一抹嫣紅在耳邊。

本來我想訓斥她不顧危險偷偷地跑出來，但是一接觸到那深情的雙眸就再也說不出口。

我倆誰也沒有說話，只是專注地看著對方，圍繞在我們倆之間的濃情蜜意，令我爲之沉醉。

藍薇的倩影在我心中盤桓不去，這一刻我更加思念藍薇，我心中很清楚，自己雖然喜歡懷中美麗可人的女祭祀，可也更加愛藍薇，那種愛是刻骨銘心的，誰也無法令這份愛變薄一分一毫。

如果真的要區分兩份愛的不同，那麼我對藍薇的愛是發自本心的，可以爲她放棄一切的白頭偕老的熾熱愛情。而我對精靈女祭祀更多的是愛憐，由憐而生愛。因爲我知道如果我拒絕她，她的希望會徹底破碎，而一個失去了精神寄託的人是不會再活在世上的。

回到隊伍中，每個人臉上都無法掩飾地露出驚懼的神色，火蟻給他們的驚嚇令他們對月夜的突然出現也提不起興趣。

匆匆向前又趕了一段路，確定安全後，就地駐紮休息，經歷了白天驚心動魄的一幕後，所有的人都心身俱疲，誰會想到世間還有如此恐怖的生物，竟然不顧自己的生命也要將入侵者撕得粉碎。

寒冷的天，晝短夜長，很快天就暗下來了，一輪清清的月光遍灑大地。隊伍安歇下來，我偕月夜漫步在月光下。月夜緊緊抱著我的手臂，在我耳邊喃喃地敘述著在我離開的這些天裏對我的思念之苦。

飽受思念煎熬的女祭祀，終於在一天晚上經受不了對我的刻骨想念，在夜幕的掩護下，悄悄出了人族城堡，騎著一頭從族內偷來的黑豹向我們追趕而來，經過十幾天日夜不停的趕路，終於在今天趕上了我。

我深刻的知道這一路走來是多麼艱辛，即便我們這麼多人互相扶持著，仍感到路途險惡，舉步維艱。

何況她一個女孩，單身上路，我不敢想像她是怎麼熬過來的，何況她一路還要擔心遇到獸人軍隊，即便任何一支獸人軍隊都能令她生不如死。心驚膽戰地經過這麼多天，難怪她看起來那麼憔悴。

想及此，我心中長長歎了一聲，緊了緊環在她腰部手臂，我又背負了一個好女孩的感情，如果我背叛她，我可以肯定她會立刻死在我面前。

天氣雖冷，月夜卻感到異常溫暖，幸福地依偎在我身邊，即便天塌下來，她也不會在乎。

寒冷之源！石洞內！

「啊！」歇斯底里的尖叫，幾乎令石洞搖搖欲墜，墮落精靈望著藍色水晶中那甜蜜的一幕，心底深深地被刺痛，即便是當年被趕出精靈族的時候也沒有這麼痛過，就像是萬千隻針不停地扎在心臟上，令她忍不住尖叫出來。

陰影中，一個黑影痛苦的捂著自己的耳朵，癱縮在地面，忍受著刺耳尖叫聲給他帶來的傷害，面對幾乎發狂的墮落精靈，他非常清楚，現在千萬不要惹眼前看似柔弱的傢伙，她隨時可令他生不如死。

過了好半天，石洞才安靜下來，只有墮落精靈低沉的喘息聲，拚命壓抑自己即將爆發的感情。

半晌後，她幽幽轉過身來，瞥了一眼陰影中的那個屬下，淡淡地道：「這就是你給我帶來的禮物嗎?損失了二百多個半人馬，卻沒有殺死對方一個人，還讓那個賤女人和那個男人相遇，你說我要給你什麼禮物來獎勵你，啊！！」

最後一句，幾乎是尖叫著喊出來的。手中的酒杯化爲碎片，美酒從她白玉般的手指間流下。

「對不起，對不起，是我辦事不利，我沒有想到，他們會有方法對付歹毒的火蟻。」黑影語無倫次地說著，面對墮落精靈質問的語氣，他簡直感到自己已經命不久矣。

墮落精靈大力的兩次深呼吸，儘量心平氣和的望著他道：「三天之內，我要見到那個女人的人頭，否則就用你的人頭來替代，滾！」

黑影如逢大赦，幾乎是連滾帶爬的狼狽逃出石洞。剛歎了口氣，突然石洞中又傳來那可怕女人的聲音：「讓那些笨蛋獸人多去人族、矮人族和精靈族的村落多抓一些人來，主人的復活需要大量的鮮血，三天之內如果沒有五百個活人，就把那些笨腦袋的傢伙當作糧食貢獻給主人！混蛋，你簡直沒有一點用處！」

黑影佝僂著身軀恭敬的對著石洞，當墮落精靈說完，黑影再也不敢停留，飛也似的向遠處逃去。

黑影人稱影魔，乃是不死族的首領，他天生的魔法可令他隱藏在一個黑影中而不會被人發現他的真面目。影魔悻悻地向遠處奔去，心中頗爲不忿，好歹自己也是堂堂不死族的首領，在那個女人面前卻連一條狗都不如。在這片大陸，只要提起不死族，誰不爲之變色，可偏偏在那個善妒的女人面前如此窩囊。

影魔很清楚，只怕那個該死的女人是難忘自己的舊情人，所以才會如此變態，命自己不惜代價將那個美麗的精靈女祭祀給殺死。

「哈！」影魔心中諷刺的笑了一聲，誰不知道那個該死的瘋女人心中愛戀的只不過是精靈族聖地中聖廟裏供奉的那個泥塑而已。

「真是個變態的女人！」影魔最後得出結論。

爲了自己的小命著想，他已經決定動用自己不死族的所有，這一次，絕對不容失手，一定要把那個狗屁封魔勇士們給全部殺死，變爲自己不死族中的一員。

在他眼中，那個封魔隊伍中，只有神使的力量才令他有所顧忌，而其他人在他看來只不過是待宰羔羊吧。

想到那個瘋女人竟然讓他在三天之內帶來五百個活人，供主人復活所用，她難道不知道從寒冷之源到最近的人族部落也得十幾天的路程嗎，這已經是最快的速度了。

影魔狠狠地向地上吐了一口吐沫，想要破口大罵，卻忽然想到了什麼，被黑暗所包圍的神色卻忽然由猥瑣變得恭敬起來。影魔毫不懷疑那塊擁有極大魔力的藍水晶，可以很清楚地看到他的一言一行。

一根細小如拇指粗的小棍被他從懷中拿出，棍子的一端散發著淡淡的魔力，這是他的隨身兵器——死亡之杖，蘊藏極大魔力，堅硬如鐵，寒冷如冰。

他一邊舉著死亡之杖在胸前劃出幾種奇怪的魔法符號，配合著口中低吟的魔咒，一道與他絕不相配的藍色光芒與死亡之杖上的魔力遙相呼應，空間忽然如水紋般波動起來。

幾次振盪之後，影魔的身體也隨之一起波動著，輕輕「啵」的一聲脆響，影魔的身體突然憑空消失。

墮落精靈望著在藍水晶中消失的影魔，眼中忽然射出凌厲的目光。

是夜，我和月夜回到精靈族的帳篷中。暖意盎然，十個精靈二十隻美麗的眸子望著我們。她們的神態好像在質問我，爲什麼我身爲神使，卻和精靈族中神聖不可侵犯的大祭祀如此親熱。

面對這些曾經關懷過我的眼睛，我心中不禁有一絲慌亂，她們作爲精靈族中傑出的人物，深受族內各種族規的薰陶，是否可以承認我和月夜之間的關係，我一點把握也沒有。

我苦笑了一下，不知怎麼回答。沒想到，月夜忽然淡淡地道：「獸族和惡魔對我們生命的威脅已經綿延了數百年之久，爲了祈求偉大的希洛大神，降下神力，幫助我們渡過眼下的難關，我已經將自己奉獻給希洛大神。」

平淡的語氣，言簡意賅地說出了原因，卻令那些精靈們的眼睛由質疑轉化爲驚訝和欽佩，爲了族人而奉獻自己的無畏精神令她們佩服萬分，這才是令人尊重的神聖大祭祀。

我驚訝的望著月夜，沒想到她能編出這樣的謊話。

月夜望著精靈們的誠懇眼神，在看向我時露出一絲狡黠，甜蜜地對我一笑，隨即恢復了祭祀的神聖威嚴。

我心中一動，道：「當我回神界時，你們的大祭祀將隨我一起返回神界，她餘下的生命將會伴隨在希洛大神左右。」

「啊！」精靈們幾乎不敢相信自己的耳朵，羨慕地望著月夜，能夠見到偉大的自然之神希洛一面，那是無限的榮耀啊，而且神使大人還說，大祭祀以後會常伴在希洛左右。

今晚的對話將爲明天月夜和我一同名正言順的破開時空離去打下了基礎，反正這個謊言是誰也不能證實的。

清晨，我慣性地按時醒來，忽然一個毛茸茸的小東西出現在我眼皮底下，我驚訝的發現我送給月夜的那個獅籠蛋已經被月夜孵化，小傢伙正蜷縮在我腦袋前睡著，毛茸茸的白毛刺得我鼻癢癢的。

可愛的粉紅小鼻子不時的皺著，又誰能看出這麼個小傢伙會是獸中之王呢！極富韻律的「呼嚕」聲伴隨著肚皮的起伏傳出。我饒有興趣的伸手在牠腦袋上摸了一把。

小傢伙不滿意的伸出厚實的爪子扒在我的手上，小腦袋隨即湊上來枕著我的手，不時地蹭兩下，伸出帶著倒勾刺的舌頭舔舔我的手背。小傢伙約有兩個手掌大，貪婪的睡相令我忍俊不禁。

我伸出另一隻手，整個將牠抱在懷中，輕輕撓著牠的脖子，小白獅舒服得直蹭，半睜半閉的眼睛瞥了我一眼，發出如小貓般的撒嬌聲。

月夜這時也醒過來，看我逗弄著小白獅，也湊了過來，對我微微一笑，輕輕撫摩著小白獅柔順的皮毛，幽幽地道：「你不在的這些天裏，都是牠陪著我。」

帳篷中除了我和她，已經沒有人了，我摟上她纖細的腰肢，溫柔地在她臉頰吻了一下，我知道她在追我們的路途上一定吃了不少苦。

我取出一粒黑獸丸放在小白獅的鼻子前，貪睡的小傢伙一點反應也沒有，我撥開包住牠鋒利乳牙的上唇，將黑獸丸塞到嘴中。小傢伙忽然驚醒，甩著腦袋打了個噴嚏，嘴中的黑獸丸也隨著噴嚏一塊兒被噴了出來。我眼疾手快將黑獸丸給接到手中。

這些天，月夜都是用這些靈丹餵給牠吃。食髓知味，小傢伙很清楚這個東西對牠很有益處，伸著毛茸茸的小腦袋抓著我的手，舔食著我手心中的黑獸丸，像是貪吃的貓咪。

經過昨天的危險，今天我們走得格外小心，出乎意料的什麼事也沒發生，一切都彷彿風平浪靜。漸漸地腳下已經有了積雪，踩著薄薄一層積雪，發著「嘎吱」的響聲，風聲呼嘯著從耳邊經過，天邊飄飄揚揚著的白色雪花，像是大片的羽毛，悠悠落下。

每個人都知道眼前的平靜只不過是假像罷了，昨天半人馬獸人的突然出現顯然是早有預謀的，埋伏在我們的必經之地襲擊我們。雖然我不知道為什麼他們可以未卜先知猜到我們的路線，但是我心中很清楚，他們已經發現了我們的痕跡。

我們的路線很明顯是通過「寒冷之源」的，他們應該很容易猜到我們的目的是為了封印即將從地獄中甦醒的惡魔。作為惡魔忠實的僕人，他們沒有理由放過我們，必然欲置我們於死地而後快。

可是走了一天，我們也沒有遇到任何危險。這裏已經離開了獸人部落的勢力範圍，進入「寒冷之源」的領地，守候在這裏的是令人聞之變色的不死族，我輕輕歎了口氣，一道熱氣從嘴中冒出。

月夜騎著黑豹，懷中抱著老實睡著的小白獅，見我歎氣，轉過頭望著我道：「這裏已經是寒冷之源，再有四五天的路程，我們就會抵達目的地，在寒冰之棺中，惡魔被封印在那，只要我們成功地抵達那裏，再次將封印加牢，我們的任務就成功了。」

我微微笑著向她點了一下頭，心中卻道：「事情並沒有你想的那麼簡單啊，以現在的實力來看，人族、精靈族和矮人族聯合起來也並非是獸族的對手，如果獸族全力進攻的話，人族引以爲傲的城堡也不堪一擊啊，何況還有實力恐怖的不死族類。他們要是放棄守護惡魔，這塊大陸將會變成人間地獄啊。只有將惡魔殺死，擊潰不死族，才能一勞永逸的解決人族、精靈族、矮人族和獸人族的矛盾！」

第二天，也是一帆風順，只是我們更深入了寒冷之源，天氣很冷，已然有零下十度左右，腳下的積雪已經漫到小腿的位置，走起路來格外麻煩，天氣太冷，我們的速度不得不慢下來，並且給動物們也採取了一些保暖措施，防止牠們被寒冷的天氣給凍斃。

風雪很急，呼呼的大風將大片的雪花不斷地往脖子裏灌。

在遠處的寒冷之源核心處，一身隱藏在黑暗中的影魔，帶著自己的不死軍隊和耐冷的獸族軍隊押送著很多形形色色的不同族類的人，被鐵鏈鎖住的有人族，有矮人也有精靈。

他們中不同年齡不同性別，有白髮蒼蒼的老人也有黃口稚牙的孩子。

大約幾百人在兇狠惡煞般的獸人和恐怖的不死族的押送下向寒冷之棺的方向走去，被抓住的這些無辜、可憐的人們被哀傷和愁雲所籠罩，寒風下單薄的衣服令他們瑟瑟發抖，牙齒打顫。

一些老人和孩子在中途就已經被凍斃了，屍體被隨意地扔在雪中，沒有人再多看一眼。

影魔不滿地在心中嘟囔著，爲了完成那個該死的瘋女人下的命令，自己三天內帶著獸族侵襲了十幾個不同種族的村落才好不容易湊足了五百人，爲了把這些人帶過來，耗費了自己約一半的魔力，才能瞬間從十幾天外的地方移到這裏。

可是沒想到這些渺小的生物竟然承受不了這裏的寒冷，在路上凍死了一兩百人，看來只好把那些押送的獸族用來充數，希望那被嫉妒衝昏頭腦的女人可以放過我。

又走了一段路，一個碩大的入口出現在眾人面前。這是一座大山，入口處就鏤空在山壁上，幾根粗大的石柱堅實的立在入口的兩邊，上面各站著石頭雕刻的奇形怪異的生物，入口黑幽幽的彷彿是野獸大張的血盆大口，懾人心魄。

善良的各族人們哽咽哭泣著被強行驅趕進入石洞中，入口很大，裏面卻意外的很狹窄，一條羊腸小徑通向遠處，兩邊是冷冰冰的石壁。

人們在獸族的皮鞭下走在蜿蜒曲折的小路上，路漸漸寬了一些，但也僅僅是一些而已，僅三個人並行。又走了一段路，眼前豁然開朗，再沒有氣悶的感覺，空間雖然擴大了，路卻仍然很窄，因爲在另一邊是看不見地的黑不隆咚的深淵。

繞過一個山峰樣的巨石，道路盤旋著向下延伸開去。

溫度逐漸變暖，疲憊的人們這才感到一絲欣慰，至少不會再冷了。

越往下走，氣溫越高，有些人已經在冒汗，不時有成群的蝙蝠從頭頂尖叫著飛過，好像在警告下面行走的人，你們已經進入了我們的地盤。

影魔在心中嘀咕著，雖然自己來這裏已經不止一次了，心中卻仍然很不舒服，不僅是變化多端的氣溫令他不適應，而且在洞底，也就是惡魔之棺，傳來一陣陣強大壓力，令他極不舒服。

不知何時，他們腳下的深淵中出現了火紅的岩漿，「咕嘟，咕嘟」的冒著泡。

道路漸漸地平坦起來，影魔有些不安地甩了甩手，那種壓抑的力量令他打心底感到恐懼，這種強大的力量正是即將甦醒的惡魔主人所發出的。

沒有甦醒的惡魔擁有的力量實在是少得可憐，然而即便如此，已經令強大的影魔感到恐懼，這令影魔既興奮又害怕。

一個巨大的石室中，墮落精靈正神態仔細地望著地下。原來在石室的正中間有一個占了石室三分之一的凹陷，像是一個游泳池，凹陷的正中間有一副精美的石製棺材。棺材附近的地面一片殷紅！

所有人都停在石室外，影魔一個人小心翼翼地走進了石室中，站在墮落精靈的身後，見她正沉默地望著下面的惡魔之棺，不敢打擾她，安靜地站在她後面不發一言。

一會兒後，墮落精靈忽然開口道：「三天的時限已經到了，你的頭顱準備好了嗎？」

影魔見她一上來就提這件事，頓時感到脖頸間涼颼颼的，不禁往後縮了縮道：「祭祀大人，我已經帶來五百人的鮮血。」

墮落精靈忽然轉過頭來，淒美冷豔的臉上透著冷森森的殺意，一字一頓地道：「難道我沒有告訴你，不准稱我祭祀嗎！」

冷汗迅速地從影魔的臉上滑下，口吃地道：「對不起，對不起大人，請原諒我，我實在無意冒犯您啊！」

墮落精靈冷冷地注視著他，寒森的眼神宛如兩把利劍直刺入影魔的心中，影魔狂吞口水，連大氣也不敢喘。突然墮落精靈身後的白虎，朝著影魔發出一聲驚天動地的吼叫，綠油油的眼神也透漏出殺意，只要主人一開口，牠會毫不猶豫地撲上去，撕爛那傢伙的喉嚨。

影魔被突然而來的吼叫聲嚇得倒退幾步，坐在地上。

墮落精靈冷冷地瞥了他一眼，又把注意力拉回到下面的惡魔之棺上。

「把你帶來的活血帶進來，主人有了這五百人的血，離甦醒又進了一步，即將甦醒的強大無比的主人就會帶領我們君臨天下！」

影魔不敢說話，轉過身走到室外，這才敢擦去臉上不斷滾落的汗珠，剛才他實在被嚇得夠嗆。

影魔招呼了一聲，獸人們惡狠狠地押著各族的人進入石室中。影魔喊了一聲：「把他們推下去。」兇狠的獸人們用皮鞭用木棍和利劍強行把這些可憐的人們給推了下去，霎時間，洞中哭喊連天。

墮落精靈簡單地瞥了一眼，緩緩地道：「我是不是看錯了，這裏只有不到三百人，你是不是用你的生命替代那剩下的兩百人。」

影魔哆嗦了一下，連忙道：「大人，那兩百人在來的路上被凍死了，不過這裏還有兩百多獸人，或許可以……」

墮落精靈冷冷地望了他一眼，道：「獸人的血並不能給主人提供多少能量，不過既然那兩百人被凍死了，那就暫時用這些愚蠢的獸人來代替吧，如果下次再出現這種事，你就自己跳下去。」

影魔見墮落精靈終於鬆了口，心中大喜，知道自己這條命算是保住了，回頭一揮手，那些還沒有明白過來自己已經被獸族奉爲神靈的影魔給出賣了。影魔的不死軍隊毫不留情地將那些呆頭呆腦的獸族踢到下面的大容器一樣的凹陷。

跌落在下面的獸人們終於明白是怎麼回事了，暴跳如雷地叫喊著，怒罵著，可是卻於事無補，憤怒的獸人們將所有的氣都撒在其他族類的人上，打罵、砍殺周圍的其他人。

忽然，凹陷中從腳下冒出一股若有若無的黑氣，起初只是薄薄的一層，彷彿是黑色的薄紗，然而隨著時間的推移，黑氣越來越重，越來越濃，已經掩蓋到人的腿部。大部分人停止了所有活動，吃驚、恐懼地望著繚繞在周圍的黑氣。

漸漸地，黑氣愈來愈多，終於將整個凹陷和死神之棺給籠蓋起來，片刻後，裏面忽然傳來撕心裂肺的叫喊聲，強悍的獸族也發出瘋狂的怒吼聲。只見一道若有似無的影子在黑氣中飄來飛去，所過之處總會有人發出臨死前的慘叫。

上面的人都面無表情的看著下面正在發生的慘劇，五百多人眼睜睜地死在自己的面前卻仍能無動於衷，這是怎樣的鐵石心腸，不過他們早已把自己的靈魂賣給了魔鬼。很快，慘叫聲只有零星地發出，這告訴上面的人，黑氣中的活人已經死得差不多了。

陰風森森，凹陷中發出如鬼哭神嚎的低沉嗚咽聲，斷斷續續確實令人猶同墜入鬼界，與厲鬼爲伍。

時間又過了一刻鐘，黑氣漸漸散去。凹陷逐漸裸露出來，令人驚駭的是那五百人此刻彷彿突然憑空消失了一樣，竟全部不見了，連一片衣服或者一具骸骨也沒留下，再往下看，竟然積了一池血水使人觸目驚心。

而且更令人驚訝的是，血水正逐漸在下降，就好像是海面吸水一樣，血水不大一會兒就被四周石壁和地面給吸收得一乾二淨。

那口精緻的死神之棺，愈發的烏黑發亮，彷彿是上了蠟。死神之棺上立著的那個振翅的小惡魔栩栩如生，尤其那對眼睛，紅殷殷的，宛若活過來一樣，室內籠罩在一種奇異的氣氛中。

半晌後，墮落精靈幽幽地開口道：「那個女人的頭顱呢？」立在她身邊的白虎好像十分無聊的樣子，打了個呵欠，趴在地面閉著眼睛假寐起來，不多大會兒，竟然傳來微微的鼾聲。

影魔自然知道墮落精靈口中的那個女人指的是誰。雖然他知道她同時讓他在三天內辦兩件很困難的事，實在是有些苛刻，可是現在他卻不敢表現出一絲的不滿，他看得出，她現在的心情恐怕只能用「很不好」三個字來形容。

想了想，影魔小心翼翼地道：「對不起，爲了在三天內弄到這五百人，並把他們帶到這裏，我還來不及……」

「什麼！」墮落精靈勃然大怒，「你是說我給你的條件太苛刻了？」在一邊沉睡的白虎，彷彿感覺到主人心中的怒氣，驀地睜開雙眼，森森幽光已經停在影魔的身上，只要主人一句話，牠會馬上撲上去，把那個傢伙撕個粉碎，反正牠早就想這麼幹了！

黑影中的影魔嚇得幾乎跪下來，慌張的分辯道：「不是，不是，大人給我的時間完全很充裕，我一定會把她的人頭帶到您的面前。」

「哦，是嗎？」墮落精靈漫不經心地道，「你好像很有把握，現在已經是第三天了，而且外面的天空已經黑了，離第四天只有短短幾個時辰而已。」

影魔忙道：「大人，我早已計算好了，我故意用前兩天的時間去抓五百人口來貢獻給惡魔主人。這樣正好可以麻痹那些人的警覺心，現在是第三天的晚上，想必他們已經不如剛開始那樣警覺了，我將帶領我的族人晚上去偷襲他們，將他們殺個片甲不留，我保證可以將那個女人的頭顱帶來給大人。」

「嗯，看來你的主意還不錯，去吧，但是記住你只有幾個時辰的時間，如果我見不到那個女人的人頭，你就準備爲惡魔大人貢獻自己的生命吧。」

精神熠熠的白虎，感到主人的殺氣忽然又消失了，奇怪地望了她一眼，知道主人已經沒有殺他的意思，無聊地打了個哈欠，枕著自己的爪子，閉上眼睛又開始睡覺。

影魔帶著自己的不死族，頭也不回的匆匆往出口走去，他要抓緊剩下的時間，去將那個女人帶回來。影魔邊走，心中邊感歎自己剛才在洞中急中生智，竟然想出那麼個原因，而且還得到了她的賞識，不禁有些自鳴得意起來。

想到那個該死的白虎瞪著自己的表情，突然打了個冷戰，心裏不禁罵了兩句，回想到往日的歲月自己是多麼威風多麼得意啊。

自從有一年，那個女人騎著那頭笨虎來投奔自己後，一切都改變了。改變了信仰的墮落精靈在短短兩百年裏，越來越厲害，遠遠的將自己給拋在後面，甚至那隻可惡的白虎因為那個女人的關係也變得異常兇猛，每次看到自己都一副要咬死自己的樣子。

「呸！總有一天，老子會把一切再拿回來的，那隻可惡的白虎，就用來燉湯好了，那身皮毛不錯，可以做件虎皮大衣。」

幾千不死族人在影魔的帶領下，趁著夜幕的掩護，快速的向那些闖入禁地的人們掠去。不死族在這裏已經生活了好幾百年，早已熟悉了這裏的環境，何況它們大部分都沒有了生命意識，只殘留著殺人的意識，只要影魔一聲令下，它們將是影魔最忠實最兇悍的獵犬。

而在另一邊，勇士們在一邊山崖的掩護下，背靠山壁駐紮了下來，狂風和深厚的積雪令他們的行動非常艱難。

風越來越大，頭頂的雪花，現在已經化成了冰雹，不時有雷聲傳過。

還好大家靠著山崖凸出在外的一塊掩護著，不至於被冰雹給砸著，天氣很冷，四周除了雪幾乎再沒有任何東西，即便是用來取暖的枯枝敗葉也不見一點了。

人族和矮人族鑽到冰冷的被筒中，大口的喝著美酒來禦寒，可憐的精靈們從出生就生活在四季如春的精靈聖地，何曾「享受」過如此寒冷的天氣，這裏已經非常接近「寒冷之源」的核心位置，天氣冷得幾乎滴水成冰，零下二三十度，又沒有足夠的禦寒衣物，精靈們就差抱在一起取暖了。

這三天沒有遇到任何危險，除了路難走一些，倒也不錯，還可以欣賞如此皚皚白雪的美景，這裏的景物可是難得一見啊，又有美麗的女祭祀相伴，如果不是心中始終告訴自己還有一個惡魔等著我們，我幾乎以為是來度假的。

第三章　不死大軍

帳篷中，雖然已經把所有的透風口給堵死了，但仍不斷有風吹進來，凍得可憐的精靈們瑟瑟發抖。美麗的精靈女祭祀甚至拋棄了所有顧慮，明目張膽的投身到我懷中，靠我的身體取暖。

那隻年紀尚幼的小白獅也湊熱鬧地擠到我倆之間，不時地用牠小腦袋往裏面蹭，弄得我有些癢癢的。在其他精靈眼中，神聖不可侵犯的大祭祀，已經是屬於大神希洛的，而作爲神的代言人儼然是希洛的化身，和大祭祀親熱是再正常不過的事了。

天氣雖冷，可是卻還難不倒我，我默默運氣，純陽內息化作熱量從我身體釋放出去，保持一個帳篷的溫度對擁有大量能量的我來說只不過小意思而已。從我身體源源不斷釋放出來的熱量，很快令整個營帳都暖和起來，精靈們驚訝地望著我，感受著空氣中的溫暖，吃驚之餘已經把這個歸功於神使的神蹟。

我拍了拍依舊賴在我懷中的女祭祀，在她的耳邊私語道：「我去人族和矮人那邊看一看，他們應該也很冷吧，呵呵。」想著矮人被凍得縮成一團的模樣，忍不住輕聲笑出來。

女祭祀不好意思地從我懷中起來，我站起身來，卻好笑地看到那隻無賴的小白獅兩隻小爪子緊緊地抓著我，捨不得溫暖的懷抱。此刻身體懸空，兩隻眼睛可憐巴巴地望著我，「嗚嗚」地叫著。

月夜上來將那個賴皮的小傢伙給抱回到懷中，然後向我甜甜一笑。

我伸手撩開帳篷，走了出去，一股冷風劈頭蓋臉地迎面打在我臉上，冰風拚命地向我衣服中灌去。

我運起體內的內息，兩氣化為一種，立即將寒風推在身體一尺外。

寒風在孤寂的夜中呼嘯而過，我望了一眼被厚厚的雲層所遮蔽的月亮，冥冥中，心裏有點怪怪的。揉了揉耳朵，收拾心情，向人族的帳篷中走去，當我走進人族的帳篷時，所有人都早已鑽到被筒中。可是看著不斷顫動著的被褥，可以想像他們正在被筒中瑟瑟發抖。

不過他們的情況要比精靈族好多了，他們有一身劍氣，能夠一定程度地幫助他們抗禦寒冷。

聖琪見我走進來，從被褥中探出腦袋，臉色有些蒼白地向我問了聲好，我暗道幸虧自己有辦法幫他們抵禦寒冷，否則只是這寒冷的氣候已經足以要了他們的命，更遑論在一邊虎視眈眈的不死族。恐怕他們見不到惡魔就已經死了。

我取出一粒從箭魚王體內弄來的珍珠，注入了一些純陽真氣，濛濛的毫光令聖琪大爲驚奇，而且他已經感覺到正有一股很溫暖的熱氣從珍珠中不斷釋放出來。我將珍珠交給聖琪，道：「這個足夠你們這一晚上都不會感到冷的。」

出了人族帳篷，再到矮人帳篷中。五個矮人，全身裹著被子，圍成一團，每個人面前都擺著一些酒，矮人們一邊大口喝酒，一邊高聲咒罵著見鬼的天氣爲何這麼冷。矮人王經過魔法加持的大錘此刻正躺在五人中間，不斷有一些小量的熱氣隨著火花躍出。

同樣我也給了他們一顆充滿純陽真氣的珍珠，裏面灌注的內息，足夠他們睡一個溫暖的覺。

離開矮人的帳篷，我下意識地望了望天空，仍舊是烏雲遮天，月光被擋在雲層後面，只剩下黑暗君臨大地。

白天時候，我明明記得天空連一片棉花糖大小的雲塊都沒有，爲何到了晚上，竟然出現這麼多黑壓壓的烏雲，難道這是寒冷之源所特有的氣候嗎？本來我還打算把小白狼和小龍、小木頭人給召喚出來，讓牠們吸收月光菁華的，既然月亮都看不見，也不用叫牠們出來了。

我搖了搖頭，翻身走回精靈族的帳篷中。精靈們已經就寢了，只有月夜那對明亮的秀眸一直在盯著入口處看。見有人走進，知道是我，輕輕地喊了我一聲，小白獅倏地從月夜的被筒中鑽出，「嗚嗚」的一聲，向我跑來，兩隻小爪子抓著我的褲腳，仰著小腦袋向我叫著。

我一把將牠給抱起，向月夜走過去，坐在她身邊，順便將小白獅塞到她懷中，低聲道：「你先睡吧，我需要再打坐一會兒，把剛才耗去的內息給補回來。」

月夜起身，羞澀地吻了我一下，隨即鑽回被筒中，抱著小白獅先睡下了。我見她聽話地安然入睡，也合上眼睛，運起家傳的「九曲十八彎」神功，陰陽兩氣順著體內的主經脈徐徐地運轉開。

陰陽兩氣逐漸的提高速度，在經脈承受的前提下，飛快地運轉著，速度越來越快，突然兩種屬性截然不同的能量漸漸有了融合的跡象，一道銀帶一樣的能量開始替代原先的兩種能量。

我懷疑這是進入第五曲的徵兆，事實上，當初義父在傳我這九曲十八彎功法的時候，曾經替我簡單地描述過每一種境界的徵兆，當然義父並不曾修煉過這套功法，他所知道的，只不過是從父親那裏口耳相傳得來的。其中第五曲的徵兆就是兩種屬性不同的能量融爲一體，再次成爲一種單一的能量體。

所以當我感覺到陰陽兩氣開始融合並且徹底轉化爲至陰內息的時候，心中狂喜不已，這大概是由於這裏特殊的氣候原因才造成我有此突破吧，實乃可遇而不可求的機緣啊。心中一喜，胸中的氣突然渾濁起來，已經融合了的氣忽然又分開來。

我深吸一口氣，嘴中念了幾句「不以物喜」，再次將心沉了下去，可是這次雖然陰陽兩氣仍然是正常運轉，卻半天也沒出現剛才的跡象。不過打坐半天，輸出的內息已然補了回來。

我明白境界到了我這種程度，不是努力就可以有所寸進的，需要機緣巧合才能有所進步，當然努力也是必不可少的。

我略有些失望地從打坐中醒來，望了一眼月夜，小妮子已經沉睡夢鄉了，甜甜的笑容始終掛在臉上。小白獅躺在她的臉邊，枕著自己柔嫩的小爪子，輕微的呼嚕聲，吹著腮邊的肉不時鼓起。

心中安靜下來，我俯身在月夜的額頭上輕輕一吻，躺在她旁邊那個屬於我的被筒裏。望著帳頂，腦海中又浮現出藍薇的倩影。她現在應該一樣的在想我吧，真希望能早點回去，至少早點讓她知道我仍活在這個世界上，雖然在不同的時空，但我很快就能回去了。

離目的地越來越近，只消短短兩三天的時間，我們就能夠抵達「寒冷之源」的核心地帶，只要再將甦醒的惡魔給封印起來，我的任務就完成了，我會帶著月夜一塊回到我的時空中去。

自從月夜將精靈族大預言中，關於神的使者是如何離開這裏的細節告訴我後，我就一直在考慮這個問題。大預言中曾說，神使在他的寵物朋友們的幫助下離開了這裏。

這句話給了我靈感，所謂的寵物應該是我的寵獸們吧，而這些寵獸們大部分都只是簡單的具有不同的攻擊力而已，能夠穿透時空的大概只有那隻豬豬寵了，球球曾經幫助我消滅了洪海，這次牠將再次帶著我離開這裏回到我的時空。

漸漸地，我眼前逐漸朦朧起來，腦海中留下一個胖胖的、粉紅色的小豬。

在死神之棺地界不遠處，影魔正帶著他的一票不死大軍冒著大風雪向前方積極地趕路，影魔在近一百多年中，第一次這麼努力地做事，他真的被那個嫉妒的女人給駭住了。

影魔現在只想快一點抵達封魔勇士的營地，割下那群人的腦袋，將他們也變成自己忠實的僕人，然後再把那漂亮的精靈帶給那個嫉妒的女人，想當年，那個被嫉妒心充斥的女人曾經是精靈族中最高貴的大祭祀，同時也是族中最強大的白虎武士。

影魔很不高興地搖了搖頭，至少已經三百多年沒有人敢命令他去做什麼事了。

可惜，這個世上永遠是實力代表一切，面對墮落精靈強大的力量，他不敢起一點反抗的心，同時他知道，墮落精靈在幾百年中，已經可以輕鬆地借用湖中那個狗屁神塔的力量，那種力量可令任何不死生物臣服，所以自己雖然擁有百萬不死大軍，卻不敢對她不敬，想到這點，心裏就十分的不爽。

影魔望了望天，那些遮住月亮的大片大片的雲塊就是那個女人利用神塔的力量製造出來的。

月黑風高！

影魔忽然停了下來，他的不死大軍頓時也停了下來，等著影魔下一步動作，影魔歎了口氣，可惜地摩挲了一下懷中一個很小的魔杖，爲了完成那個女人的任務，不得不再使用它了。

這個魔杖是當初在「死神之棺」的旁邊找到的，因爲感覺到裏面跳動的巨大力量，所以貪心的占爲己有，可惜魔杖的力量實在太強大了，幾百年下來，他仍不能得心應手。

不過，可以肯定的是，這個強大的魔杖一定是惡魔主人的武器。然而即將甦醒的主人如果醒來後發現魔杖被自己竊取來，會不會……想到這，影魔全身打了個冷顫，不敢再想下去。

影魔將魔杖取出，烏黑的夜中，魔杖飄出淡淡的、點點綠瑩瑩的光芒。

就著這點點的綠色光芒，向影魔身後的不死大軍望去，頓使人毛骨悚然，驚駭萬分，這是怎樣的一個恐怖畫面，彷彿是身處墓穴，四周遍佈妖魔鬼怪，屍臭和腥血遍佈在身體周遭。

然而魔杖擁有的力量是毋庸置疑的，影魔高聲地在無垠的大雪地中，念動著奇怪的魔法咒語，綠色的能量彷彿螢火蟲一樣陸續從魔杖中飄出，逐漸組成一條綠帶，將所有人包裹住。

綠色的能量受到無形的召喚，一層層地裹在人們的外邊，忽然，站立不動的不死族們的影像忽然虛晃了幾下，發出「啵」的一聲，好像水泡破裂的聲音。

影魔和他的不死大軍陡然消失在空中。

不久後，影魔和他的不死軍隊在另一個地方出現，在這裏有影魔埋的一個魔法陣，憑藉著這個魔法印記，他可以利用魔杖的能量瞬間把他從遠處移動到這裏。

影魔凝望著黑暗中的遠處，這裏離封魔勇士的紮營地已經很近了。在墮落精靈保藏的那個藍水晶中，他已經很清楚的看到封魔勇士的紮營地，想必此時那些不知天高地厚的傢伙們已經入睡了，這麼寒冷的天氣，應該讓他們失去很多戰鬥力了吧。

即便他們仍能很頑強地抵抗自己，影魔也相信，自己身後五六千的不死大軍也已經足夠讓他們去見他們信奉的大神了。

不過墮落精靈曾經交代，不能弄死那個神使，這可有點麻煩啊，一旦打起來，五六千人的混亂，自己怎麼能注意到不會弄死那個傢伙啊，想到這，影魔不禁有些頭疼了。

趁著夜色，不死大軍匆匆地向封魔勇士的營地摸過去，影魔心裏有些著急，他務必在四個時辰內把精靈大祭祀的腦袋給帶回去，否則他還真怕墮落精靈會先要了他的腦袋。

走了沒多久，封魔勇士的營地已經出現在視野中，影魔望著那個營地嘿嘿笑了兩聲，思考著是偷偷摸摸地過去輪流把帳中的人殺死，還是現在就衝殺過去，將他們驚醒，然後再殺死。最後還是決定用後者，因爲他怕一個不小心錯殺了神使，他的小命也就不保了。影魔轉過身嗚哩哇啦地朝著不死大軍喊了兩句，不死大軍吼吼地叫著，爭先恐後地向前面的營地衝去。

影魔給自己使了個飛翔的魔法，隨著不死大軍攻擊的潮流向前飛去。

嘈雜的響聲，立即令我驚醒，我一掀帳篷倏地飛了出去。雖然夜色昏暗，然而黑壓壓朝我衝來的各種奇形怪狀的生物，已經能讓我想到幾個字——「不死族」！

放眼望去，鋪天蓋地，駭人心魄，排在最前面竟是一群白森森的骷髏士兵，手持大刀盾牌，靈活地向我奔來，奔動中，骨頭之間摩擦發出的尖銳刺耳聲，令我心中十分不暢。

我狂喝一聲，七小應我的召喚出現在我身邊，大風中威風凜凜，毛髮皆張，同時一聲長嚎，響徹雪原，拍動著肉翼飛上半天，只等我發出攻擊的聲音，立即撲上去把眼前卑微醜陋的生物撕成碎片。

「啊，我的媽呀！」聞聲而出來的勇士們頓時被眼前的場景給震住了。

如兇神惡煞似的各種奇形怪狀的生物如潮水般湧過來，最開頭的是白骨骷髏，後面跟著一批如小狗一樣的生物，油綠的眼珠放著凶光，在黑夜中格外明顯，再往後就是一些很龐大的身體，肚腸都暴露在空氣中，仍是兇悍地向前衝著。

如此怪異兇狠的生物不一而足，直讓勇士們看得心驚肉跳。

我大喝一聲，發出了攻擊信號，七小吼叫著拍打著翅膀倏地向不死生物撲過去，我也隨著取出「盤龍棍」，召喚出棍靈——蛇獅，大喊著合體，燦爛的光芒在黑夜中是如此的明顯。

身體一瞬間因爲蛇獅與我合體陡然暴增數倍功力，我一橫「盤龍棍」迎著面前的不死生物們飛奔過去。

沒想到這些不死生物竟然都懂偷襲，「盤龍棍」由於我灌注了大量的內息光芒大盛，像是一根燃燒的火棍。離敵人越來越近，我已經可以清晰地看到那些醜陋的骷髏臉上的五個窟窿。

當先一個骷髏倏地飛躍出來，做出常人也難以完成的動作，手中的大刀猛地向我頭上砍來，我陡然加速，使它的動作落空，背後如長了眼睛般，反手一棍將那個勇猛的骷髏打得粉碎，化爲塊塊白骨散落在雪地上，眼前骷髏蜂擁而來。

我「嘿」的一聲，將手中的「盤龍棍」舞得飛快，神器再加上我強大的能量，擋者披靡，不過這些不會膽怯的不死生物是不可能因爲我的力量而望風而退的，反倒是更加瘋狂地向我殺過來。

我殺得興起，召喚出神鐵木劍，一棍一劍在不死生物中縱橫，無人可靠近我一米之內。勇士們也紛紛取出自己的兵器加入了戰鬥，因爲大部分兵力都被我吸引了，只有很少一部分不死族的傢伙去找他們，精靈族的魔法師們儘量給每個人都加上聖光，被聖光所祝福的勇士將可最大限度地傷害不死生物。

不過即使這樣，越來越多的不死生物仍令他們不得不圍成一圈，將精靈族的射手和法師圍在裏面，而矮人王和白銀騎士們站在週邊。

我奮力地搏殺著，我擁有的強大能量不是這些低級生物所可能抗衡的，然而廝殺中，我卻感到周圍的不死生物一直都沒有減少，我記得從剛才到現在我已經殺了很多的不死生物。

我一邊廝殺著，一邊利用餘光查看著四周。

驀地，我竟然看到被我打碎的白骨被一團綠色能量包裹住，很短暫的片刻後，又一個生龍活虎的完整骷髏出現，手提大刀向我奔來。

現在我終於知道爲什麼它們被叫作不死生物了！

而另外那些散發著腥臭氣味的怪物也在綠光的包裹下迅速復原，甚至即便沒有綠光裹助，它們也在慢慢恢復中。

我看得頭皮發麻，連手都發軟了，一聲怪異的破空聲突然在我頭頂上響起，我百忙之中將神鐵木劍迎上去，將頭頂的那把大刀給削成兩截。我心中迅速地轉動念頭，如仍一直這樣下去，無論我怎麼努力廝殺，也不能把眼前好幾千隻的不死大軍給消滅掉。我必須找到可令它們無法復活的方法才行。

否則雖然我沒事，三族的勇士們恐怕撐不了多久了。

影魔心驚膽戰地看著全身放著金光如同魔神般的人物在自己的不死大軍中縱橫，卻無人可敵。

他立即認出眼前那個非常勇猛的男人一定是墮落精靈點名要留一命的神使，剛想吩咐圍繞在他身邊的不死生物去攻擊另外的那批勇士，卻又擔心，若無法再纏住那個魔神一般的人！自己的生命可就危險了。

不過那個神使異常強大，自己的不死生物根本傷害不了他，恐怕比起自己，對方也較自己來得強大，而那面被圍住的勇士們也漸漸不支了。看到這，影魔露出陰險的笑容「嘿嘿」的笑著，勝利的天平正向自己傾斜。只要一殺了那個精靈大祭祀，自己馬上帶著她的人頭離開這裏，就讓自己的不死生物們陪那個強大的傢伙慢慢玩吧。

影魔打著自己心裏的小算盤。

不過他口裏一直沒有停過，魔法咒語不斷地從他嘴中飛出，那個精緻的魔杖，也在不斷地飛出綠色的強大能量，飄舞在空中，隨時降臨到受強大打擊的不死生物身上。

我焦急地在不死生物中左砍右刺，雖然它們根本不是我對手，但卻可在我毀滅的一擊中迅速復活。

「箭魚弓」關鍵時候再次發揮了作用，本來很難堅持下去的勇士們在「箭魚弓」的幫助下，勉強的抵擋住那些該死的生物們。

我在不死生物群中，暗自慶幸自己爲月夜煉製了這把弓，這爲我贏得了更多的時間，讓我有較多的時間來尋找徹底毀滅這群討厭的傢伙的方法。然而勇士們也實在撐不了多久了，「箭魚弓」雖然很強，可惜月夜的內息尙淺，根本堅持不了太久。

「嘿！」我狠狠地將面前一個傢伙給劈成兩半，盤繞在我們周圍的綠光忽然降下來，將那個被劈成兩半的傢伙包裹住，很快，兩半身體竟再次結合在一塊，繼續拿著武器向我衝殺來。

見到這個情景，腦中頓時靈光閃動。屢歷生死，使我在極度憤怒中仍能保持冷靜，這才讓我想出了一個可以暫時解決眼前困境的辦法。

沒有綠光的幫忙，這些不死生物即便是想復活也要需要更多的時間，只要我將綠光從這裏驅逐走，就可以爲我贏得大量時間，從容保護勇士們離開這個危險的地方。

我一邊躲閃廝殺著，一邊注意著周圍的情況，查看這些綠光的源頭究竟在什麼地方。

當我把視線定在一個全身籠罩在黑暗中的傢伙身上時，我明顯的感受到他臉部的抽搐，我心中嘿嘿一笑道：「就是他了！」我看見正不斷有綠光從他手中冒出。

那個傢伙躲在不死軍隊的最後面，周圍有一些不死生物在保護著，他手中有一個別致的小杖，綠光源源不斷的飄溢出來，可見那個小杖肯定是那個奇怪的綠光源頭。

我驀地大吼一聲，將纏在我周圍的不死生物們給震得倒飛出去，空出足夠的空間讓我可以飛上去，我剛騰空而起，一具骷髏也倏地向我躍來，在月光下揮舞著手中的大刀，有種說不出的詭異。

骷髏來速很快，轉眼已經來到我眼前，明晃晃的大刀像是一面鏡子，我從中看到自己渾身殺氣，金光四溢。當寒冷的刀刃接觸到我皮膚的刹那，我摸底劈手奪過它手中大刀，反手砍掉它的腦袋，再重重的擊在它的背上，將它砸落下去。

雖然我的動作幾乎是一氣呵成，在眨眼間完成，但是就算如此，不死生物們利用這短短的時間又圍了上來，更有無數的傢伙們從下面的族群中高高跳起，向我衝來，嘴中發出各種刺耳的聒噪聲。

我被迫無奈的從半空落回到原地，暗歎了一聲，這些不死的傢伙們遠比我想像中要來得難纏得多，手中的「盤龍棍」快速舞動，滴水不露，碰著金光的不死生物不是粉身碎骨，就是被打飛出去。可惜它們復原得太快了。

在遠處不死大軍的後面藏頭掖腦的那個傢伙，見我從空中落回地面，明顯地鬆了一口氣，頗是得意的繼續念動著魔法咒語。

我瞪了他一眼，心念電轉，思考著如何才能從不死族群不顧一切的糾纏中脫離出來，突然頭頂傳來的七小的嚎叫聲，提醒了我。

我可以利用七小把它給幹掉，對於七小的力量我非常信任。七小從剛才就一直飛在空中，大部分均爲陸地生物的不死族還沒有辦法纏住牠們，七小的力量加在一起，即便那個傢伙有多麼強大也難逃一死。

何況從他身體散發出的力量顯然並不是很強大，他手中的那支小權杖倒是有些不可理解的力量，只是，很明顯他並沒有真正地將小杖和自己融合成爲一體，還無法施展小杖的力量。

我鼓蕩洶湧的內息仰天發出一聲厲喝，這是在向七小發出攻擊的命令，七小日夜與我爲伍，雖然不能和我心意相通，卻能理解我發出的每個命令，七小分別停止攻擊，振翅飛到一塊，仰天響應我發出的吼叫，吼聲在雪原上，遠遠的傳播開去，滾滾流淌，經過每個人的耳朵。

影魔望著空中的七小忽然愣了一下，看著七小注視著自己兇狠的幽綠光芒，不爭氣地咽了口唾沫，手也禁不住抖了一下，忽然意識到自己手中還握著一個寶貝，心中又鎮定下來。

七小在不死族群中打了個盤旋，驟然改變方向朝著影魔的方向掠去。

圍在影魔身邊，保護他的不死族群騷動起來，一個個捨生忘死地向著七小撲過來，然而在七小強大的力量面前，它們的小小力量實在太蒼白了，幾乎沒有任何抵抗的，一個個被七小給抓碎。

這便是七級寵獸的力量，何況牠們還擁有一部分龍的力量。

雖然那些討厭的零碎不斷地復活，然而在七小的力量下，等著它們的只不過是另一次死亡。每隻復活的不死生物都被七小給打得粉碎。

影魔充分認識到自身的危機，他幾乎可以清楚的看到七小尖利的牙齒縫間流出的口涎，絲絲連連，「實在太強大了！」他呢喃出聲。

不到百人的不死生物完全不是七小的對手，幾乎是在復活的邊緣就又一次的被七小給再次打入死亡。

被黑暗所籠罩的影魔雖然看不見他的臉，卻依然可感覺到他的恐懼，恐怕他已經在流汗了，望著跟著自己叱吒大陸無人可敵的不死生物，在七隻怪異的小狼的爪下，任意地被玩弄著，他忽然感到很害怕，這種感覺他已經幾百年不曾體驗過了。

猛地，他下了決心，他要利用手中的小杖，使出他不死魔法中最強大的一招，本來這一手是他隱藏著對付那個日漸強大的墮落精靈的，不過現在要是再使不出來，恐怕他已經不用等到面對墮落精靈的那一天了。

影魔狠咬了一口，隨即吐出一口鮮血噴在小杖上，一絲黑暗的氣息從他身上裹纏著小杖，小杖上的綠色能量忽然消失了，接著一團團青中泛綠的力量大塊大塊的湧了出來，奇怪的能量團聚而不散，慢慢彙聚了很大一片，徐徐的飄浮著，將他身體周圍的那一百來個不死生物給籠罩起來。

七小機警地躲到一邊，沒有被奇怪的青綠色能量給沾到。

將一百多個不死罩起來的青綠色能量開始擴張起來，彷彿霧氣一樣，凹凸不定，不規則地向外擴大。望著不斷變大的能量團，影魔露出一絲難以察覺的得意，這是最強大的不死系魔法，他以前也沒有力量施展這種魔法，不過當他發現了這個小杖時，一切都不同了，不過，他仍要爲這個終極魔法付出代價。

剛才那一口鮮血已經付出了他全部魔法力量，現在的他羸弱的像是個嬰兒，任何人都能用一根手指把他殺死。

不過他有信心，這個從沒使用過的強大魔法可令他逆轉敗局，甚至他剛才還在想，利用今晚的機會把那個該死的墮落精靈也一併幹掉，他甚至還想過，那個睡在棺材中的惡魔主人還是不要甦醒的好，擁有強大力量的權杖就永遠歸他所有了。到時候只要墮落精靈一死，他就帶著自己的不死大軍征服這塊大陸。

稱王稱霸，一切都將是他的囊中之物而已。

青綠色的氤氳忽然破開來，一聲低沉震撼人心的吼聲在氤氳中傳出。彷彿一陣狂風吹過，所有氤氳立即煙消雲散，一隻體積龐大，與龍極為相似的生物出現在我視線中。

影魔欣喜若狂地望著在空中悠然晃著翅膀的骨龍，這種極端魔法就是憑藉強大的力量召喚出遠古傳說至強至惡的強大生物骨龍。

骨龍擁有強大的肉體和魔法力量，傳說中，除了神，再沒有任何生物可與它們相抗衡，一道黑線若有若無的連接在他和骨龍之間，這道細微的黑線將他和骨龍連在一塊，他正是憑此控制骨龍。

我望著橫在空中的那個大形生物，全身都是白骨組成，表面覆蓋著一層青綠色的膜，頭部很像龍，兩對空洞的眼眶深處卻閃爍著兩團青綠色的火焰，彷彿是一對噬血的眼睛。

一對巨大的翅膀漫不經心地晃動著，但是卻產生巨大的威力，可以輕易地托起它龐大的身軀，整個身軀散發出無與倫比的氣勢。

原本那些護衛影魔的不死生物，全被吞噬了，組成了現在這隻強大無比的骨龍。

影魔非常興奮，手中權杖一揮，骨龍立即聽話地向七小飛了過去。

七小也感覺到對手的強大，警覺地望著不斷接近的骨龍，七小的身軀在骨龍面前顯得是那麼渺小。我忽然有些擔心，那隻突然出現的怪獸實在太強大了，我深刻地可從它身上感覺到那種王者的氣勢。

尚未完全成熟的七小恐怕不是它的對手啊！

在另一邊，在藍水晶面前，聚精會神注視著這一幕的墮落精靈，臉上閃過一絲驚訝，自言自語地低聲道：「不死族最強的骨龍，那個混蛋竟然還留了這麼一手，看來我應及早作準備了。」

想了想，墮落精靈眼中閃過一道狠厲，絕世容顏也不協調地露出一抹嫣紅。纖纖素手揮動，一道藍色毫光中，藍色水晶憑空消失，從石室中走出，將一柄小巧卻不時閃出令人心動的藍色星光的匕首插在肋後，寬大而別致的同樣具有神秘力量的弓背在背後。

深呼吸一口，墮落精靈突然在雪原中快速跳跑起來，而且速度愈來愈快，墮落精靈身體很輕，厚厚的積雪上只留下一連串輕微的腳印。

倏地，墮落精靈全身被一種神秘的綠光所包裹住，纏繞在她周身，飛舞著，盤旋著，陡然綠光刺眼的亮起，當綠光熄滅時，一頭黑色的豹子出現在雪原中，以矯健和極快的速度飛奔。

影魔嘿嘿地望了我一眼，心中已經開始做征霸天下的美夢了，強大的骨龍一定可以幫他做到的，他現在完全不用顧忌那個該死的墮落精靈了，他要把眼前的這群人都殺死。

就用他們的鮮血來作爲他開始成爲這塊大陸主宰的賀禮吧。

骨龍振動翅膀，已經飛到七小身前，驀地發出一聲龍吟，伴隨著驚天動地的吼聲，是一口龍息，冰冷徹骨。

範圍很大，七小來不及躲開，就被龍息吐中，變成七尊形態各異的晶瑩剔透浮雕，向下方墜去。

我看得手腳冰冷，七小竟然連它一次攻擊都擋不住。

擁有龍之力的七小可不是普通的小角色，一般的冷熱根本對牠們發揮不了作用，卻沒想到……

墜落到半空的浮雕，在墜地之前紛紛破裂，七小用其強大的力量破開了寒冷之力的束縛，憤怒的七小倏地飛起，以極快的速度向骨龍掠去。

咆哮聲中，七小對骨龍展開了猛烈的攻擊，自從七小跟著我離開第五行星，經歷過各種艱難的處境，還沒有一次出現過這麼狼狽的情形，這讓七小高傲的自尊很難接受。

七小全力施展自己的速度，黑夜中彷彿七道白色的閃電，盤旋在骨龍的周身。然而骨龍的速度亦非常快，露風的巨大雙翅，每次振動，都令七小速度慢下來，威力絕倫的龍息，鋒利無比的爪牙，如重錘一樣的尾巴，都一次次的令七小無功而返。

影魔看得眉飛色舞，這是今夜首次看到自己的不死生物佔據絕對上風，骨龍遠比自己想像中的還要來得強大。有了它，自己將戰無不勝，成爲這個世界絕對的主宰。

七小處在絕對劣勢，在月夜那邊，勇士們也逐漸的一個個失去戰鬥力，情況愈來愈危急。而我一直被這些不死生物給糾纏著，無法脫身。身體逐漸變得灼熱起來，有一股力量想要脫體而出。

這是小龍的力量在我身體中不安分的騷動，當務之急，也只有靠牠來幫我度過眼前的危機了。

我在心中召喚著小龍，腦門驟然發出一道強光，紅光一閃而過，小龍倏地從我身體中出來，一米長的小龍在一片紅光的包圍中，出現在我面前，搖頭擺尾，見風即長，瞬間已有五米之巨。

小龍一聲龍吟，清脆而響亮，五米長的身體宛如水中的鰻魚一樣在空中擺動向上方飛去，凡是被紅光所碰的不死生物瞬間化爲一堆白骨。

我望著牠扶搖直上的矯健身軀，心中很明白，那看起來已經有十米長的身軀事實上只是一種幻覺，牠的本體只不過一米多而已，也許牠長大後可能會有十幾米長，可是現在比起那隻龐大的骨龍來說，牠只算是個小不點而已。

我不知道兩種不同種類的龍對上會有什麼結果，不論什麼種類的龍，牠們都一樣具有平常生物所無法企及的強大力量。

小龍巨大的身軀停在骨龍面前，憑牠現在十幾米長的身軀已經可以和骨龍相媲美了，而很顯然，骨龍完全沒有看出眼前的巨大傢伙事實上只是幻覺而已，小龍的出現終於讓骨龍感到不安起來。

影魔望著突然出現的巨大小龍，除了目瞪口呆外也感到十分的不安，憑他的直覺，他可以感受到飛在天空擁有如蛇一樣長的身軀和骨龍長有十分相似的腦袋的傢伙，是個可以威脅到骨龍強大生物。

龍有天生的龍威，那可令任何一種生活在大地上的生物感到震驚、惶恐和臣服。

骨龍不安地搖了搖碩大的腦袋，看情形這個死去又被召喚出來的骨龍非常忌諱在它面前裝腔作勢的小龍。

小龍那對宛如夜明珠一般的眼睛俯視著大地上的芸芸眾生，這令影魔十分驚恐。影魔咽了口唾沫，想了想，一咬牙，念動了另一個咒語。這個咒語可令骨龍擁有生前的強大魔法。

事實上這個魔法是十分可怕的，強大的骨龍不是任意一個人都可以控制的，即便是召喚它出來的主人，如果它的主人太弱的話，它會毫不猶豫地把那個傢伙給吃掉，高傲的龍不允許弱者來控制它們。

影魔非常清楚，自己現在的本領勉強能夠控制沒有恢復全部力量的骨龍，一旦骨龍恢復力量，他是不可能控制得了骨龍的，然而他心中卻仍心存僥倖，另外有強敵環伺，他只能將希望寄託在手中的小杖上。

他手中的小杖力量十分強大，也許他利用這個權杖來控制桀驁不馴的骨龍。

我發現骨龍的身上那青綠色的薄膜顏色越來越深，四周寒風凜冽，但是冰雪卻逐漸集中到骨龍身上。

這種詭異的現象告訴我，一定是那個隱藏在黑暗中的傢伙又對那個恐怖的骨龍做了什麼事，骨龍將變得更爲強大。

骨龍宛若活了過來，白森森的骨骼全被青綠色的薄膜給覆蓋起來，空洞的眼眶那兩團火焰也逐漸變得有若實質，好像真的是一對龍眼，放著寒森的光芒，血盆大口張開，聲音低沉而有力。

小龍也不甘示弱的一聲長吟回應著骨龍。

七小早已退回到小龍身後，骨龍的突然變強令牠們感到有些恐懼，焦躁不安地怒視著骨龍，發出陣陣的嗚咽聲。

影魔勉強念完咒語已經是氣喘吁吁了，本來剛才的終極不死系魔法已經耗盡了他所有的魔力和氣力。但是為了這個加強型魔法，他不惜以自身的壽命為代價，終於使骨龍看起來更加像一條龍而不是一具骸骨，雖然還是有些單薄，但是已經是威風凜凜了。

我望著那隻變得更為強大的骨龍也有些沉不住氣了，誰會想到在這裏竟然「有緣」親眼目睹這種強大無比的生物。

小龍顯然氣勢弱於對方，雖然十幾米長的巨大身軀仍震撼著對方，但恢復了魔法能力的骨龍已然不像先前般對牠那麼畏懼了。甚至可以看出恢復了力量的骨龍也比先前聰明了許多。

寒冷的狂風夾雜著冰雪不斷向著小龍席捲而來，這是骨龍的試探。

陡然，七小身體忽然發出一點點的紅光，在大風雪中像是搖曳不定的火燭。

我愣然地望著七小身體內散發出的那點飄搖的紅光，心中突然閃過一個令我自己都感到驚訝的念頭，那是七小體內的龍之力在呼應小龍的力量，難道牠們會合為一體，形成完整的龍之力嗎？

念頭剛完，剎那間，七小化作七道紅光向著小龍投去。小龍發出驚天動地的吼叫，四爪在空中開合不定，巨大的龍頭有些痛苦的神色。

我破開幻覺，注視著牠的本體，七小的力量融會到牠身體中後，牠的體形明顯增大了一倍有餘，幾條龍鬚在狂風中飛揚。

身上的龍鱗甲閃閃發光，龍頭上的兩隻龍角也開出了個叉，彎曲的向後延伸開來，看起來是那麼的威武不凡。

地下的影魔看得心驚肉跳，他搞不明白，這究竟是什麼強大的魔法，竟然可以讓那個龐大的怪獸和七匹狼合為一體，力量也增強起來。

他不斷地命令天空的骨龍進攻眼前的怪物，骨龍被催得不耐煩起來，驀地低頭向他噴出一口徹骨冰寒的龍息。

還好影魔一直在注意骨龍的動靜，此時見它向自己吐出一口龍息，馬上竭力地舞動手中的小杖，撐起一個魔法護罩，將龍息擋在外面，即便沒有被傷到，仍是令他駭出一身冷汗。

骨龍也終於不耐煩地向著小龍發動了攻勢，幾大口龍息向著小龍噴過來，小龍一張口兩個火球也向著骨龍吐過去。

燃燒的火球照亮了半邊天，在這種寒冷的夜裏，雖然是鐵戈交鳴，竟也使人心冷感到一陣的溫暖，火球呼嘯而去，速度要比骨龍的龍息快一些，只不過這種對面的碰撞，是要看誰的力量比較強。

小龍終於是弱一些，兩個氣勢勃勃的火球轉眼間被寒冷徹骨的龍息給澆滅，趁這刻時間，小龍又吐出兩個火球才勉強抵住骨龍的攻擊。

受到餘波襲擊的地面不死生物，紛紛被凍成一個個動作古怪的冰雕。

望著眼前的冰雕，我頓時大受啓發。

雖然這些令人頭疼的不死生物可以無限制的復活，然而只要把它們凍起來，它們雖然沒有死，但是卻暫時失去了活動能力。

我冷哼一聲，心念電轉間，體內的內息瞬間全部轉化爲至陰，收起手中的「盤龍棍」，改用神鐵木劍，我只用劍身拍打在我眼前晃悠的不死生物，即便只用到鋒利的劍刃，也是一碰即退。

很快，一大幫不死生物，都被我給凍成了無法活動的冰雕。

影魔心驚膽戰地望著我將他的手下一個個變成無法活動的冰雕，卻無任何方法來對付我。

直到今天他才瞭解到，原來他以爲天下無敵的不死大軍，竟然會有這麼多的缺陷。

這一會兒工夫，小龍和骨龍已經進行到白熱化程度的較量，雖然沒有身體的碰觸，但卻更加驚心動魄。

骨龍可能在生前是控制冰雪的龍，恢復了力量的牠，在這種冰冷之地，愈發地得心應手，把自己的力量發揮得淋漓盡致，小龍只是勉強地抵抗著骨龍的攻擊。

在寒冷之源，骨龍可以任意地吸收空氣中的力量化爲己有，對它來說，這裏的力量是取之不盡用之不竭的，占盡地利之便的骨龍比以往任何時刻都顯得更爲強橫。

狂風混合大冰雪在半空中任意肆虐，骨龍停住了攻擊，一對龍眼釋放著寒冷的殺意，天空變得更加漆黑，冰雪忽然都向骨龍集中而去，我大驚，這個傢伙在積聚力量，它是想發出最後一擊了。

小龍也停在原地，沒有主動發出攻擊，力量的懸殊，令牠不敢主動上前攻擊，那無異是自尋死路。本來盛大的紅芒在一番攻擊後，也黯淡下來，牠僵硬的身軀因爲受到了創傷而有些不靈活。

我隱隱可感覺到刺骨的寒冷不斷地從骨龍身旁向外肆意的擴張，最後一擊必然是石破驚天。

周圍的大部分不死生物因爲承受不了寒冷而紛紛地化爲冰雕，我手足無措地望著那個強大的骨龍，心裏有一絲悲哀！難道生命終於到了盡頭嗎？

第四章　龍族的戰爭

骨龍的強大遠超乎我的想像，即便我現在能夠與七小合體，力量也無法超過那隻骨龍，實在沒想到這塊大陸上竟然會有如許強大的生物。

我望著不斷吸收周圍冰雪力量的骨龍變得越來越強大，卻不知道該如何是好，也許我可以逃脫生命，可是難道我能忍下心丟棄那些勇士們嗎？沒有了他們，我一個人是不懂得如何封印惡魔的。

讓我放棄那些可憐的精靈、人類和矮人，那是令我難以忍受的。

我光顧著思考，卻沒有注意到我身上的金光不知何時已被一片紅光所替代，一閃一滅，彷彿心臟的跳動，我低頭望著身上越來越盛的紅光，心中有些疑惑，龍之力和龍之魄不是已經脫離我的身體，成爲單獨體了嗎，爲什麼我體內還會有龍之力存在？

小龍身上的黯淡紅光也跳動起來，好像在召喚著什麼，我有一種身體要脫離地面飛起來的感覺，冥冥中，我感覺到有一種莫名的力量在控制我。突然天空烏雲翻滾，隱隱有悶雷聲傳出。

狂風令人難以站穩腳步，當第一個驚雷聲勢浩大地落下時，我陡然拔地而起，身體不由自主控制地向著小龍投過去，濃濃的紅光將我包裹，我彷彿沉浸在紅光的海洋中，溫暖而舒適，並且可感受到強大的力量在周身流淌。

我睜開雙眼向前望去，頓時嚇了一跳，我看到一對比磨盤還要大的眼睛，散發著仇恨與死亡的氣息，冷冷地盯著我，我清晰地感應到力量在骨龍身邊圍繞，骨龍積蓄著力量，我完全可以想像，那鋪天蓋地向我席捲而來的冰冷之極的力量足可令萬物低頭。

也許只有藍薇那柄「霜之哀傷」神劍中的劍靈——九尾冰狐，才能抵抗得住這樣強大的冰冷力量。

我已經與小龍合為一體，甚至我全身都化為龍，沒有一點人的特徵，我掌控了小龍的身體，我每一個念頭都在指揮著這副龍的身體。

驚雷一個接一個的打下來，伴隨著驚鴻一現的閃電不時撕破黑暗，人的視線在黑暗和光明中交替。驚雷將一具具浮雕砸得粉碎。

突然我有一種熟悉的感覺，有一種強大至極的力量令我感到很熟悉，我睜大著龍眼，緊張地望著四周，突然黑暗中一道閃電帶來瞬間的光明，隨之是轟隆的雷聲砸在萬里雪原上。

短暫的時間中，好像四季中最惡劣的天氣情況都出現了，冰雹、大雨、狂風、閃電、驚雷，這交替震顫著所有人的內心。

望著驚雷落到雪地上，我立馬察覺那種讓我感到熟悉的力量就是雷的力量，沒想到小龍竟然可以控制雷的力量，這實在讓我太吃驚了，雷可以說是自然界中最霸道的力量。

望了一眼，力量越來越強大的骨龍，我決定孤注一擲，嘗試著運用龍體內的龍之力接引著天空的雷的力量。又一個落雷從空中降落，我把握時機，將龍之力迎了上去。

落雷陡然改變降落軌跡，隨著龍之力朝著我身上落下，感覺到逐漸接近自己的霸道力量，我心中有一絲不安。念頭只發生在電光火石的剎那，落雷已經和我的身體（龍的身體）發生了接觸。

我感到龐大的身軀（因為我的加入，龍的身體又長長一截）猛的一震，疼痛感傳遍全身。

我幾乎被落雷從空中打到地面去。見我倒楣地被落雷擊中，影魔發出難聽的竊笑聲。當我自以爲感覺錯誤了的時候，突然發覺身體中陡然多出了一股不同的霸道力量，我馬上欣喜若狂。

我成功了，剛才被落雷打傷，只是因爲我還不夠熟練的緣故。

驚雷不斷的落下，經過幾次嘗試後，我已經可以輕而易舉地把雷的力量給吸收到體內，我努力地接收著從天空不斷落下的驚雷，改造為屬於自己的龐大力量。

突然我看到在偷笑的影魔，心中一動，突然將一個正在落下的驚雷改變了運動軌跡，向著影魔的頭頂落去。看著驚雷正朝自己落下，感受到那強悍難以抵抗的力量，影魔只好全力地將權杖釋放出的魔法護罩開到最大，並且迅速向另外的方向逃遁去。

驚雷在他腳邊炸開，一個大坑頓時出現在他視線中。

這一邊骨龍好像已經積蓄了所有的力量，寒冷的力量在我身邊飛舞，不斷地想侵蝕我，卻被我體外的紅光給攔在外面。

冰雪愈發大起來，我體內也儲藏了很多雷的力量，可是我不知道這些力量能不能給予骨龍致命一擊，時不我予，骨龍不再給我更多的時間來積聚雷的力量了。

陡然間，所有的冰雪大風都向我席捲而來，難以忍受的冰寒之氣，更像是附骨之蛆令我難受至極，我知道這是它攻擊的前奏，它能夠操控冰雪的力量，所以幾乎所有的冰雪都向我砸過來。

一個晶瑩透明的冰球倏地出現在骨龍的嘴邊，那個看起來是那麼可愛的冰球事實上正是所有冰雪的精華，被它擊中我可以肯定，我將會一輩子保持現在的姿勢做永久的龍雕了。

我將所有的雷的力量也集中到一塊，一個半徑約一米的雷球從我嘴中吐出，雷球的表面不斷有閃電雷光閃動，雷球一吐出，天空上的閃電和驚雷都好像受到了它的吸引，不斷地擊中它，然後雷球就增大一圈，當雷球和冰球在空中相遇時，雷球已經增大了一倍有餘。

轟炸聲震驚著整個雪原，天地都爲之變色，大地在哀鳴，天空在顫抖。以兩球爲中心，冰雪風暴陡然爆發，以極其強烈的聲勢向四周擴散，鋪天蓋地，彷彿天地間都被冰雪所充盈，入眼皆是冰雪，不見天地萬物，只有冰雪在空間的每一寸地方肆虐。

雖然聲勢浩大，莫名的我卻有一種安心的感覺，冰球是由冰雪的精華所凝聚，現在卻已經釋放出來了，以冰雪風暴的形式釋放了出來，再對我構不成威脅。

空中雖然爲冰雪充斥，我卻能感受到雷球仍然存在，而且正在快速靠近骨龍。而骨龍也意識到雷球的厲害，正在竭力的躲閃著，只可惜無論它的速度怎麼快，又怎麼能快過雷電的速度。

雷球重重的擊在它身上，直沒入它的身體中，天空中所有的驚雷閃電競相擊打在骨龍身上，強大的自然力量下，骨龍不斷地發出慘叫、哀鳴，骨龍整個身體都被雷電所環繞，彷彿是一個龍形電網在天空熠熠生輝。

倏地，它身體的雷球爆炸開，聲音大得驚人，幾乎令我的龍心臟都難以承受，一波波的雷聲，交替著向著遠處傳去。

骨龍在最強的爆炸中，再次化爲一根根白骨，回到了它的死亡之界。

半空中，白骨如同雨一樣紛紛落下，情景蔚爲壯觀。

身體一陣的乏力，剛才的雷擊消耗了我的大量體力，現在危機解除，頓時感到難以支撐下去，紅光猛烈的閃動幾下，真正的自己又回到了現實中，幻覺消失，半空只剩下一條一米長的小龍。

小龍顯得很疲乏，在暴風雪中無法保持平衡地搖搖欲墜，我急忙將牠召喚回自己體內，而七小彷彿也脫力般在我身邊竭力地抗拒著大風雪，我只好將牠們也封印起來。

看起來只有我精神熠熠，沒有感到什麼不適，剛才和小龍融合到一塊，體驗了一次做龍的感覺，用的全是小龍和七小的力量，而自己的力量未消失一分。

影魔見勢不好，立即遠遁，剛才的攻擊已經讓他嚇得肝膽俱裂，及至看到他召喚出的骨龍被消滅得乾乾淨淨，立即開溜。他知道就算他留在這也只有等死的份兒，給自己加了個隱身和快速的魔法，在黑夜和暴風雪的掩護下，急忙地向魔法陣逃走。

只要逃到魔法陣，他可以在一瞬間跑到上千公里甚至上萬公里的地方，那樣他就安全了。

看著他的身體忽然消失在黑夜中，我冷冷地哼了一聲，以為隱身就可以逃掉了嗎，我的嗅覺可是比狼還要靈敏啊。

局勢已定，我放心地一頭鑽進暴風雪中，向著影魔逃走的方向追了過去。風雪很大，我必須緊緊地跟在他後面，否則大風雪立即就會將他的所有行蹤給掩蓋掉。

我是下定了決心要殺他，我真怕他再用那隻不離手的小杖，再召喚一隻那樣恐怖的骨龍出來。

影魔實力不怎麼樣，逃跑倒是一流的，瞬間已經不見了蹤影。

我循著他留下的氣味，一毫不差跟在他身後。

在「寒冷之源」的另一邊，一隻體形身姿矯健的黑豹停在離戰場不遠的一個地方，默默的注視著戰爭的進行。

當牠目睹兩隻龍的對決時，眼中閃過一絲很人性化的驚訝，當骨龍被徹底消滅在天地間時，黑豹有些深深不安，可是看到那個男人追蹤著影魔逃跑的路線而去的時候，黑豹眼中的幽芒陡然亮了起來。

黑豹呼出了一口熱氣，展開四肢向著前方奔去，那裏還留著二十多個各族的勇士，剩下的那些不足為懼的骷髏仍在糾纏著他們，不過卻越來越少了。

了。

　　黑豹的速度很快，轉瞬間已經接近了正在被一小撮不死生物糾纏著的勇士們的附近了。

　　奔跑中，黑豹突然再次轉化爲墮落精靈，背後的大弓已經被她拿在手中，幾支經過魔法淬煉的羽箭帶著懾人心魄的尖鳴出現在勇士們面前，在他們反應過來之前，兩個人族白銀騎士喉嚨上分別被一隻羽箭穿透，鮮血尚未流出，就被寒冷的氣候給凍結。

　　當勇士們愕然地看到一個陌生的精靈在攻擊他們的時候，又是兩支羽箭分別奪去了一個白銀騎士和一個矮人的性命。

　　受到兩面進攻的勇士們頓時壓力大增，本來就體力透支的他們，現在只能勉強抵抗住不死生物的攻擊，而突然出現的那個精靈的羽箭就像是死神的召喚，令他們沒有抵抗之力。

　　精靈女祭祀見狀，全力舉起「箭魚弓」，挽弓射去，一道冰箭帶著點點的寒星向著墮落精靈急射而去。

　　墮落精靈輕蔑地一笑，雙手搭弓兩支羽箭向著那支冰箭迎了上去。

　　不過當她看到自己的兩支魔法羽箭被擊得粉碎，而那支冰箭絲毫未損地仍向著她射過來時，她總算瞭解了「箭魚弓」的厲害，雖然她曾在藍水晶中見過這把奇異的弓，卻沒有現在這般震撼的感覺。

震撼的同時，卻令她更加的憤怒，更加的嫉妒。

月夜在長時間地和不死族的對抗中，早就用光了所有的力量和體內的氣息，剛才一箭只是勉強而爲，此刻想要再發下一箭只有等回過力來才行。

墮落精靈卻利用這機會痛下殺手，哀叫聲不絕於耳，當月夜終於有力氣在搭弓射箭時，一柄冰冷刺骨的匕首已經架在她的脖子上，匕首反射著寒冷的清光，明晃晃的像是一泓秋水。

兩個美麗無比的精靈在醜陋無比的不死族的圍繞下互相對視著。

墮落精靈望著對方毫不退讓的眼神，心裏十分不快地給了她一個巴掌。月夜在心中奇怪爲什麼這裏會出現一個精靈族的人。

而且這個精靈還是和敵人一夥的，自己這些朝夕相處了很多天的夥伴們歷經磨難卻不想在這裏意外被殺死，而下手的人赫然是精靈族的人，這令月夜在不解的同時，深深爲敵人會有精靈族的人而感到不恥。

寒風凜冽，兩隻不同種的龍的曠世對決的餘波仍沒散盡，雪原上幾百年來第一次出現狼藉不堪的情形，到處散落著屍體和血肉、白骨和一些奇形怪狀的冰雕。

爆炸的威力將雪原炸出了好幾個大坑，都可以看到被深埋在地下的泥土了，墮落精靈收起手中的匕首，也順手將月夜手中的弓給奪了下來。

望著精緻而且別具匠心的箭魚弓，她輕輕地摩挲著上面那些顆大珍珠，神情忽然有些悲哀。

半晌後，墮落精靈默默地將箭魚弓背到身後，抬著頭望了一眼月夜，本來之前還想著抓到她以後如何羞辱她，打罵她。可是現在看著她那對倔強的眼神，彷彿回到了當年自己做精靈族大祭祀的時代。

對方和自己一樣都是可憐的女人，被精靈族的神規所束縛而無法得到幸福的寂寞女人，當年自己就是因爲難以忍受這種寂寞的折磨才來到了這裏，不知何時，自己完全忘記了過去，成爲惡魔的守護人。

「唉！」墮落精靈深深地歎了口氣，眼前的女人爲什麼會比自己幸運，自己墮落成人人鄙夷的墮落精靈仍沒有得到幸福，雖然獲得了久遠的生命卻仍行屍走肉地活著。

月夜很奇怪眼前的墮落精靈爲什麼看著自己的眼神忽然由凶厲變得迷惘，接著又透出無限的悲哀和無奈，彷彿歷經了世間的滄桑。

墮落精靈帶著幾個不死生物，押著月夜向著另一個方向走去。

月夜向著那個帶走她心的男人最後出現的方向望了一眼，心中祈禱著他的平安，然後默默地跟著墮落精靈向遠處走去。

墮落精靈也默不作聲地走著，本來打算殺死女祭祀，然後自己獨霸神使，然而現在忽然有些膽怯，再也下不了手了，她開始思考，怎麼才能繼續進行自己的計畫，神使她是一定要奪到手的。

我追蹤在影魔身後，終於在一個峽谷前將他給截住，我悠然地站在影魔的身前，影魔怯懦與惶恐地望著我，遲疑著向後退了幾步。

對這種凶人，我沒有什麼好說的，難道讓他在死前懺悔嗎？這麼多的不死大軍都由他一手指揮，可見他造的殺孽一定不少。我一步步向他走去，右手金光閃爍，神鐵木劍由金光所鍍，璀璨無比。

殺氣直逼他而去，影魔驚慌地想要取出藏在懷中的小權杖，念動魔法咒語來抵擋我的攻擊。

我的步伐愈來愈快，手中的金光也越來越燦爛，金色的劍光向前方延伸而去，我大吼一聲，奔跑中我和神鐵木劍合爲一體，身即是劍，劍即是人。金光瞬間大漲，照耀著大地，金光中，七匹高大威猛的白狼呼嘯奔出，這是高於劍氣的另一種攻擊手段——幻靈。

這一招我好久沒用過了，今天面對大陸戰亂紛爭的幕後黑手之一，我忍不住用了出來，金光透體而過，七匹白狼也紛紛從他的身體穿過，影魔只在一瞬間就被強大的幻靈給暴體。

肉身化為一塊塊的零碎，在一大團血霧中向四面八方濺射出去。

他那支蘊藏著強大力量的小杖，也被金光給擊中拋飛到空中。望著前面方圓幾米之內一片狼藉的血肉，我暗道：「即便你有復活的本事，肉體已經完全毀壞了，你也只有去地獄了。」

我仔細地審視著手中的小杖，杖頭一塊巨大的鑽石因為受到金光的打擊，已經出現了裂痕。

小杖在我手中不安分地哀鳴著，強大的力量因為受到某種原因的束縛而沒有直接衝入我體內。

小杖中是一種極邪惡的力量，好像有無數的冤魂在哭泣一樣，這令我感到很不自在。我猜測這個小杖一定是死神才能擁有的強大武器。

我的力量還無法束縛它，看了它一眼，轉手將它扔向峽谷下那無底的深淵中去了，小杖在空中劃過一道弧線掉到峽谷下的雲海中去。

收了神鐵木劍，施展「御風術」按照原路飛回去，剩下的那一小撮不死生物，應該不會對各族的勇士們造成太多困擾才是。不過我仍是有些放心不下，迅速地向著他們的方向掠去。

大戰過後，天空出奇地放晴了，明月重新出現在天邊，寒風雖然依然凜冽，但是卻小了很多，冰雪和雷電已經停了。很快我就回到了最初的地方，滿地的白骨和殘肢斷臂，血肉模糊。

我望著一望無際的雪原，卻沒有看到他們一行人，忽然心中產生了一種不祥的感覺，我降下身軀貼著地面一邊飛，一邊觀察著。

這裏的不死生物全部死光了，不知道出於什麼原因，竟然沒有再復活。

突然我看到了躺在不遠處的屍體，我頓時蒙了，腦中一片混亂，耳邊忽然靜了下來，沒有風聲，沒有雪聲，只有心臟的跳動聲。

前面圍成一圈，竟是所有勇士的屍體，這些朝夕相處的朋友啊！

矮人王死前還一手拿著魔法錘，另一手卻拿著已經空了的酒囊。

那些正值青春年華的精靈姑娘們也都靜靜地躺著，卻沒有了呼吸，在她們脖子邊有一個很小的傷口，血已經凝固了，肢體變得堅硬，這些一路同甘共苦的朋友們在一個月後最終長眠於此！

望著這些熟悉的面孔，突然我心中一震，一個名字出現在我腦海中，「月夜」！

我遽震，月夜呢？

我在屍體中尋找著，這裏並沒有月夜的屍體，所有勇士都在這裏，唯獨沒有月夜，我心中飄起一絲僥倖，也許她還活著。

墮落精靈帶著月夜回到自己的住處，不死生物被墮落精靈留在了外面，室內只有兩個精靈互相對視著。

室內壁火熊熊地燃燒著，溫暖無比。

一隻體格很大的白虎懶洋洋地趴在壁火邊，見到墮落精靈進來，抬起頭來對著她懶懶地叫了一聲，又很奇怪地瞄了一眼她身後的精靈女祭祀，從她身上，白虎感到了一種久違的熟悉，隨即又趴著假寐。

本來月夜憋了一肚子話想說，可是當她看到那隻懶洋洋的白虎時，她終於明白了。

這是精靈族最高的機密，記載在精靈族歷史中，只有三位長老和自己知道這件事。傳說在幾百年前，有一個天賦不凡的大祭祀不但魔法修為很高而且是族中最強的白虎武士，然而卻不知道是什麼原因，有一天，那個大祭祀突然打傷了十幾個黑豹武士，投奔了自己的敵人，從此消失不見。

墮落精靈在一把木椅上坐了下來，喝乾了杯中的紅酒，望了一眼月夜，然後合上眼睛，好像在思考著什麼。

白虎低鳴一聲，軟綿綿地站起身來，費了很大力氣似的走到墮落精靈身邊安靜地趴下去。墮落精靈伸出手撓著牠的腦袋。

一會兒後，白虎突然發出驚天動地的虎吼，頓時令月夜嚇了一跳。

墮落精靈卻站了起來，望著月夜的眼神中有一種得意的神色，而在她手中正飄落幾根白色的毛。

第五章　生命之泉

墮落精靈嫣然淺笑，蒼白的兩頰竟升起一絲紅暈，月夜愕然的望著她，不知道面前的墮落精靈為什麼會忽然露出如此嫵媚的笑容，竟如一朵冰水中的芙蓉，令自己都有些自慚形穢。

墮落精靈輕盈地邁動腳步，纖纖素手在壁爐邊隨意一擰，一道暗室便在石室的一角出現，墮落精靈向月夜打了個「請」的手勢。

月夜自然知道自己與她力量相比相差甚遠，於是也就乖乖地走了下去。月夜走了幾步後，身後的密室之門轟然又合了起來，兩邊升起點點火把的火光，通道的盡頭是個藏酒的地下室。

大峽谷，一片荒蕪，白骨林立，森森寒氣。

在眾多白骨中，一個綠點在努力不歇地釋放著自己的光芒，那是被扔下去的小杖，在綠點一閃一滅間，杖首那個碩大的鑽石上的裂痕逐漸擴大，「啪嗒！」清脆的一響，在死寂的大峽谷內格外響亮。

鑽石裂成兩半，從杖首跳出，瑩瑩綠光飄飄搖搖從杖中溢散出，不大會兒工夫，峽谷內白骨群中都充滿了點點的綠光。

片刻後，綠光漸漸轉化爲黑霧，一股股粗重的黑霧從杖中溢出。

雪原上，我挖出了一個大坑，將與我朝夕相處一個月的勇士們給埋了。我站在坑前，望了他們最後一眼，心中默默地爲他們祈禱，剩下的事就讓我來替你們做吧。

按圖索驥，我向著「死神之棺」飛去，我現在只想將惡魔找出來，然後把他殺死。從此解決這裏各族紛擾的源頭，然後帶著月夜離開這裏，回到我的時空。

天亮時，我在一片奇怪的古老建築前停下，眼前的建築古樸而簡約，十根高大柱子將大概百平方米面積的建築給圍在當中。

柱子上雕刻著奇妙的圖騰，圖中人獸騰雲駕霧，栩栩如生，可能是因爲受到風雪侵蝕，有些部分已是模糊不清，讓人感歎不能窺其全貌的遺憾。柱子有十幾米高，每根柱子高度相同，不過雕刻的圖騰不同。

建築雖然不大，卻莊嚴肅穆，望之令人油然而生景仰之心。奇怪的是，建築並沒有頂蓋，潔白的天空偶有幾片雲朵悠然飄過，使人心生感動。

我猶豫了一下，還是邁步走了進去，甫一進入內部，便心中震撼無法用言語表示，淡淡而瑩瑩的寶石綠，光芒充斥在廳中的每一個角落，柔和的光線輕撫在身上使人從心底升出喜悅和感動之情。

柔和的寶石綠光芒中，點點如同星光一樣的藍色光芒如同小小的氣泡飄浮在空氣中，兩種不同的光芒極爲協調地融合在大廳中，宛如星河一樣散發出深邃、神秘的光彩。

如果不是我定力過人，恐怕自己早已迷失在這種奇妙的所在中了。

假如有仙境也不過如此吧，實在太美麗了。因爲勇士們的死亡和月夜的失蹤而帶來的不愉快的心情，在這一刻完全的爲一種對生命奇妙的感動所替代，我張開雙臂，仰頭四顧，這究竟是怎樣一個所在啊！太神奇了，沒想到在雪原這種惡劣的環境爲兇惡的不死族所佔領的地方，竟還能有這種神奇的地方。

不知何時，我已經盤膝坐了下來，深深地吸了一口氣，瞬間進入入定的狀態，心情出奇地平靜，沒有任何一絲的雜念。陰陽兩氣就這樣在體內循環著。

沒有任何念頭，沒有任何執著，沒有一絲意識，只是享受著這意外的驚喜，陰陽兩氣在體內自由循環著，合二爲一，然後分開，然後又融合，分分合合，身體受到的傷害快速地恢復著。

如果我是醒著的話，我就會看到大廳中那神秘的如同氣泡一樣的星光都向我聚集過來，剔透晶瑩，我的表面也被渲染成寶石的光彩，雖然緊閉著雙眼，卻仍寶相莊嚴。

身體陡然大放光芒，附著在皮膚上的衣服倏地破裂開，光滑的皮膚上有一層星光在流淌，宛若河流。突然間，一道紅光於我的兩額間刺出，霸道威嚴，一條龍的圖騰在我雙眼間遊動。

正面胸膛之上一道白光乍放，白嫩的皮膚上忽然隱現出一道道銀色的細密紋路，銀線交錯勾勒，形成一隻栩栩如生的白狼，昂首挺胸引頸長嘯。

背後一條條綠色的線也逐漸顯現出來，粗細各異，但是彼此相連，一株嬌嫩的可愛的植物圖騰最後被綠線給勾畫出來。

三個圖騰不斷地閃爍著，而三個圖騰中的生物也好似活了過來，顏色也逐漸變得更深，五六種不同的光芒交替閃爍，彷彿五彩光芒，瑞氣千條，我雖然沒有看到這種奇景，卻感到身體異常舒服。

與此同時，在寒冷之源的深處墮落精靈又取出了她那塊寶貝藍水晶，心情頗爲激動地念出魔咒，畫面一陣模糊。墮落精靈怔了怔，心中有些詫異，不知道怎麼會出現這種情況，以前找人只要念動咒語馬上就會在藍水晶上顯示出來，而這次卻意外地失敗了。

墮落精靈不甘心地向藍水晶中注入更多的魔力，提高音調念出咒文。終於，一直沒有反應的畫面，閃跳起來。墮落精靈驚喜地望著畫面，可惜半晌後，畫面又重歸平靜，不起一絲漣漪。

墮落精靈皺了皺眉，雙手捧起藍水晶，手心中陡然放出刺眼的光華，兩大團能量被她強行輸入到水晶內，並且開始大聲念著魔咒，隨著魔咒不斷地從她嘴中冒出，她自己也被光華所包圍。

石室彷彿受到某種不明力量的干擾，室內的桌椅板凳發出一陣陣的振動，壁爐中的火焰陡然大漲，發出「比剝」的響聲。

藍水晶倏地亮起一道強光，頓時畫面顯現出來，在一個閃爍著神秘星光的地方，有一個男人安靜地坐立在地面，周圍被各種不同的光線所糾纏。墮落精靈還想仔細地看下去，藍水晶突然裂開，成爲廢品。

藍色的粉末帶著點點的磷光從半空中飄然而落。整塊藍水晶因爲受到超過負荷的魔力而壽終正寢。

墮落精靈怔怔地望著眼前漂浮在空中的藍色粉末，神情十分專注，彷彿迷失在那些美麗的藍色粉末中，半晌後，突然雙眉一揚，眼神中流露出一絲動人心魄的亮光。

墮落精靈扭轉健美而充滿爆發力的腰肢，拿起掛在牆壁上的一柄精緻匕首，綁在修長的大腿上。一襲墨綠的披風披在身後，頓顯另一種與眾不同的颯爽英姿，一聲尖嘯在她口中傳出，在一邊打盹的白虎陡然立起，顯出獸中之王的風采。

墮落精靈從離地十幾米的出口陡然跳下，白虎厲吼一聲，跟著一塊躍了下去，比自己主人下降速度更快，墮落精靈落在白虎的背上，白虎四肢著地，搖了搖腦袋，低沉地吼叫一聲，興奮地向前奔躍而去。

在神秘的所在中，我身上的三種圖騰顏色愈加鮮豔起來，陡然三種光芒分別從三種圖騰的所在射了出來，彙聚在我的頭頂處，形成一個美麗的彩色光球，流轉不停，光彩陸離。

片刻後，彩光從光球上脫離降落下來，形成一片光雨，如夢幻般的美麗，光雨一接觸到我的皮膚頓時隱沒不見，融入到我的身體中，我的身體彷彿是一塊巨大的海綿，貪婪地吸收著空氣中的光雨。

體內兩道陰陽真氣在彙聚到頭頂的百匯穴處時，耳膜轟然一震，兩道真氣奇跡般的化作一股，我強忍著心中的喜悅，引導著這股新生的力量在體內奔騰著。我很清楚在這個神秘的地方，我終於成功的突破第四曲的界限，進入到第五曲的境界。

我輕鬆地駕御著洶湧的力量，兩股屬性不同的力量在運轉中逐漸的融合到一塊，陽屬性的能量漸漸地轉化成純陰屬性，幾個周天之後，體內的能量已經只剩下純陰屬性的能量。

我能感覺到，我體內的力量更加精純了。

我深深地吁出一口氣，從入定中醒來，雙眼甫一睜開，兩道金光彷彿兩道利劍倏地直刺出去，宛然實質。雖然以前全力運用內力也會有金光刺出，但是這次卻是截然不同的。

兩道金光就像是我的手臂一樣，令我可以感覺到周圍的情況。

我合上雙眸，將金光內斂，體內力量澎湃，令我有種說不出的興奮，我攤開一手，一朵青色的火焰跳躍著出現在手中。

我沒猜錯，我的內息果然是變得更爲精純了，手上凝結的三昧真火已經很明顯地告訴了我，我現在的內息是最精純的，沒有一點雜質，所以才可凝結出最純的三昧真火。

欣慰地歎了口氣，手握成拳，再舒展開時，三昧真火已經消失不見了。

我的心神前所未有的平靜，悠然地望著四周的神秘空間。

這可能是我見過最奇妙的地方，雖然很簡樸至四周一覽無遺，卻予人神秘無比的感覺。

抬頭望上去，駭人發覺空間彷佛是無限大，以我的目力仍無法看到頂，盡頭處，有深藍色的光芒隱隱放著，使人的目力無法穿透。

這裏的力量是與眾不同的，那麼的祥和與靜謐，卻又是那麼的強大。

我心神一動，將我的寵獸們都放了出來，我想這裏的神秘力量會對牠們有意想不到的好處吧。

七小出現在我眼前，抖了抖腦袋，親昵地蹭在我身邊，與靈龜鼎合二爲一的小黑也被我召喚出來，平常沒有煉製丹藥和兵器的時候，牠很少有機會出來。

小黑可能受到最多的靈氣而鳳凰卵也一直在鼎內孕化，小黑的特徵比上一次明顯又有了變化，頭頂處伸出三道似龍角一樣的肉刺，並且彼此相連，身上的每一塊鱗片都高高地鼓起，顯得極爲堅硬，紋路十分清晰，但卻渾然一體，望著我欣喜的眼神，竟然如人類見到自己的好朋友一樣充滿感情。

豬豬寵球球和那隻級別只有兩級的變色龍寵也被我召喚出來。

這裏的能量令牠們感到十分愜意，小傢伙們恣意地享受著藍綠色的星光給牠們帶來的舒適感。

我身體中的三個小傢伙因爲剛才我在突破的時候，感應到牠們因爲幫助我也得到了很大好處，所以沒有把牠們召喚出來。

現在最需要補充能量的就是七小和小龍了，在與恐怖的生物骨龍的對戰中，牠們也受到了巨創，不過我已經感應到小龍已經恢復如常了，甚至還長大了一些，而七小也瞇著眼睛靠在我身邊，星光中的藍色水泡一個個地在牠們身上消失。

可能這些藍色的水泡具有治癒生物的本領吧。

一直在我身邊「游來游去」的小黑，忽然好像感應什麼，突然向前「游」去。小黑原本圍繞在我身邊，不停地追逐著空氣中的藍色水泡，並把它們給吞下去，這時突然向前方而去，難道牠發現了什麼？

我狐疑地跟在牠身後，向前飛去，我的寵獸們也跟著我，沒想到看著不大的地方，竟然足足飛了有一分鐘之多，也沒有看到盡頭。

這裏當真是神秘而奇妙啊！

倏地，小龜停了下來，我望著眼前頓時驚呆了，實在是太美麗了，如果說剛才的綠寶石般的光芒和藍色的水泡是如輕紗一樣的話，眼前的光芒就如濃霧一樣若有實質，觸手可摸。

空間完全被藍寶石的光芒所充斥，藍色的水泡像是一個個璀璨的星斗，閃耀著最美麗的星光。

小黑歡呼一聲，一頭栽了進去。幾個氣泡咕嚕嚕地冒出。

這所有神秘的光芒和力量的源頭正在我的眼前，兩個宛如小假山一樣神奇的東西矗立在我眼前。不知名的物體有序地堆積在一起形成一個容器，彷彿是天然而生的，裏面積滿了液體。

而那液體的顏色正是這空氣中光芒的顏色，相隔不遠的另一個是藍色氣泡的顏色，深邃而神秘。

小黑忽然從裏面冒出腦袋來，調皮的對我吐了一口，液體飛濺到空中，忽然光質化，產生一大片絢爛的色彩，然後融合到空氣中。

我可以肯定這兩座容器似的東西正是這個神秘的建築物中所有力量的源泉，這裏的光線很濃，所有的寵獸都懶洋洋地享受著。

我忽然想到手背上還有一個小酒蟲，牠最喜歡待在液體裏，把牠也放出來玩玩，小傢伙不出我所料，甫一出來，就扭動著肥胖的身體跳到我面前的能量之泉中。

小黑倏地躍起，附著在牠表面的液體隨著牠不斷地在空中遊動而灑落下來，大量的光雨落在身上，涼涼的卻不會讓人感到冷，舒服得幾乎令我呻吟出來，皮膚瞬間彷彿比嬰兒還要嫩滑。

調皮的小酒蟲突然從泉水中鑽出，學小黑般向我吐出一口水箭，眨眼間在空中化爲一小片光幕。小酒蟲發出「吱」的一聲，好像在疑惑爲什麼自己吐出的水箭忽然消失了，不甘心地又吐出一個水箭，一支、兩支……十支，好像在放煙花一樣，美麗異常。

不知道在裏面待了多久的時間，寵獸們休息夠了，我把牠們都重新封印回去，卻忽然發現，本來白胖胖的酒蟲忽然變成了藍色，我詫異地望著牠，心中猜測牠難道被染色了？

小酒蟲卻不以爲異，開心地扭動著牠那肥嘟嘟的身體，彷彿在翩然起舞，不過舞姿實在是令人不敢恭維。伸手彈了牠腦袋一下，小傢伙憤怒地瞪了我一眼，化作一道藍光，重新被我封印到體內。

我轉身想走，可是又有點捨不得眼前的寶貝，如此好東西，不帶一些走，實在可惜了，這種神秘的地方估計一年半載的都不會有一個人來，放在這實在便宜了那些不死族的傢伙們，暴殄天物啊！

心念一動，一人高的靈龜鼎出現在我面前。我看著靈龜鼎，心中嘿嘿笑道：「隨著小黑的進化，靈龜鼎越來越好用了，想大就大想小就小，帶走一些能量液體夠用就好，不要太多讓它乾涸了就不大好了。」

我念動口訣，靈龜鼎的鼎蓋陡然升起，強大的吸力在靈龜鼎中產生，受到巨大吸力的緣故，藍色的液體紛紛地向靈龜鼎中湧來。

中途有一些尚未來得及進入靈龜鼎的液體化作光芒溢出了，不大會兒，一人高的鼎中已盛滿了液體，爲了防止它們化光溢出，我立即將鼎蓋落下，蓋得嚴絲合縫。

我探頭望了一眼，能量源泉，空了大概有一半之多，不過正有液體從底部不斷湧出，來彌補失去的這些。

我將變小了的靈龜鼎收回到烏金戒指中，按照原路返回，出了入口，回頭望著這個巨大而神秘的建築，心中感慨自己福緣深厚，有緣進入這裏而再次提高自己的功力。

突然間，大地震動起來，好似雪山崩塌一樣，眼前的巨大建築，忽然向下沉去，我目瞪口呆地望著眼前的建築逐漸沒了頂，被大雪封蓋，查看不出一絲端倪，好像這裏從來未出現過任何東西。

這就是機緣吧！

我收拾心情，轉身沒入皚皚雪原中。

大雪飛舞，一陣風吹過，從天而降的雪花飛得更緊了。驀地我發覺自己身上除了下身的一件短褲就再沒任何一點布片了。

不過我卻絲毫不覺得寒冷，這點冷意與我體內純陰真氣相比，還相去甚遠，雖然不大雅觀，好在四周沒人，風雪的掩蓋下，我如一隻在雪原中飛奔的雪狐，即便有人在此，也只能看到一道白光閃過。

按照我看過的那份地圖，這裏離寒冷之源的中心地帶已經不遠了，我只要破壞了惡魔的沉睡之地——死神之棺，便大功告成了。

只是在此之前，我還要救出月夜，我懷疑失蹤的月夜是被不死族給擄去了，希望她不要受什麼苦頭。

突然視線中出現了一大幫的骷髏士兵，一腳高一腳低的在雪原上走著，不時發出骨骼摩擦的聲音，令人聞之生寒，我目測了一下，大概有幾千個骷髏兵之多。好像是在守衛著什麼。

如此看來，我已經接近惡魔沉睡的地方了。

要是就這麼打過去，會給我造成很多阻礙，不如悄悄地過去，待我解決了他們的主子，再回頭來把他們給消滅掉。

我召喚出變色龍寵，寒冷的環境令牠有些不安的扭動了幾下尾巴。

我望著牠道：「小傢伙，今天你是第一次派上用場，千萬不要令我失望啊。」我輕喝一聲：「合體。」一道白光撲在我身上，一會兒工夫，我皮膚的顏色竟然在自動改變，漸漸地我的皮膚越來越白，最後幾乎和雪成一個顏色，皚皚白雪中，我這樣簡直就和隱身一樣了。

骷髏的智商並不高，再加上我這身保護色，想要從他們眼皮底下溜走應該並不難。

我飛到空中，平躺著身軀從他們的頭頂上飛過去。

果然有驚無險，我越過了這幾千骷髏兵的範圍，我繼續向前飛行，心中不斷讚歎著與我合體的變色龍寵，小傢伙雖然級別很低，但並非一點用都沒有，利用這身掩護色，我可以在不驚動不死族的情況下，偷偷地從它們手中救出月夜。

再往前又飛了一段路，又出現一批幾千人的骷髏士兵。

我照樣利用大雪的掩護，從它們的上空飛了過去。

接著我又遇到了一批不死族士兵，三批兵加在一起大概近萬人之多，裏面還摻雜了一些獸人族的士兵。

按照地圖指示，在惡魔沉睡的地方有一片廣闊的冰湖，冰湖上有一個冰塔，這個冰塔遠古便已存在，就是因爲冰塔的存在，惡魔才能夠被冰封在此沉睡至今，仍無法甦醒。

然而冰塔的力量正在逐步減弱，被封印的惡魔受到他的僕人們的召喚而逐漸甦醒過來，他降臨的那天，世界將變成地獄。

我的目的就是將尚未完全甦醒的惡魔給斬殺，讓他永遠地消失在這個世界中。

正想著，突然兩聲奇異的「哨聲」將我驚醒，前面的獸人與不死族的軍隊正在騷動，剛才的聲音就是從那裏發出的。

又是兩道亮光一閃而過，帶著令人觸目驚心的光芒，當先的幾十個骷髏兵和獸人士兵化爲冰雕碎裂成片。

我認出那是「箭魚弓」發出的冰箭，我不敢遲疑，倏地全力飛下去，被獸族和不死族軍隊包圍在中心的正是月夜。

我一把將月夜攬在懷中，倏地向上飛起。可能是因為面對太多敵人的緣故，月夜的臉頰有些蒼白，突然被我擁著飛到空中，心神一振，驀地轉過頭向著我望來，堅強的眼神中竟然滿是凜冽的殺意。

一支帶著寒冷森人的羽箭霍地向我插來。

我趕緊撤去身上的保護色，羽箭在我眼前驟然停了下來，箭尖仍閃爍著寒森的殺意。但是隨後這支箭就被無情地扔了出去，月夜喜極而泣地撲在我懷中，雙手緊緊摟著我的脖子。

我鬆了口氣，總算是沒發生令我感到悔恨的事，不斷地安慰著她：「沒事了沒事了，以後都不會離開你的。」

羽箭搖晃著墜落下去，地面的獸人和不死族們彷彿是受到了啓發，紛紛將手中的兵器向我擲來，在敵人不甘的憤怒吼叫聲中，我輕鬆地揮動著神鐵木劍將向我飛來的兵器都掃了開去。

我迅速向安全地帶飛去。獸人們和不死族們被我遠遠地拋在後面，當他們只剩下一個小黑點時，我漸漸放慢了速度，將月夜放了下來。

月夜停止了啜泣，但是秀氣的雙眸已經哭得有些紅腫。

我一邊牽著她的手悠然地在雪原中走著，安撫她驚惶、恐懼的心靈，一邊詢問她我走後發生的事情。

月夜一五一十地將後來的事情詳細地描繪給我，說著便又輕聲地哭出來，同伴們一個個死在自己眼前的感覺確實非常不好受。我理解地輕攬著她的香肩，無言的感受著她的痛苦。

半晌後當她平靜下來，我詢問道：「後來，那個你們精靈族的墮落精靈是怎麼會放了你的呢？」

月夜幽幽地道：「她怎麼會放過我呢，她將我關了起來，讓幾個醜陋的士兵看守著我，不過她失算的是，沒有收走這把弓，她走後不久，我輕易用這個殺了那幾個看守跑了出來。本來想去找你，半路卻遇到不死族和獸族的大軍……幸好你及時趕到。」

我歎了口氣，道：「沒想到精靈族傳說中最強大的白虎戰士竟然墮落到和敵人沆瀣一氣，還好她沒有傷害到你。」

月夜埋首在我懷中好似十分享受這種感覺，片刻忽然抬頭望著我道：「這裏突然出現這麼多不死族和獸族的大軍，一定是惡魔將要在不久甦醒了，咱們要趕在它們的前面，把惡魔重新封印起來。」

旋即洩氣地歎道：「可是幾個擁有這個本領的法師全死了，我們沒有其他辦法再封印惡魔啊，這該怎麼辦？」

想到那些橫死的人族、矮人族和精靈族的同伴，兩道金光不受我控制地從雙眸中刺了出去，降落在我們附近的雪花瞬間被金光融化成水再蒸發成氣體消失了，我冷哼道：「既然無法封印，就讓我們把他的身體斬成十塊八塊的，令他永遠無法復活。」

月夜吃驚地望著我眼中射出的金光，旋即道：「好啊，徹底把罪惡的源頭給清除了，以後精靈族、人族和矮人族再不用為這個擔心了。」

我收回眼中的金光，心念一動，身上再換回保護色，就連著我懷中的月夜也變得與周圍的雪一樣，我輕喝一聲，帶著月夜向著前方飛去，心中暗道：「惡魔啊，我依天來了，今天是你誕生的日子，也是你在這個世界徹底消失的日子。」

月夜引導著我向著寒冷之源的核心地帶飛去，我詫異於月夜竟對這裏的地形如此熟悉，好似親身經歷過一樣。

月夜嬌嗔道：「這裏的地圖，人家從小就開始看，一直看到現在都不知道多少年了，閉著眼睛也可把地圖給繪出來。」

我釋然，如果一個人看一張地圖幾十年之久，就算是再怎麼複雜也已經熟記在心了，我心無旁騖地繼續向著目的地飛去。

寒風凜冽地呼嘯著，頭頂又有墨雲翻滾，天氣變得更加惡劣。已經變化爲純陰屬性的內息卻十分享受著這裏的寒冷，只是爲了單薄的月夜，我制了一個護罩將風雪擋在了外面。

不久後，一面寬大宛如鏡面一樣平靜的冰湖出現在我們眼前，狂風呼嘯，卻無法令冰湖中的水產生一絲漣漪，一座高高的冰塔矗立在冰湖中，冰塔的頂端，釋放著清冷的寒光，這裏就是封印惡魔的所在了。

四周靜悄悄的除了風聲，便再沒有任何其他的聲音了，雪原上一覽無遺，連一個不死族的士兵也沒有。

我疑惑地凝望著四周，月夜簇擁在我懷中，好像看出了我的疑竇，道：「不死族和獸人族都是惡魔虔誠的僕人，在主人沉睡的地方，他們是不敢停留的，所以這裏才會看不到一個守衛者。」

我遲疑地點了點頭，又追問道：「沉睡中的惡魔一定非常脆弱吧，難道他不需要一個守衛者保護他沉睡的靈柩嗎？」

月夜臉色有些不大自然地道：「在這裏他唯一的守護者就是我們族中的那個墮落精靈白虎戰士。」

我安慰她道：「雖然白虎戰士是你們族中最強大的，而且在經過這悠久的歲月已經變得更加強大，但是我們不一定非要和她正面相對，我們只要利用保護色避過她，然後毀了惡魔的肉身，再從容地逃走，事情就這麼簡單，不用害怕她。」

彷彿天氣也感受到這風雨欲來之勢，風雪更加猛烈。

我們找到死神之棺的入口，向著山的腹部飛進，山腹中溫度逐漸變暖。隨著周圍環境的變化，身上的保護色也在逐漸改變，我貼著石洞的牆壁不疾不徐地一直向前飛著。

經過一座人工的石橋，熱氣撲面而來，下面激烈跳動著滾滾的岩漿，望了一眼沸騰的岩漿，心中略受震撼，如果掉下去，我估計自己撐不了幾秒鐘就會被它熔化的。

一路沒有受到任何阻擋，我們順利地來到了惡魔的沉睡之地。可能這裏的守衛者無法想像一個人可以穿過獸族的領地，打破寒冷之源不死族的封鎖，來到這裏的核心地帶吧，因此這裏的守衛才如此懈怠。

我站在此行的終點——死神之棺！眼前是一個彷彿大水池的凹陷，方方正正四壁如血一般的赤紅，在水池的正中央處躺著一具極為華麗和精緻的靈柩，四周有玉石雕刻的形態各異卻同樣兇狠的小惡魔。

靈柩十分奇怪地彷彿與這裏的石室連為了一體，而並非是一個單獨的靈柩，我飛身落下去，甫一落到地面，腳下的地面忽然傳來陣陣的熾熱，好像地面突然鬆動起來，令我有陷進去的錯覺。

地面突然滲出深色的血液，凝結成形向我的腳面纏繞來，我大驚，立即給自己加了層防護罩，雙腳懸空而起，浮在半空中。

月夜在上面看得真切，急切地喊道：「惡魔快要甦醒了，他沉睡的意識已經逐漸醒來，他會攻擊任何阻擋他復活的人。」

我取出「盤龍棍」，帶著強大的冷氣向腳下橫掃，騷動的血液頓時被凍結住，我奮力向眼前的靈柩砸去，「盤龍棍」與靈柩撞在一起，石室突然一陣地動山搖，「盤龍棍」也金光四射，靈柩上的玉石惡魔雕像像雪片一樣紛紛碎落。

一股巨大的反震力從「盤龍棍」傳過來，我不住向後拋飛，重重地撞在石壁上，還好我有護罩的保護，雖然看起來有些狼狽，卻並沒受傷。我驚訝的發現，靈柩除了那些碎裂的惡魔雕像，竟然絲毫無損。

我抖了抖被震得有些酥麻的手腕，調整呼吸，望著面前的靈柩，我將全部內息都灌注到「盤龍棍」上，「盤龍棍」一時間金光萬丈，我正要狠狠地砸下去，月夜卻突然把我給叫住了。

我訝異地望著她，不知道她爲什麼叫我突然停手。

月夜望著我徐徐地道：「惡魔之棺的四周排列著一個隱藏的魔法陣，這個魔法陣將靈柩與這座山連接在一起，如果沒有破除魔法陣，就要破壞靈柩，除非我們有搗毀這座山的本領，否則……」

我聽完後，不禁心神震動，雖然我力量非凡，可是還未到移山填海的本領啊，想連山一塊毀掉，那簡直是不可能的事。

我呆望著死神之棺，心中十分不甘。惡魔就在眼前，只要毀了他，我在這裏的目的也算是達成了，我就可以了無牽掛和遺憾地帶著月夜破開時空回到自己的時空中了。

然而成功就在眼前，我卻突然被一個魔法陣給擋住了，心中之沮喪自不在話下，魔法陣的威力我見過，卻不知道該如何破解，如果傲雲在的話，也許他可以幫我解決這個難題。

心中自怨自艾，憂心忡忡。

「這個魔法陣我曾經在精靈族珍藏的古老魔法典籍中見到過，也許我還能記起如何去破解它。」

我大喜，轉頭望著月夜，暗罵自己怎麼把她給忘了，月夜可是精靈族的大祭祀啊，對魔法知識掌握應該比傲雲更爲淵博。

在我目不轉睛地注視下，月夜臉上升起一朵紅雲，嬌羞而又喜不自勝的表情令我真的想上去恣意愛憐她一番，不過我知道此時此地絕不合時宜，惡魔一旦甦醒，大陸將會化成地獄，所以我們要趕在他醒來之前，讓他永遠地沉睡。

月夜念動魔法也飛落下來，素手合在胸前，雙眸緊閉，神態異常虔誠，我感到一股力量波動從她身體傳出，不大會兒，在她身邊的能量也跟著同樣的波動著，一道淡淡的藍光從她胸前射出。

在她雙掌之中形成一大團朦朧的瑩藍色的光球，照耀著她美麗的臉龐更爲聖潔。

在她的魔法下，維護惡魔的那個魔法陣立即顯現出來，一個綠色的圓將靈柩圍在當中，在靈柩的四角處，四道綠光陡然出現。這時月夜雙手中的藍色光球也被她釋放出去。綠光與光球僵持在空中不下，月夜的臉頰蒼白起來，纖纖玉手也有些顫抖。我不斷地在心中爲她加油，魔法這種事情，我實在幫不上忙，只能希望她可以成功破解這個鬼魔法陣。

我能感覺到月夜聚集的能量越來越強，即便連我也不敢忽視，這股強大的能量比我以前所見到的任何一種都絕不遜色。

我吃驚地望著月夜，月夜蒼白的臉頰，現出吃力的神色，銀牙緊咬，額頭已經滲出細密的汗珠。忽然，月夜身上暴出極強烈的光芒，那是一種冰冷至極的能量，與我的純陰能量極爲相似，卻好像比我更強。

四道綠線在空中被擊得粉碎。

月夜現出心力交瘁的神情，搖晃著差點墜落下去，月夜呼呼地喘著氣向我道：「魔法陣已經被破解了，搗破石棺，焚燒惡魔的肉身，他將永世無法留在世間。」

剛才一定耗費了她不少心力，我扶著她將她送到上面歇息，嬌嫩的小手如冰一樣冷，我憐惜地在她額頭輕輕一吻，反身又回到靈柩前。

金光如水銀一樣從「盤龍棍」中流出，我使出全力砸了下去，「盤龍棍」與死神之棺的親密接觸迸發出如春雷般的巨大聲響。

不知道死神之棺究竟爲何物所造，竟然堅逾金剛，剛才的猛烈一擊，只毀壞了棺材的一小部分而已，我掄動「盤龍棍」奮力的一棍棍砸下去，在我的努力下，堅硬如斯的棺材也被我徹底破壞。

我扯去少許覆蓋在上面的零星棺材片，終於讓我目睹了惡魔的真面目。在我想像中，上百年困擾、威脅著善良的幾個種族的惡魔應該青面獠牙，面目猙獰，血盆大口，殺人不眨眼的怪物。

卻沒想到，惡魔非但不是我想像中的那麼醜惡，而且異常俊美，五官如經過精雕細琢，彷彿擁有懾人心魄的能力，即便我身爲男人仍是一陣心旌搖動，明朗的線條凸露出他高傲的性格。

雖然他仍在沉睡中，我仍能感覺到那種令人臣服的強大威勢，我望著沉睡中的他，心中卻感到他並非完全睡著的，我的一舉一動都在他的觀察中，這種古怪的感覺令我頭皮發麻。

「快殺了他！他快要醒過來了！」

我驚訝地轉頭看著月夜，她的反應好像過於激烈了，但是看她手足無措的樣子，應該是和我一樣受惡魔無形壓力的威懾吧。

月夜急促的呼吸了幾下，勉強鎮定下來道：「他感受到威脅，會被迫提前甦醒過來，雖然這樣提前醒來沒法恢復全部力量，但亦有足夠的力量殺死你我了，必須趁他未醒前將他殺死。」

我取出神鐵木劍，淡淡的金光在劍身流轉，我雙手持劍，驟然插向他的心臟，出乎預料的，鋒利無比的神鐵木劍竟然遭受了巨大的抗力，像是陷進了巨大的泥沼，劍鋒極緩慢地向下刺進去。

破開的傷口也只有很少的鮮血溢出，接觸到劍身，立即發出刺耳的「滋滋」聲，他的鮮血顯然具有極強的腐蝕力。

我加了一把勁，神鐵木劍陡然放出鋒利的劍氣，劍身金芒大漲，就連惡魔的身體也被照射得一片金黃，如破玉石般，神鐵木劍瞬間沒入惡魔的身體，我待要拔出再補他一劍，突然惡魔的一隻手閃電般掠起死死地抓住我的神鐵木劍。

我心神震驚，往他看去，惡魔的一隻眼睛微微張開，駭人的眼神從那一道隙縫中直勾勾地盯著我，一瞬間，我通體發涼，就好像是一隻被毒蛇盯著的青蛙，竟然嚇得不敢動。

好在我經歷過太多的事，死亡已不能再威脅我了。

片刻後，我馬上驚醒，撮指成刀，凜冽的刀氣從我的肉掌上形成，猛的向他抓住劍鋒的那隻手削去。

鋒利的刀氣卻只在他的手背上留下一道不嚴重的傷口，在我的注視下，傷口迅速癒合，我彷彿感到惡魔正譏笑地看著我。

強大的力量令我無法將神鐵木劍移動分毫，我想也不想，馬上放出三昧真火，青色的火焰陡然從神鐵木劍中透出，我精純的內息已經能夠凝練出最強的青色三昧真火，在青色三昧真火下，任何東西都是無法倖免的，我才不信他可以抗衡三昧真火。

他的手掌頓時發出惡臭難聞的氣味，幾乎只是一瞬間的工夫，手掌就剩下白森森的骨頭，神鐵木劍也承受不了這種程度的火焰，所幸有我注入在劍中的純陰內息幫它把火焰儘量擋在外面，即便如此，神鐵木劍也在逐漸縮小。

惡魔盯著我的目光不再有嘲笑，而是充滿了痛苦和憤怒，石室突然地動山搖，搖晃得讓人站立不穩，大塊的石頭從天而降，還好這裏的石室比較結實尚未倒塌，但已出現了裂痕。

「山洞要崩塌了！」月夜尖叫道。

惡魔終於忍不住至熱的青色三昧真火的焚燒而鬆了手，我抓住機會迅速將神鐵木劍給拔了出來，我並沒有就此停手，以極快的速度，神鐵木劍轉過一個奇異的角度，無堅不摧的劍氣瞬間在惡魔身上留下了十幾道長短不一的傷口。

而幾朵三昧真火借著神鐵木劍也在他的傷口上肆虐著。

做完一切，我馬上拉著月夜向著山洞的出口衝去，掉落下來的石塊均被我的護罩給彈開。

當我和月夜有驚無險地闖出洞外時，天崩地裂的一聲巨響，山洞終於崩塌，隱約中，我聽到惡魔一聲撕心裂肺的喊叫。

我站在遠處看著一座大山漸漸地向下塌陷，塵屑飛揚，碎石激射。心情無比平靜，我歎了口氣，喃喃地低語：「一切終於結束了，我可以回家了。藍薇應該一直在苦苦地思念我吧。」

忽然月夜有些苦澀地道：「好像還沒有完呢，我想他們是不會放過我們的。」

我愣了一下，轉過身望去，幾萬人的獸人族和不死族的士兵黑壓壓地正向我們走過來，我淡淡地道：「蝦兵蟹將，我要想走，憑他們又怎麼能攔得住我，不過他們既然送上門來，就讓我們走前再送給人族、矮人族和精靈族一份大禮吧。」

望著逐漸逼近我們的惡魔的僕人們，我爆發出強烈的殺氣，我決定大開殺戒，俗話說蟻多咬死象，如果我對他們心慈手軟，只怕我反而在殺死了惡魔後會死在這群無名小卒的手中。

此刻的我就像是一把出鞘的利劍，渾身綻放出鋒利無比的劍氣，就在我欲放手一搏的時候，突然一個人的出現讓我的氣勢如潮水般退去。

我望著走在敵軍最前面的那人道：「你不是死了嗎？」

那人對我嘿嘿一笑道：「原來是你殺了他啊，你的力量不錯，比他要適合做我的寄體。」

說話時，他驟然如一縷青煙向我掠來。

我心中一凜，雖然不知道這是怎麼一回事，卻知道我遇到了在這個時空中除了惡魔外最強的一個傢伙，聽他的語氣十分不善，恐怕會對我不利。

我伸出兩指撮成劍形，純陰內息在我體內高速運轉，指間在瞬間激射出強烈的劍氣，我朝著快速接近我的身影，一口氣刺出二十多道劍氣，然而青煙彷彿沒有實質的形體一樣，竟能穿透我的劍氣組成的氣網，出現在我面前，一隻手如鬼魅般直攫我的胸口。

還好身外的護罩爲我贏得了寶貴的時間，我強忍著胸口遭受如同重錘般的打擊，化指爲拳轟了出去。

估計他沒有想到我還會有一層保護，頓時被結實地命中身體，強大的力量打中他的身體卻好像是泥牛入海，輕飄飄的沒有一絲命中實物的感覺。

我暗罵一聲，哪來的怪物，抓著月夜迅速向後退去。

不知道他是不屑繼續趁著機會追擊我，還是我的攻擊也對他造成了一定傷害，他只是停在原地看著我們飛速地向後退去。

不知道月夜有沒有在剛才我和他的對抗中受傷，我下意識地向她望去，卻看到她的臉色蒼白得可怕，眼中滿是懼意。我可以感受到她的心臟在急促地跳動，月夜忽然戰慄指著他道：「他才是惡魔！」

我頓時怔住，道：「那我們剛才殺死的又是誰？難道惡魔有兩個？」

「惡魔只有一個，剛才那個確實是惡魔，可是這一個也是，」月夜忽然瘋狂地搖著腦袋道：「我不知道，我不知道，爲什麼會出現兩個！」

我被她的樣子嚇了一跳，馬上醒悟過來，她是被惡魔展現的強大實力給嚇住了，馬上緊緊地抱住她，讓她鎮定下來。

第六章　三巨頭碰面

我望著眼前的傢伙，雖然他突然變得強大了很多，但是我仍一眼就認出，他是那個已經被我殺死了的影魔，爲什麼月夜會說他是惡魔呢？難道惡魔在死之前離開了自己的身體，並且將他的身體占爲己有！

先不說影魔死在那個大峽谷離這裏有多遠，我從來也未聽說過，有人可以脫離自己的肉體佔據另一副肉體活下來的，不論他有多麼強大。

但是我也真切地感應到眼前的影魔和先前的不同之處，那是之前的影魔所不具有的極強大的力量，就算是站著一動不動，也能發揮出強勁的壓力。

難道真有什麼功法，可以令人脫離自己的身體，並且把自己的力量也全部帶走？我遲疑地望著他，不過他究竟是誰已經不重要了！不論他是誰，都是一個十分難對付的敵人，而他看起來，並不打算放過我們。

原本籠罩在影魔身上的那團黑色的陰影已經不見了，取而代之的是綠色的火焰，附著在他的表面，火舌吞吐跳躍著。

我可以清楚地看清他的模樣，也許與不死族相比，他已經很英俊了，不過與普通人相比，他更像是一個怪物。

瘦骨嶙峋的身體，裸露出一根根骨頭，身上的衣服彷彿是破布片纏裹在他的身體上，宛如骷髏一樣的腦袋，嘴唇早已不見，白森森的牙齒暴露在空氣中，頭頂前半段的頭髮不見了，可看見光禿禿的頭頂，後半部稀疏地長著齊肩的黃綠色頭髮。

頭髮很枯黃，在狂風中吹蕩。一串紅色的珠子套在他的手上，另一手拿著那支小權杖，而此時權杖已經長長到一米多。

他的腳上纏著一圈圈破布條，很久沒有修過的指甲顯得很髒，他一腳踏下去，腳邊的火焰頓時將四周的積雪融化。

如此一個怪物好像站也站不穩，隨時會被一陣風吹倒，我真的懷疑剛才那麼迅疾的動作和凌厲的攻勢會是他做出的。

（暫且稱他為影魔吧）本已不多的肌肉在影魔的臉上湊在了一塊，露出詭異的笑容，影魔伸出一隻手，朝著月夜道：「我忠實的僕人，你曾經發誓要將你的生命、青春和力量都貢獻給我，到我這裏來。」

伴隨著他那古怪的強調，雙目中射出妖異而深邃的光芒，套在他手中的紅珠也呼應似的發出朦朧的毫芒。

我情不自禁地望向他的目光，突然感到一陣心旋搖動，魂魄為之所奪的感覺，體內的純陰內息恍如一陣傾盆大雨將我澆醒。

月夜正想掙脫我的手向影魔走過去，我趕忙一把將她拉住，純陰內息透體而入將她喚醒，月夜驚駭地躲在我身後，不敢再望他一眼。

我知道他剛才是施展一種迷惑、催眠的邪惡功法，只可惜並沒有讓他得逞。

影魔詫異地望了我一眼，在奇怪我為什麼會在邪惡功法的影響下，仍能不為所動。那雙邪惡的眸子一直盯著我看。我毫不退縮的與他對視。半晌後，影魔幽幽地向我道：「她是我的僕人，她曾發過誓在需要的時候，她可以將一切都奉獻給我。你為什麼要阻撓她呢？她並不是你的愛人，放開她，讓她到我身邊來吧！」

月夜臉色蒼白沒有一絲血色，只是緊緊地抓著我，躲在我的背後，螓首低低垂下，咬著自己的嘴唇，已經滲出血來。

影魔的聲音彷彿是從九幽中傳出，雖然悠然卻充滿了荒涼、孤寂與死亡，宛如無數的孤魂野鬼在耳邊低泣，這令我十分不舒服。

顯然他一直沒有放棄用他的邪惡功法來迷惑我們，只要我稍有懈怠，就可能會被他佔據身體，從此淪為行屍走肉。

我努力地保持自己的清明，雙眼陡然暴射出金光，朝他直刺過去。

影魔大吃一驚，驟然向後退了一步，隨之揮動了一下權杖將金光給擋下。我冷哼一聲道：「不要和我耍什麼鬼蜮伎倆，想要傷害她，除非從我的身體上踏過去。」說話間，我已經調整自己的狀態，放出凜冽的殺意，神鐵木劍已經拿在手中，金光在周身吞吐，像是火焰在燃燒。

「呷呷！」

影魔忽然發出刺耳的尖笑，附著在他表面的綠色火焰也隨著他笑聲忽漲忽縮地跳動起來。他倏地停下，揮了揮手，他身後的萬人大軍突然從中裂開一條縫，一個女人從中走出。

雖然人還在遠處，但我仍舊可清晰看到，那人正是月夜！我猛的一驚，那我身後的又是誰？我轉過身去，月夜正望著我，明眸噙著大滴的淚珠，透過淚珠，我可以深深感受到她對我的依賴和惶恐、悲愴。

多麼複雜的感情，她是在惶恐我對她的懷疑吧，孤身一人上路，穿過眾多危險的地帶就是為了我，如果我再不相信她，她還能依靠誰？

我緊緊將她抱在懷中，就在我抱住她的一剎那，我瞥見了她淚光中透露出的幸福。

我牽著月夜的手，轉頭向著影魔諷刺道：「我說過不要向我施展你的鬼蜮伎倆，我不知道你從哪找來那麼一個精靈，但是我身後才是真正的月夜，你的心思白費了。」

「哈哈，是嗎，你一定要固執地認爲我的僕人就是你喜歡的女人嗎？人類都是奇怪而固執的生物，難道你不想再確認一下？」

那個從不死大軍中走出的很像月夜的精靈在影魔的身邊被他攔住了，這種距離我可以毫不費力地看到她身上的每一個毛孔。

越看我越驚訝，兩個月夜的容貌竟然是一般無二，甚至連身上的衣服也沒有什麼不同，輕柔的長髮束在耳朵後面，噙著淚水的雙眸中同樣的楚楚可憐，望著我的目光中飽含神情，雖然她沒有說一句話，但我可確認她的神情絕對不是假裝的。

兩人竟然在長相和神情甚至在看我的表情上都是一模一樣，我頭頓時大了，難道兩個人都是月夜，顯然是不可能的，月夜只有一個。可是兩個人像得就如同一個人，這讓我如何分辨。

「呵！」影魔淡淡地哼了一聲：「現在你還能確定你身後的精靈就是你的女人嗎？人類真是奇怪的動物，他們總是會被表面的假像所掩蓋，雖然你在人類中是非常強大的，但是依然有這種缺點。」

我無暇顧及他的嘲諷，我鎮定的心中已經亂成一團麻，突然出現兩個月夜讓我不知該如何是好。我知道這兩人中一定有一個是假的，而且假的那個人必定是精靈族中的那個墮落精靈白虎戰士。

我重重的歎了口氣，這個事情實在太詭異了，我甚至還沒見過那白虎戰士，爲什麼兩人都對我情深款款，月夜還好說，可是另一個白虎戰士爲什麼也如此呢？

「被假像所迷惑了嗎，讓我來告訴你誰是真誰是假吧。」

影魔剛要說話，突然身後的那座崩塌的大山，陡然發出天崩地裂的一聲巨響，一個黑影如鬼魅般從塌陷處掠出，帶著無匹的巨大氣勢向我們這邊投來，熊熊的黑色火焰好像連空氣也要被點燃了。

空氣突然朦朧扭曲起來，我幾乎下意識的反手抱起月夜，一蹬地向著反方向掠了出去，護著自己的護罩遭受到強大的衝擊，只感到身體猛的一震，席捲而來的熱浪一瞬間將我淹沒。

熱浪過去，我將驚魂未定的月夜扶立起來，然後擔心的向著在影魔身邊的月夜望去，只見月夜安然無恙地驚恐地向我望來。

我不得不承認就現在而言，影魔的實力確實在我之上，安穩地站在原地，滾滾熱浪對他而言彷彿微風拂面，根本無法對他造成一點傷害。在他的照顧下，月夜也沒有受到傷害。

雖然氣勢洶洶的熱浪對我們沒有產生傷害，但是在影魔身後的不死族和獸族的大軍卻遭受了強大的傷害，熱浪過後，大約有幾千人在熱浪中化成灰燼。然而影魔並沒有因爲自己的手下死傷無數而暴跳如雷，而是瞇起眼睛注視著突然出現的敵人。

一縷精光不時地從他眼中射出，凝重的神色顯然是他對眼前的敵人所展現的實力非常顧忌。

我護著身邊的月夜，也向來人望去，一團熊熊燃燒著的黑色火焰中，一個高大的身影逐漸出現在我視線中。

「是你！」我驚訝道！

「竟然是你搶佔了我的肉身，難怪我怎麼召喚他，也沒有反應，還我的身體來！」影魔幾乎是厲吼著說出來。

來人赫然是在山洞中被我用三昧真火燒死的惡魔，此時竟然活生生地出現在我面前，我驚駭的心情不言而喻。

一時間出現兩個都比我強大的敵人，即便以我的鎮定，也情不自禁地捏了一把冷汗。心念迅速轉動，謀求死裏求生之法。

兩個敵人中的任何一個，都有令我命喪於此的本領。雖然我依舊冷靜的挺立著，心中卻戰戰兢兢、如履薄冰，不敢稍動，人爲刀俎，我爲魚肉的感覺確實不好受。

我們三人分站在三個不同的位置，奇妙的氣氛衍生在我們三人之間。

「你是誰？」惡魔皺了皺眉，首先打破了僵持。

影魔咧著乾癟的嘴，嘿嘿大笑道：「你霸佔了我的身體，竟然還不知道我是誰！」

惡魔下意識地低頭看了一眼已經被三昧真火燒得破爛的身體，道：「你是指這副破爛玩意兒嗎？」

惡魔受到的劍傷和三昧真火的創傷此時已經癒合，雖然如此卻留下了傷痕累累的疤痕，原本俊美、挺拔的身體此時露出三昧真火燒焦的內部組織，肌肉像是醜陋的爬蟲糾纏在一起，恐怖的情景絲毫不比影魔差！

冷靜的影魔在聽了惡魔那句頗含嘲諷的話後，再也無法保持鎮定，憤怒地向他吼道：「你說什麼！破爛身體？你知道這副完美的身軀是經過我幾百年的時間才造出來的嗎，這副身軀可以駕馭的力量是你這種小人物所無法想像的！」

惡魔露出不屑一顧的神情：「我是小人物？哈哈，你這個孤陋寡聞的小爬蟲，我縱橫在各大星球，是像神一樣的厲害人物，很多生物都尊稱我死神！我的力量不是你這種沒見過世面的爬蟲所能瞭解的！」

「死神！」我驚呼出聲！

惡魔徐徐地轉過身來露出一個標準的惡魔般的微笑，油然道：「終於認出我來了嗎？」

我情不自禁地退後一步，心中的震撼無以復加。竟然是這個傢伙，他不是被時空風暴捲到別的星球中了嗎，怎麼會出現在這裏的？

這下我算明白了，其實影魔才是真正的惡魔，而霸佔了惡魔身體的卻是死神。

死神邪惡的笑容讓我不能自抑地打了個冷戰，這個傢伙有多強大，我太清楚了，強自鎮定地道：「你不是讓時空風暴給捲走了嗎？」

「我不管你是誰，竟然膽敢霸佔我的身體，還把他搞成這副模樣，我要懲罰你，好讓你知道冒犯我會有多麼可悲的下場，在這個星球我才是真正的主人！我才是人人懼畏的死神！」

死神不屑的神情徹底將惡魔給激怒了，惡魔咆哮著，手中的權杖發出濃綠色的光芒，模糊難辨的音調從惡魔嘴中飄出，當惡魔揮動權杖將它指向死神時，兩個巨大的石塊全無預兆地從天而降。

燃燒著綠色的火焰，閃動著邪惡的眼神，兩個人形的石頭人出現在死神身邊，高大約有三米，身體全由石塊組成，可以想像那是多麼的堅硬。石人一落在地面就展開手腳迅速向死神奔去。

「轟隆隆」的悶聲，令大地都爲之震撼。

召喚出兩個強大的邪惡生物後，惡魔並沒有停止，巨大的魔力迴盪在他和權杖之間，綠色的火焰瞬間將死神給包圍起來，綠色火雨又急又快地傾盆而下，綠色火雨碰觸到石人身上，激發出更猛烈的火焰，襯托著兩個石人強大無比。

死神眼神中閃過一絲怒色，兩個奔跑到他身邊的石人，倏地動作都靜止不動了，惡魔由於視角被遮住了的關係，並沒有看到怎麼回事，我一絲不落的全收到眼內。

在第一個石人揮拳的一剎那，死神那柄鋒利的鐮刀，神出鬼沒的從他的斗篷中出現，快速絕倫的一擊只在夜空中留下幾道一閃即滅的亮光，再一擊，另一個石人也獲得同樣的下場。

短暫的靜止，石人突然崩塌，身體化爲大塊大塊的石頭墜落下來。

石頭上的切面十分平整，雖然惡魔沒有看到自己費力召喚出的兩個僕人是如何在一個照面就被敵人給擊成破爛石頭，不過從石塊平滑的切面來看，可以推算出，對手不但有一柄鋒利的武器，而且力量超乎尋常的強大。

死神輕輕的一撩斗篷，斗篷驟然鼓脹起來，彷彿受到什麼壓力一樣，圍在死神四周的綠火倏地被撲滅，而天空上降落而下的火雨也停了下來。我被兩人試探性質的攻擊給深深地震驚了！

雖然兩人沒有真正地動手攻擊，但所展現出來的威力已經令人瞠目結舌，我自問尙無如此能力輕易地解決掉那兩個石人。

不過我卻漸漸鎮定了下來，記得還在我那個時空時，死神剛脫開魔法陣的束縛，他所表現出來的實力要比現在強多了，而且他的速度我很難完全看清。奇怪的是今次我卻看得非常清楚，從他拔刀到將兩個石人給輕鬆斬殺及至最後再將鐮刀還回到斗篷中，每一個動作我都看得很清楚。

之所以我能看清楚，我猜測原因之一是我內力大升，又提高了一個境界，真正的躋身入絕頂高手之列，其二，可能是先前我的三昧真火給他造成了很大傷害，因此剛奪了別人身體復活的他，力量比之前還要低一些。

想到這，我逐漸又恢復了信心，看惡魔對他的態度也恨不得立刻宰了這個搶人肉身，鳩占鵲巢的傢伙，最好的結果莫過於他們兩人打起來，我則坐山觀虎鬥，獨得漁翁之利。只是兩人都是大奸大惡之人，更是狡猾得堪比狐狸。

要想讓兩人打起來，讓我獨得便宜，幾乎比登天還難。惡魔是不是很狡猾我不大清楚，但是死神我卻很清楚，實乃老奸巨猾之輩。只要想起當初他被那群海神的子民給包圍了，以他的身分竟然可以施出裝死一招，瞞天過海，最後抓著我進入了時空隧道。

如此一個奸狡的人，又怎麼會看不出我們三人間的玄妙關係。

死神輕易地化解了惡魔的攻擊，漫不經心地瞥了他一眼，雖然他看出了惡魔的力量有過人之處，可是死神的傲慢卻讓他並沒有將對手放在心裏，惡魔雖然很強大，但是在死神自己鼎盛時期時，只要用一根小小的手指就可以瞬間令對方化爲飛灰。

死神轉過頭來望著我，嘿嘿地冷笑了兩聲，慢悠悠的道：「你竟然可令我親自轉世投胎來抓你，你應可自豪了。」

「轉世投胎？」我有些不解他話中的意思，只不過是從時空隧道中出來而已，進入另一個時空，怎麼需要轉世投胎嗎？

死神看我迷惑不解的樣子，平靜如水的神情也是一愣，接著道：「不要和我裝糊塗，破開時空隧道進入另一個時空，必須要經過時空風暴，這種強大的力量是任何人也無法抗衡的，你的肉身會在一瞬間被完全絞成粉末，只剩下你的力量而已。當你進入另一個時空時，就必須得尋找一個容器，來儲存這些龐大的能量。因此當我爲了殺你這個混蛋而勉強進入這裏時，必須尋找轉世的機會，沒想到卻被一股巨大的力量吸引到這裏，最後莫名其妙地再次被封印。」

我這才瞭解，死神會出現在這裏，並且以惡魔的身分出現的原因。

死神突然臉色一寒，斗篷獵獵而響，我頓時感到強大的壓力向我迫來。

死神道：「按照時間算，現在的你應該才出生而已，還在繈褓中。爲什麼你會提前二十年出現，並且你的容貌和身體都沒有變化，你是用什麼方法保存了你的能量容器的？」

「能量容器？」我心忖難道他一直都用能量容器這個詞來形容人類的身體嗎？這讓我感到有些怪怪的。

從他的話中，我瞭解了很多東西，這樣說來，我之所以沒有像他說的那樣轉世投胎，大概是因爲龍之力的蛻化吧，從另一個角度來看，我也相當於是投胎了，而且投的是龍胎，出世的時間卻被提前了好幾十年。我還真不是一般的好運。

等我給他回答的死神忽然有些不耐煩了，陡然從斗篷中伸出一手，倏地向我空掄而來。

無形的勁氣猛地壓來，我急忙伸手運足了氣力發出相應的氣勁迎了上去，兩團激烈的氣勁在半空相遇，意料中地發生了爆炸。

就在這一轉眼的工夫，一直被我和死神晾在一邊的惡魔驟然發難，不過發難的對象卻是死神，四五個石頭人帶著萬鈞的氣勢向死神的位置砸去。我在心中歎了口氣，難道惡魔一點也不明白，如死神這種級別的高手，那種小花招是起不了任何作用的嗎！

就在我嗟歎的時候，惡魔原本佝僂的身軀，陡然挺立起來了，瞇著的眼睛也完全打開，精光四射，瘦弱如竹竿的身體突然間彷彿變了個人，好像一座令人驚歎的高聳大山，屹立不倒。

那支權杖也驟然發出瑩瑩綠光，在黑夜中萬分明顯。轉瞬間惡魔宛如一支利箭「嗖」的一聲劃破夜空以極驚人的速度向死神投去。

也許死神對他的蔑視傷了這位強者的心，在這塊大陸上，怎麼說他也是首屈一指的傢伙，令各種智慧生物恐懼不知幾百年的時間，現在卻被死神看成個小爬蟲，這怎麼不讓他感到憤怒。

當死神用了不到兩秒鐘毫不費力地解決那幾個石頭人的時候，惡魔已經出現在他左側難以顧及的地方。

這一刻我感覺到，惡魔彷彿與大地成爲一體，那一擊的力量帶動了整個大地，渾然天成，暗合自然的軌跡。

換作是我，我大概只會迅速地向右方退，我想不出還有任何辦法可以化解這種與天地成爲一體的招數。

然而死神卻並沒有我想像中的那樣現出驚慌的神色。

第七章 命運的意外

我納悶地看著死神的斗篷不知何時已經鬆開了，就在惡魔的權杖擊向死神唯一的破綻的時候，斗篷突然張開，在風中飛舞著迎上惡魔的權杖，當斗篷在權杖下化爲片片布條時，死神早已轉過身，鬼魅般的鐮刀在夜光中閃亮著，橫割向惡魔的脖子。

這一刻當真讓我有「磨刀霍霍向豬羊」的感覺，死神的心計實在太可怕了，竟然早就計算到惡魔的下一步打算，在死神心裏，也許我們連豬羊都不如。

死神鐮刀閃電般出現在惡魔的臉邊，但是惡魔也沒有顯出一絲的驚訝和恐懼，當死神的鐮刀即將碰到他時，一個墨綠色彷彿水晶般的圓狀護盾憑空出現在鐮刀前面，成功抵擋了死神的反擊。

我驚歎於兩人的智慧和無跡可尋的招數，彷彿信手拈來，偏又熟練的好像早已經演練過上百千次了。兩人的攻擊激烈而快速，如閃電般令人眼花繚亂，這種級別的較量恐怕會有很多人連他們的招數也看不見。我在心中感歎，就算四大聖者也只能勉強達到他們這種級數吧。

漸漸地，惡魔處在劣勢，雖然攻擊依然猛烈，然而更多的卻是在閃躲抵擋死神那神出鬼沒的鐮刀。

畢竟死神是縱橫好多星球的強悍人物，而惡魔雖然也很強，卻僅算是一方霸主，實在不是死神的敵手。

不過即便死神完全是優勢，卻無法在一時半刻中解決他。惡魔擁有驚人的韌力，而且不時出現的魔法招數，令他防不勝防，每每在關鍵時刻化解了死神的強大殺招。

當死神發覺惡魔並非如他想像中那麼容易解決時，長時間的打鬥令他逐漸不耐起來，而且時不時的用餘光注視著我。他之所以來到這個星球就是為了我，他可不想我趁這個機會逃走。

死神擋住惡魔的當頭一擊，突然開口道：「我們的目標都是那個傢伙，我們應該首先把他給抓住。」

惡魔並不理他，抓住死神分心說話的空隙，又加大了攻擊強度，逐漸扳回了自己的劣勢。

死神見他不為所動，眉頭一皺，又道：「你纏著我不就是為了這個能量容器嗎？只要你讓我抓住那傢伙，待我得到我想要的答案，然後再殺了他，我馬上離開這裏，這個能量容器仍還給你。」

我沒想到在生死相搏、只要一個不留心就會丟了性命的時候，死神竟然還在給惡魔講條件。而且從惡魔有些放慢攻擊步驟的情形來看，惡魔恐怕已經有些心動了。

面對他們中的任何一個，我都沒有任何把握能夠取勝，如果我面對的是兩個人，那麼不用說，我根本沒有還手之力。

不等死神繼續說下去，開出那令惡魔動心的條件。我虎吼一聲，振動手中的神鐵木劍衝進兩人的搏鬥中。劍氣宛如一現的曇花，燦出最美最大的劍花，當死神的鐮刀即將碰到那朵劍花時，劍花驟然裂開，彷彿鮮花凋謝，花瓣隨風而落。

飄飄零零，柔弱而沒有固定方向的花瓣，卻令死神頭疼不已，對他來說這遠比惡魔層出不窮的古怪魔法還讓他頭疼。我和惡魔兩人聯手攻擊，頓時扳回劣勢和死神暫時形成了不敗不勝的平手局面。

惡魔強大而快速的魔法確實令他頗爲忌諱，他雖然對魔法並不陌生，但是顯然並沒有如其他本事般擁有很深的造詣，不然他也不會在幾百年前中了別人的魔法，被人利用大自然的力量封印了他幾百年之久，要不是因爲我們的意外闖入，過不了多久，他也許真的會被威力強大的魔法陣給磨成粉末，真的埋骨小島，長伴大海，因此他對會魔法的人有著刻骨銘心的仇恨。

死神的鐮刀宛如自己身體的一部分，靈活得讓人不敢相信。而且死神的力量依舊十分強大。我站在一邊看惡魔與他對敵彷彿很輕鬆的樣子，等輪到我自己與他正面對上時，我不禁震驚於他的強大。

難道惡魔一直是在和這樣的傢伙在打鬥嗎？實在太強了。

那種力量是摧枯拉朽般，幾次撞擊已經令我手腳發麻。惡魔一直面無表情，只是不停地攻擊，看著他面沉如水，我甚至在心裏懷疑他會不會突然倒戈相向，給我致命一擊。

戰鬥不眠不休，我們三人好像永遠不知道疲倦般，攻擊仍像是剛開始那樣的猛烈，劇烈的打鬥聲遠遠地傳出，地動山搖，腳下的土地也彷彿在哀鳴。惡魔手下的那群士兵們遠遠地將我們包圍起來。

兩個真假月夜也不知何時站到了一塊，在遠處一塊安全的地方，心驚膽戰地注視著我。

我有種死神愈戰愈勇的錯覺，而我已經漸漸地感到疲勞了，這種強度的攻擊，我還是第一次遇到，來不及去適應。可是我卻不得不撐下去，哪一方先撐不住，那就意味著對方將獲得最終勝利，而等待自己的就是死亡。

我和惡魔逐漸又被死神給壓在下風，縮手縮腳難以發揮出威力。

在死神的威勢下，我和惡魔勉強維持著不敗的局面。死神如想成功的殺死我們，除非到我們力盡的一刻，否則他都沒有機會。

突然間我倏地從三人的搏鬥中跳了出來。惡魔和死神都愣了一下，但是兩人手腳卻並沒有一絲的遲疑，依舊瘋狂得可令山崩地裂。

我怒喝一聲，召喚出七小，七小躍出在空中，頭腳相抱，在空中化作一個發光的白球向我身上投來，只是一眨眼的工夫，我就完成了合體。如潮水般洶湧的力量從身體的各個角落裏湧出，彙聚到我的四肢百胲，七經八脈中，骨節發出爆豆般的響聲。

帶著足以與他們兩人相抗衡的強悍力量，我又重回到搏鬥中。在地球時，我就是變身爲狼人，才將洪海給力斃，那時的洪海和怪獸合體後擁有近乎變態的力量，卻最後仍死在我手中，因此我對自己化身爲狼人後的力量非常有自信。

我化身爲狼人後的速度已經非常接近死神了，我仰天怒吼一聲，重新加入戰鬥。

從我合體到再次進入戰鬥，總共不超過五秒的時間，惡魔竟然遭受了近乎瀕臨死亡的重創，抓著紅珠子的那隻手被死神給砍了下來，在他的臉部和胸部都留下了深可見骨的傷口。

好在惡魔身體與普通人不同，即便是受了這樣強的打擊，仍然具有很強的攻擊力，動作依然靈敏，招數一樣凌厲。

我的變化令死神頗感到不安，我的速度同時也一定程度上抑制了他的速度，令他再不能如先前般得心應手。

有些慌亂的眼神，向我射出濃濃的恨意。死神有些不敵我和惡魔的聯手，我若有若無地覺察到死神有了退縮的意思，也許這是在他有生以來第二次感到死亡的威脅，兩個與他實力相當的對手，令他逐漸黔驢技窮，另一方面，他現在的力量只是他鼎盛時期很小的一部分，他實在不甘心就這樣死去。

這兩個原因都讓他有了逃跑的念頭，從戰鬥中逃跑他並不覺得可恥，相反，只有生命才是最珍貴的。

相信惡魔也和我同樣都觀察到了死神的心理變化，攻擊愈發激烈。

我完全以肢體的本能在和死神作戰，強韌的肉體配合著可堪與他匹敵的力量都對他造成了很大困擾。忽然我發覺自己這次合體和以前有所不同，以前變爲狼人後，除了可以直立行走，身體所有的特徵都如一頭兇猛的巨狼。

然而今次我竟發現我的一雙手竟然還保留著人類的特徵，只是細看時，才發覺皮膚的表面覆蓋了一層極薄的膜，反射著油亮的光芒，顯得很油滑，這令我的手臂和對方接觸時，占了很大便宜，因爲上面的那層膜幫助我卸去了很大一部分力量。

轉念間，神鐵木劍瞬間出現在手中。繞過死神的鐮刀，我指揮著神鐵木劍由下向上，以極刁鑽的角度反劈上去。

因爲平時我化爲狼人時，狼爪並不合適拿武器，且尖長、堅硬的指甲足可以當作兵器使用，所以我合體後一般很少使用兵器。

因此，當死神發現我手中忽然出現一柄利劍，且極快地劃向他的胸膛，他眼睛中終於露出驚恐的神情，他非常清楚神鐵木劍那無堅不摧的金色劍氣會給他留下多大的傷害！

陡然間，他突然鬆開他的鐮刀，鐮刀從我頭頂掠過，直向另一邊的惡魔呼嘯著飛過去。

「鏘！」

金屬的撞擊發出的響亮聲，令我神情一怔，他雙手之間竟然出現了一道烏黑的鏈子，赫然連在鐮刀的末端。在他用金屬鏈擋住我兇險的一擊時，同時飛翔過去的鐮刀也化解了惡魔的大力一擊。

在我愕然的時候，鐮刀借著反震之力突然改變了方向，飛旋著竟然精準無比地向我的脖子割來，我不禁大爲驚歎死神對兵器的控制彷彿是身體的一部分如臂使指，沒有絲毫的勉強。

鏈子不知是何物打造，堅硬如鋼，且金屬鏈一緊一鬆之間，就將我的神鐵木劍蕩開。

我暗地裏又多加了幾分力量，仍未能動那古怪的金屬鏈子分毫，反倒是那帶著刺耳尖嘯聲的鐮刀一眨眼就來到了我面前。

一嗖冷風在脖頸吹過，我在那生死一線間的工夫，驟然加速，身體前傾如一頭惡狼般揉身闖進他的懷中。鐮刀帶走了我幾根頭髮，而我也成功的逼近他，他的長兵器是不適合這種貼身戰鬥的。

死神確實因爲我出其不意地和他近身搏鬥，頓顯得有些慌亂，用雙手間的那根金屬鏈封擋著我的進攻。由於我的威脅，死神被迫將大部分的力量轉移來對付我，壓力大減的惡魔將權杖的優勢發揮得淋漓盡致，死神狼狽不堪地節節敗退。

如死神般強悍的人物也終在巨大的壓力下作出錯誤的判斷，神鐵木劍在最恰當的時機出現在他的左手臂上，死神悶哼一聲，左手臂掉落下去，這樣慘重的代價足可令其銘記終生了。

一招得手，劍氣更是彷彿綿綿不斷的春雨，緊緊地纏著他，不給他片刻的喘息機會，只剩下一隻手的死神更是相形見絀，鐮刀再發揮不出如之前的強大攻擊力，在我全力攻擊下，死神只是在我的劍網中苟延殘喘。

當然即便他只剩下一條手臂，我的實力仍與他有一段差距，只不過在一邊虎視眈眈像是一條惡狼的惡魔更令他心驚膽戰，不得不分出一部分力量防著他。

又是一記反手斜撩，神鐵木劍在他身上留下了一道血槽，鮮血噴射而出，幾乎將我的視線給遮住。鮮血令我心底產生了那種瘋狂的嗜血的念頭，這是狼的本性，不過因爲其他力量的抑制，牠還不足以迷失我的本性，卻讓我的力量加強，速度更快，招式更兇狠。

我在心中咒罵著死神，如果不是因爲他的出現，我早就和藍薇在方舟山愛的小巢中過著神仙眷侶的幸福生活。

而現在我一個人被你帶到這陌生的世界，藍薇和月師姐以及我的朋友們都不知道我的生死。藍薇情深意重，只怕每天都在以淚洗面，害得她這麼傷心，都是你這個混蛋的錯！

我沉醉在對死神的報復中。

倏地，我突然感覺到我身體右邊傳來凜冽的殺意，風聲呼嘯，我猛的驚醒過來，心中驚怒無比，惡魔這個卑鄙小人，竟然在我幾乎要得手的情況下出手偷襲我。

豐富的戰鬥經驗令我不退反進，神鐵木劍來不及交換到右手，只能仗著強韌的肉體硬扛了！「砰！」鑽心的痛苦令我慘叫出來。惡魔的權杖重重地擊打在我右手臂上，雖然手臂上的那層膜替我化解了很大一部分力量，但只剩下的力量仍差點讓我的手臂骨折！

極快的速度令我一瞬間衝到他面前，我忍著疼痛，曲肩橫肘，就勢向他的胸膛擊去，卻被他狡猾地用手掌擋住，沒有打實。

一擊不得手，我立即快速向後退去，惡魔的速度尚沒有能力追得上。

在另一邊，看見我們窩裏反的死神除了偷笑外，並沒有站著不動，而是在我疾退的時候，雪上加霜地從我身後襲擊而至。

形勢急劇逆轉，轉眼間，竟變成我以一敵二！死神雖然重傷，但是對付他我仍不敢掉以輕心。我疾退的身形陡然以奇妙的弧度閃向另一個方向，堪堪避過死神鐮刀的刀鋒。

只不過我沒想到死神的招數如此玄奧，就在我慶幸自己躲過攻擊的剎那，死神手中持著的金屬鏈倏地一震，鐮刀陡然跳起，刀柄向前，刀鋒向後，我結實的受了刀柄的一記撞擊。

死神因爲重傷而力量大減，不過即便這剩下的力量，也逼得我不得不借著吐出胸腹中的淤血而減輕內臟的壓力。

我被拋在雪地上，我保持著狼的攻擊姿勢，半俯身凝望著兩人。我一邊利用短暫的時間快速調節體內的傷勢，一邊聽著惡魔近乎咆哮的聲音：「除了我，沒有人可以傷害我的肉身！」

我望著他用他那僅剩的手臂揮舞著權杖向我吼叫著，我擦去嘴邊的血跡，心中思考著我們三人的優劣，我們三人都受了不輕的傷，本來不出意外的話，死神已經伏屍飲恨了，然而情況急轉直下，我們三人再次形成勢均力敵的情況。

氣氛再次緊張起來，一時間劍拔弩張，卻沒有人敢先動手，我們三人心裏都如明鏡一樣清楚，誰先出手必定遭到另外兩人的夾擊，所以每個人都在等待著有一個人忍不住先動手。

突然我感到體內有陌生的力量在破壞我的內臟，一定是死神剛才利用鐮刀傳到我體內的，我默無聲息地捕捉那股在我體內肆虐的力量。

彼此望著的眼睛中都滿是戒心，面對著這樣的敵人，沒有誰還能保持平常心可以鎮定自若、進退自如。

我瞥了一眼手指上的烏金戒指，多麼想取出幾粒靈丹來治療我的內傷。可惜，兩個虎視眈眈的敵人讓我只能強忍著痛苦。

死神被我切斷的那隻手又長出了一個新的手臂，與之前那隻手臂相比，這隻剛生出的手臂毛茸茸的，顯得非常醜陋。以他現在的力量恐怕沒有多餘的力量分出來造一隻可以發揮出全部力量的完美手臂。

惡魔傷痕累累的身體在凜冽的寒風中顯得更爲孱弱，僅剩的一隻瘦弱手臂抓著那支尙擁有充沛魔力的權杖。

這麼看來，惡魔要較我和死神擁有更多的優勢。

忽然惡魔那隻孤獨的手臂突然在狂風中晃動了一下，權杖中立即湧出大量的綠光，幾個石頭人驀地如流星一樣砸了下來，大地的晃動中，石頭人氣勢洶洶地護在惡魔面前。

我頓時大驚失色，這一刻我真想破口大罵，這幾個石頭人在我們沒受傷的情況下只不過是微不足道而已，然而現在當我們三人都重傷的情況下，它們的出現已經足以扭轉局勢了。

死神的鐮刀再鋒利，也不可能若無其事地輕鬆將它們變成一堆爛石頭！

我心中打鼓，不知道被圍在石頭人身後的惡魔下一步打算怎麼做！

在這種緊張的情況下，他突然召喚出幾個邪惡的生物，已經令我和死神的關係變得微妙起來，如果我和死神一旦聯手，這幾個石頭人還無法阻擋我和死神的攻擊！

他做出這種不智的事是爲什麼！就在我正費盡心力思考時，惡魔的動作已經讓我明白了他的念頭。

一片濃厚帶著死亡的綠光忽然將他身後的大片不死族和獸人族的士兵給籠罩起來，在淒慘的喊叫聲中，我的記憶突然清晰起來，在不久前，我還看到過真正的影魔用過這一招。

我咽了一口唾液，顧不得死神在一邊覬覦，我將速度施展到極限，神鐵木劍釋放出璀璨的金光，當先的一個石頭人被我從頭劈成兩半。

神鐵木劍從它的身體中抽出時，彷彿受了玷污，金光大減，劍氣也減弱了很多，已經無力再順利地將下一個石頭人劈成兩半了。

右臂受到惡魔的重創，連累我的右半身都無法施展出全力。

死神終於看出了端倪，抓著鐮刀向著正在施展魔法的惡魔奔過去，雖然他不知道惡魔正施展的魔法有多厲害，但是幾百年積累的經驗告訴他，如果讓惡魔成功施展出來，那他再沒有機會了。

就當他剛衝近惡魔時，一聲震人心魄的吼叫從綠色雲霧中傳出。

唉，有時候成敗就在一線，天意如此，一頭巨龍有力地拍打著翅膀從綠煙中飛出，死神驚魂未定，便感受到一股絕強的力量向他湧去。

匆忙中，死神唯有全力抵擋這股不遜於他的強大力量，桀驁不馴的死神絕不是肯低頭的人，混亂中，他陡然飛起，死神的鐮刀帶著一溜寒光向著巨龍的脖子飛旋而去。

可惜巨龍實在太強大，一拍骨翅，身體迅速改變了方向，鐮刀卻纏住骨龍的後肢，骨龍猛的一甩，死神連人帶刀被甩到綠色煙霧中。

我解決掉最後一個石頭人，怔怔地望著墜入綠色煙霧中的死神，喃喃自語：「難道就這麼結束了？」

我不相信剽悍的死神就這麼完蛋了，奈何墜入綠色煙霧中的死神再沒有了動靜，我也絲毫感覺不到他的氣息！

我心第一次興起兔死狐悲的感覺，下一個就輪到我了吧。我悲哀地回頭望著站在遠處的兩個美麗的精靈，現在我再沒興趣去弄明白究竟誰是真的月夜，誰是白虎戰士！我高聲道：「快逃！我纏著他！回去後，帶著你的族人們有多遠就逃多遠！」

兩人秀氣的雙眸中射出悲切的死志。我感歎，難道我的死亡就真的這麼重要嗎？令兩人可拋棄一切跟隨著我，就連族人的未來也不能喚起她們的求生意識。

巨大的骨龍遮天蔽日，甚至連月光也給擋住。兩支冰箭帶著穿雲裂石的力量直破虛空而至，骨龍驀地連續吐出兩口龍息才將兩支冰箭給打落。我驚訝地望著她們兩人，她們手中竟都有一支威力巨大的弓！

眉頭間倏地激烈地跳動起來，有什麼東西想要破困而出！

又癢又痛的感覺幾乎令我有伸手去抓的瘋狂念頭。雙眉之間傳來陣陣的熾熱，彷彿是要破繭而出。真是禍不單行，在這種緊要關頭，竟然自己的身體出了問題，陣陣的熱力，燒烤得我幾乎無法思考。

惡魔獰笑著望著我，在他眼中，最後的勝利已經是他的囊中之物了，兩個強大敵人已經被他輕鬆幹掉一個，剩下這一個對他也無法造成威脅，他會在贏得勝利之後，利用長久的時間再去精心鑄造一具完美的肉身，反正他的生命是無限的，有的是時間。

當他君臨大地時，還有什麼不是他予取予求的呢，惡魔一邊慢慢地向我踱來，一邊計畫著美好的未來人生。

眉頭間突突地急劇跳動著，突然間頭顱轟然一震，天地都靜了下來，一股清流，竟從最重要最脆弱的頭部傳出，流遍全身，清流漸漸化爲一道滾燙的熱流。我驚喜不已，這股渾厚、充沛的力量竟是龍之力。

強大的生命威脅，逼迫小龍將自己的力量借助我的身體傳給了我。我的傷勢一下子好了八成，強大的力量又重新回到我的手中。

惡魔感覺到我一瞬間氣勢陡然發生了翻天覆地的變化，本來頹喪的氣勢忽然變得鬥志昂揚，強大的氣勢向他席捲而去，帶著在風中飄落的雪花倏地將惡魔給困住。

我露出一抹微笑，這真乃天不亡我！無匹的力量在胸中鼓蕩著，我充滿強大的自信，望著惡魔，神鐵木劍沒有任何依靠地平平地停在我面前綻放著淡淡的華光。

我聚集了大量的力量，殘存的衣服獵獵生風，身上的金光隨著我徐徐向上揚起的雙手而逐漸變得強烈起來。

無數的紅色星光從我身上飛出，聚集到神鐵木劍上，大量好看的點點紅色星光圍繞在神鐵木劍四周，反而劍的本體給遮住了，一柄由純粹的紅色星光組成的巨大光芒之劍逐漸完成。

吞吐不定的劍氣彷彿是毒蛇的蛇信，這一幕令惡魔看得遍體生涼。

我雙手化作劍指握在胸前，劍指微動，五六米之巨的鮮紅色的光芒之劍突地升到空中，在雪白的世界中，一片璀璨的紅色是如此地顯眼。這一式是神劍「霜之哀傷」中三大劍訣中最強的一個，我絕對有信心在這麼短的距離將惡魔穿個透心涼。

惡魔氣急敗壞地忙指揮著在半空中俯視著一切的骨龍向我襲來。

我冷哼一聲，劍指微微向前一指，光芒之劍帶著溜溜的紅色光尾驟然出現在惡魔的面前，去速之快，幾乎連我也看不清楚。

我凝望著光芒之劍，由於我的功力增強，光芒之劍比以前任何時候都要強，穿行在空間幾乎無聲無息，只有在出現的一剎那，才帶出震盪耳鼓的雷響。

就在光芒之劍逼近惡魔的刹那，一個綠色的圓形光盾擋住了光芒之劍的去路，光芒之劍猛的撞了上去，燦出幾點光花，光盾被突破，光芒之劍繼續向前，卻又遇到了一個綠色透明光盾，這個光盾並不是完整的圓，而是一個尚未完成的半圓。

惡魔倉促施展魔法，並沒有足夠的時間連續完成兩個耗費法力的光盾。當我正要乘勝追擊時，龐大的骨龍已經非常接近我了，我幾乎可以感受到它那低沉而震驚心魄的空氣在它喉骨中的振盪聲。

我迫於無奈地只好招回光芒之劍，五六米長的巨劍在龐大的骨龍面前渺小得彷彿一根繡花針。骨龍感受到「繡花針」的威脅，不安地低吼了一聲，驀地轉變方向，一口龍息吐了過去。

我感到光芒之劍陡然受到極大的阻力，令我泛起有力難使的頹喪感，我只好指揮光芒之劍先從骨龍的龍息中掙脫出來，沒想到靈活的骨龍早就張開大口等著了，一口重重咬在光芒之劍的劍身上。

我如遭雷擊，光芒之劍的劍身驟然減小了一半，且黯淡下來，再沒有剛才鋒芒畢露，霸氣凜人的感覺，只有濛濛的毫光象徵似的在黑暗中釋放著光芒。沒想到這條骨龍比它的主人還聰明，我太小看它了。

這個緊張的時候，誰也沒有注意到，先前惡魔爲了召喚出威力巨大的骨龍而以上萬人的生命力爲代價製造出的那片綠色氤氳，自從死神墜落進去後，一直在不斷減少。

「幻靈！」我大吼一聲，在生死存亡的關頭，我將全身的龍之力傾巢而出，光芒之劍受到我的召喚，劍身陡然劇烈地振動起來，瞬間，劍身增大到十幾米長，無形的壓力令現場所有的人都爲之瑟瑟發抖。

光芒之劍倏地扭曲起來，空氣爲之空蒙，一條活靈活現的小龍替換了光芒之劍的位置，搖首擺尾，頓首龍吟，穿雲裂空，以骨龍的強橫也不能視若無睹，驚懼地盯著小龍。緊張的氣氛，一觸即發。

突然一個黑色的身影從朦朧的綠色氤氳跳出，摧枯拉朽的力量將毫無防備的惡魔擊了個粉碎，只剩下一個醜陋的頭顱被拋飛到空中，重重地墜落，一直滾到我面前。

我大驚失色，那個黑影渾身放著淡淡的黑色火光，不是死神還有誰，他不但沒有死，反而變得更強大的了。

死神並沒有攻擊我，而是在成功偷襲了惡魔後，陡然飛起，快速掠向在天空中與小龍的幻靈對恃的骨龍。

對骨龍來說，體形高大的死神是一個比繡花陣還要小的存在，當發現到渺小的他突然附著到自己身上時，再暴跳如雷已經來不及了。

我望著強大起來的死神，心中迅速思考著，爲什麼受到重創的他不但恢復了而且更爲強大起來。突然一道靈光在腦海中閃過，那是生命力，他一定是吸收了惡魔創造骨龍而剩下的那些生命力才恢復的。

那片已經變得非常薄的綠色煙霧似乎證明了我的猜測。

而他爲什麼要飛到骨龍的背上呢，以他現在的力量，再加上偷襲的出其不意，我絕對不會是他的對手，可他爲什麼放棄我，而挑選異常強大的骨龍呢？

望著那片在空中飄散的綠色氤氳，我倏地明白過來，他是想吸取骨龍豐富的生命力。我不敢再想下去，他如果成功地吸收了骨龍的生命力，即便他恢復不了鼎盛時期的強大，想要殺死我，也不會比捏死一隻螞蟻難多少。

爲今之計，只要暫時幫骨龍將死神從它的身上給除去，阻止他吸取骨龍的生命力，否則我們都要遭殃。

想到這，我深吸了一口氣指揮光芒之劍向著附著在骨龍背上的死神擊去。只是光芒之劍一接近骨龍，立即受到骨龍的攻擊。

我氣得不斷咒罵著，畜生到底是畜生，它難道不知道我是想要幫助它嗎？一切都是徒勞，我眼睜睜地看著，死神逐漸變得更爲強大。

突然陌生的魔法詠唱聲在我腳邊響起，我駭人低頭望去，竟是只剩下一個頭顱的惡魔，惡魔雙目充滿血紅色的憤怒，詠唱聲持續不斷地從他口中飛出。這個傢伙生命力竟然如此的強悍，受到那種級別的打擊，仍能保持著生存狀態。

我心中激烈地鬥爭著，他毫無防禦能力，我只要輕輕的一劍就可以令他從此消失在這個星球中，生命烙印永遠被磨滅。可是……

看樣子他是恨透了死神，現在也不顧危險詠唱著魔法，也許我該配合他共同對付死神，他們兩人都是奸狡似鬼的人物，而我只是比他們多了一分運氣，才勉強周旋在他們兩人中。

就在我猶豫的這短暫片刻，惡魔已經念完了魔法，最後如厲鬼般嗥叫道：「死亡封鎖！」

一聲驚天動地的爆炸聲，龐大的骨龍驟然間炸開，強大的爆炸力連在地面的我也感到震驚，在中心的死神想必已經受到了重創，或者死了。

煙氳過去，空中逐漸變得清楚起來。

死神赫然仍立在半空中，雙手護著自己的頭部，這刻感覺到爆炸過去，正要展開身體。

我無比驚駭地望著他，受到這樣強大的爆炸力，仍能保持這種狀態，他的力量已經增強到很難受到傷害了，至少不是我這種級數的人可以傷害到他的。

就在我驚訝地望著他的時候。陡然死神奮力一聲吼叫，好像要發洩所有的不爽，聲波侵襲著我的耳膜，令我不得不全力抵擋他音波的侵襲。

就在死神肆意的發洩時，無數隻斷骨像是萬千從天而降的流星，帶著滾動的氣流從他身體穿過，一時間，死神被穿成千瘡百孔。

更有無數的骨刺深深地釘在他身上，他身上的每個部位都被骨刺牢牢困住，剩餘的斷骨組成一個圓形的囚籠將他緊緊鎖住。

我怔怔地望著突然而來的異變，更被死神的慘狀所震撼。

綠色的氳氳適時出現在他四周，慢慢將他包圍，這正是骨龍爆炸而釋放出的死神最喜歡的生命力。

死神雖然身不能動，卻仍在貪婪地吸收著圍在四周的生命力，這對他來說就像是美味珍饈令他欣喜若狂。

腳下傳來惡魔瘋狂的聲音：「我要讓你爆體而亡！」

我怔怔地看了一眼發狂了的惡魔，再望著正拚命吸收生命力的死神，我能感覺到他雖然手腳都不能動，力量卻變得更為強大起來，遠遠超過了我的想像，死神非常享受地恣意攫取包裹著他的能量。

惡魔的念頭我很清楚，他想讓死神爆體而亡。因為再怎麼美味的東西，要是超過了你所能容納的限度，你也會被撐死的。而惡魔就是想讓死神吸收過多的力量而使能量在他體內爆炸開！

可是我對他的主意並不看好，死神究竟有多強大，這點我比惡魔要清楚得多，骨龍爆體後留下的能量雖然龐大，卻遠不足以令死神這種超級強者爆體，這只會加速他恢復到鼎盛時期的時間。

死神的身體逐漸變得臃腫起來，那是儲存了太多能量的緣故。

惡魔兩眼放光地惡狠狠地道：「我會讓你陪我一塊入地獄的！」

身體臃腫正是爆體的前兆，太多的能量湧入體內，而將身體撐大，當身體再不能接受更多時，就會爆炸，這麼強大的能量如果爆炸，將會是天崩地裂般的聲勢。

可是當我們都以為死神將會被撐死的時候，他臃腫的身體突然停止增長了，然而在身體表面的黑色火焰又重新燃燒起來，而且更為旺盛。這表明他已經將那些不屬於他的力量與自己完美地融合了！

可是惡魔仍在瘋狂地吶喊著，好像事情並沒有我想得那麼簡單，我凝神仔細注視著死神的舉動。

突然我發現釘在他身體中的那百來根骨頭，竟然被塗上了一層熒熒的綠光，閃爍著顯得格外詭異，突然一個念頭閃過，如果這些佈滿在他身體每個角落的綠骨，同時爆炸的話，那將會是怎樣一個情形。

只要爆炸的威力夠大，因為是在死神的身體內部，那麼死神一定會被炸得粉身碎骨，連一塊完整的地方都不會保留。

難道這才是惡魔的真正打算嗎？我驚疑地瞥了一眼腳下的惡魔。

頭頂上光芒之劍發出陣陣的嗡鳴，我心中盤桓不定，一方面我有些相信惡魔的方法，也許那上百根即將爆炸的骨頭會把死神炸死；而另一方面，我擔憂地看著死神融合了那些生命之力變得愈來愈強大。

感受著死神越來越駭人的氣勢，我把心一橫，決定不能讓他再這麼強大下去，劍指突地向前一指，嗡嗡低鳴的光芒之劍飛也似的向著死神的腦袋刺過去。

去速極快的光芒之劍帶著刺耳的尖嘯，留下一溜淡淡金光的殘影，夾雜著萬鈞的氣勢，目標赫然是正享受著能量的死神。

死神感受到強大的力量向他逼近，原本懶洋洋的眼神，頓時凌厲起來，精光四射，盡顯超級高手的本領。驀地發出一聲低沉的嘯吼，聲浪如海浪掃過大地，一波波地向四周傳去。

靠近他的一些低等獸人士兵承受不了音波的振盪，七孔溢血而死，而那些普通的骷髏兵更是被振得支撐身體的骨架分離。

受到音波的攻擊，連光芒之劍，也顫動起來，受到阻礙而減低了去速。音波襲來，身體一陣震顫，身體的每一處都急劇地低顫起來，心臟也跟著快速跳動起來，我彷彿也感覺到血液滾滾顫動起來。

再讓他進行下去，我想我會比他還要先爆體。

他的音波攻擊與我以前認識到的音波攻擊完全不同，他並不是用音波帶動人的七情六欲，產生種種幻覺，最終無法抵擋心力交瘁而亡。

他使用的是音波最本源的力量，只是簡單的引起別的事物與他的音波發生共振，當他加快振動的頻率時，那些承受不了這種頻率的所謂「能量容器」就會破裂，而發生在人類身上就是身體爆裂。

雖然是最簡單的卻也是最有效的，這種音波的攻擊不止是針對人類，而是任何生物甚至包括沒有生命的東西也會受到影響。

惡魔因爲只剩下頭顱，沒法保護自己，頭部可以清晰地看見根根暴起的青筋，眼球已經漸漸地向外凸出，臉也肥大起來。眼看就是爆炸而亡的結局。

惡魔掙扎著，勉強地念出最後一段咒語，當他即將念完時，無法抵受音波攻擊的他陡然彈起，在空中一聲沉悶的爆炸聲，空中揚起一片血霧，惡魔最終先我們而去，連一點生命烙印也未曾留下。

死神興奮地發動著更強音波，連背後的山也彷彿無法保持安靜地低震起來，轟隆的響聲中，大塊大塊的巨石從山上滾落下來。

我有種錯覺，地面也好像跟著他的嘯聲一陣陣的震動！

遠處的兩個月夜都露出痛苦的神色，艱難地抵抗著音波的侵襲。

我首當其衝，因此受到的壓力是最大的，現在惡魔已死，幾乎所有的壓力都集中到我身上，這令我分外痛苦。

死神意外的強大激起了我強烈的求生意志，死命撐著護罩抵擋音波。

無法動彈的死神已經如此強大，要是死神恢復活動能力，那將是……所有人的夢魘。

我不敢再想下去，力量的懸殊甚至令我很難興起反抗的念頭，可是我卻不甘就這麼死去。

至少我還有一個機會，他現在還無法自由活動，我只要使光芒之劍穿破他的腦袋，我不信他會不受影響。

忽然，一聲爆炸聲倏地打破了他無所不在的音波，使我得到了短暫的喘息機會。我向他望去，他身上的那百多根磷光閃爍的骨頭正一閃一滅！我心中狂喜，惡魔臨死前沒有念完的咒語，過了半天後終於起作用了，剛才就是一根爆炸的骨頭打斷了死神的音波。

幾乎就在一眨眼的時間，綠骨連珠炮似的炸開！

骨頭釘在死神的身體內部，強橫若他，也無法抵擋爆炸的威力。

憤怒的神色隱藏不了他背後的恐慌。

「是時機了！」我幾乎是一下子將所有能量都罄盡於光芒之劍，光芒之劍瞬間釋放出最強烈的光華，彷彿天地間所有光芒都在於此！

只是零點幾秒的時間，光芒之劍穿透他的眉心，只留下米粒一般微不可見的傷口。

死神不敢置信地瞪著我，那種透骨寒冷的感覺仍彌留在他的神經中，他無法相信恢復了力量的他竟然在成功的剎那被一個平凡的人類給殺死，這是多麼的諷刺！

我眼睛眨也不眨地望著他，當他的頭顱轟地爆炸只在空中留下一團血霧時，我才深深地歎了一口，心力交瘁的僵硬身體委頓在地，我大口大口地喘著氣，死裏求生的感覺真好！

心臟撲通撲通肆無忌憚地跳躍著，狂風捲著冰冷的雪水打在臉上，卻令我感到格外的親切，眼前的一切都顯得那麼美好，甚至連那些完全呆住了的獸人族的士兵們在我眼中也是那麼的親切。

這些智力有限的傢伙們，恐怕還搞不清今夜發生的狀況，可能他們甚至不知道誰才是他們真正信奉的惡魔主人！

我再重重地吸了一口氣，望著烏雲散去的天空，腦海中忽然跳出，死神死前的一幕，他那顯得有些陰森的眼神是深邃而妖異，卻沒有一絲死亡的頹喪，而是大有深意地向我露出一抹淡笑。這令我無法真正地平靜下來。

眼前忽然被遮住，兩張亦笑亦嗔，帶著淚痕的嬌美臉孔出現在我上方。我對兩人微微一笑，她們竟頑強地從死神無所不在的音波攻擊中活了下來，真是幸運啊。

兩人一左一右地在我身邊坐下，我知道兩人中其中一個一定是精靈族傳說中強大白虎戰士，雖然所謂的「強大」，對我、死神、惡魔三人而言並非真的那麼強大，可是對於現在筋疲力盡的我來說絕對是致命的。

出奇的我一點也沒有擔心，那個精靈武士會出手殺死我。

這是一種沒法解釋的直覺，所以我動也沒動地仍躺著。

兩人也沒說話，只是安靜地待在我身邊，乖巧得像是個做了錯事的孩子，柔軟的小手一左一右地抓著我，雖然很冷，卻讓我心中感到很溫暖，這次危險的經歷是前所未有的，隨時我都可能喪命，三人中最弱的我卻最幸運的反而活了下來。

我心中很奇怪，按說月夜被白虎武士抓著然後還被她冒充，應該很氣憤，急於向我揭露對方才是，可是兩人偏像是感情非常好的雙胞胎姐妹，默許了對方的存在。

這一點令我有些無法想像，這樣的仇人也可化解的嗎？之前緊張、危險的戰鬥中我也曾用餘光注意過她們幾次，卻發現兩人互相扶持，彷彿是一種唇亡齒寒相互依靠的意味在裏面。

我奇怪地望了兩人一眼，出乎意料的，兩張嬌美的臉頰上都呈現著幸福的滿足感，那種表情令我爲之感動，感覺不會是假裝出來的。

女人的心思，再聰明的男人也無法琢磨得透，而女人的友情更是令人奇怪，竟然可以允許對方分享自己的愛情。

在月夜和白虎武士的心中都充分體會到對方的孤寂和對神使的依戀。兩人都是一生長伴希洛大神的泥塑，所有的感情和心血都傾注在泥塑身上，白虎武士更是忍受了上百年的孤寂，那種感情可令人發瘋。

當她們發現了對方擁有和自己相同的寂寞時，已經把嫉妒和憤怒化爲了對和自己有相同經歷的可憐女人的同情，那亦是對自己的同情！

第八章　破空而去

氣力逐漸恢復，我拉伸了一下僵硬痠疼的身體，舒服地呻吟出來。我抓著兩人的小手，起身望著無盡的虛空，此時星羅密佈，閃爍著深邃的星光，煞是美麗。

我心情出奇地好，等我完全恢復了，我就可以破開虛空，回到未來我的時空中了，經歷了這麼多，我有些累了，但亦對這個時空充滿了感情，在沒走之前，讓我好好欣賞這裏的美麗夜空吧。

兩女亦學著我，善睞美眸朦朧地望著浩瀚的星空，我輕歎一聲，淡淡地道：「告訴我吧，誰才是真正的月夜？」

我立刻感覺到兩對火辣辣的目光落在我臉上，以我的老練仍是大感吃不消，兩女含笑不語，我一陣頭疼，不得不重複道：「你們倆誰才是真正的月夜，你們放心，我不會傷害另一個人的。」

兩女仍是不語，只是專注地凝視著我。無可奈何，我清咳道：「好吧，我承認分辨不出你們誰才是那個白虎武士，你們既然不說話，一定是有什麼條件吧。」

左邊的月夜面帶喜色，張口欲說，卻忽然被右邊的月夜給攔住了。

我驚喜地指著左邊的月夜道：「你才是真正的月夜。」

兩女拉著手站在我面前，兩張比花還嬌的美靨雙雙出現在視線中，兩人異口同聲的道：「真的嗎？」看著她們篤定的表情，我一下又很難確定究竟誰才是真的了。

我苦笑一聲，拍著腦袋唉聲歎了口氣，我寧願再跟惡魔再鬥一場，也不想來分辨兩人究竟誰才是真。兩人不論神情、容貌，連動作也一模一樣，我真的懷疑這是不是什麼魔法製造出的幻象。

兩女望著我那堪比苦瓜的臉，眼眸中露出一絲善意的笑意。

我無力地望著兩女，道：「我在這裏的任務已經結束，在我恢復了功力後，我就會破開時空隧道回到真正屬於我自己的地方，我已經答應了月夜帶她一塊離開這兒，拜託你們告訴我，誰才是真正的月夜！」

說完，我仔細地看著兩人，奈何兩人除了露出笑吟吟的神色，便再無其他表情，我哀歎道：「你們不是想我把你們兩人都帶走吧！這很困難哩，我的能力……」

剛說到這，兩人同時伸出一隻嬌嫩如蔥玉的手掌輕拂上我的臉頰，輕而細膩的動作令我興起享受的念頭，從她們的眼神中，我看到了極盡溫柔的深情，那種濃濃的愛意，就是我和藍薇之間的愛意也只能到這種程度，我深刻地認識到兩女已對我愛根深種！

我長歎一聲徹底認輸了！就算我說我能力不夠一塊帶走兩人又能怎麼樣，以我之前戰鬥中施展出的可以排山倒海的實力，聰慧的兩女又怎麼會相信我的藉口呢！兩女一直緘默不發一言，很明顯是想讓我帶著另一個白虎戰士一塊離開此地。

我雖然不知道兩個仇人之間怎麼會變得親如姐妹，但是我卻可以肯定的是那種關係是我想破腦袋也想不到的。

和我朝夕相處這麼多的日日夜夜，冰雪聰明的月夜知道，善良如我，是萬萬不可能丟下她，獨自上路的，所以她們兩人都保持沉默，使我難以分辨誰才是真正的月夜。

我歎了口氣，難道我真的要帶兩個人回去，帶一個人回去，也許藍薇還能原諒我，帶著兩個沉魚落雁般美麗的女孩回去，誰還會相信我在異時空經歷了這麼多苦難，恐怕到時誰都以爲我在這裏享盡豔福呢！

兩女看著我苦惱的樣子，露出一絲歉意的笑容。

算了，不去想了，我放棄了分清楚她們的念頭。死亡後的死神餘威盡去，只留下一片不死族和獸族，在他們目睹了如神一般的戰鬥後，對我的存在突然感到誠惶誠恐起來。

我掃了一眼剩下的人們，剛才因爲受到我們三人戰鬥的波及，已經死了一半以上的人，只留下不到一半的人恐懼地望著我。

目光掃去，所有人都低眉順眼不敢再望著我。我望著這些受到惡魔利用的可憐的族人們。也許惡魔的死亡會讓他們安分一陣子了吧。就讓那些獸人們離開這裏，而另外那些不死族的生物們雖然醜陋而兇惡，不過既然已經存在這個世界上，就讓它們自生自滅吧。

除了風聲，四周一片靜寂，我吞食了幾粒「血參丸」，運用僅剩的內息將它們給融化，迅速在我體內發揮效力，很快身體有了一陣暖意。

當死神被我的光芒之劍破去的時候，體內強大的龍之力忽然如潮水般退去，又回到我眉間，所以我才會疲憊得連支撐身體的力量也沒有，直接往後躺在雪地中。

此時由於「血參丸」的作用，體內很快又恢復了一些力氣，我徐徐地向上飛起，半空中，我召喚出靈龜鼎藏在我背後，放出萬道霞光。

我刻意地掩飾自己的本來聲音，放出低沉而磅礴、渾厚的音線，充滿威嚴的聲音如潮水湧過大地滾過每個人的耳邊。

「子民們！我將離開這裏升到天界，但是我不會放棄你們，這裏是我出生的聖地，不死族的將永遠留在這裏保護聖地，聖地將賜給你們力量，獸族的孩子們，回到你們的家鄉吧，永世之年不准再和人族、精靈族和矮人族起爭端。」

惡魔忠誠的子民們畢恭畢敬對半空中的我行了禮，慢慢地向後退去。望著死傷無數的獸族，我知道也許幾十年之內他們會聽話的不再和其他族類爭鬥，當有一天他們人口愈多，且將我淡忘之時，就是這塊大陸再燃戰火的時候了。

強大的不死族，也只剩下很少的一些，沒有了幕後的主使者，它們會安分地留在這裏等到死亡降臨在它們身上的一刻。

片刻後，所有人都散去，只留下皚皚白雪反射著星輝。我轉過身望著兩女。兩女好像也知道我要宣佈最後的答案了，眼神既是擔憂又有期盼，等著我宣佈她們的命運！

我歎了口氣，終狠不下心拋棄她們中的任何一個，我道：「我不知道，你們中的一個用什麼方法會讓月夜幫你掩飾，但是我決定將你們倆一塊帶回去，慢慢查明這件事。」

「啊！」兩女驚喜的表情不加掩飾地出現在言行舉止與眉宇間。從她們滾滾而下的熱淚，我讀懂了苦盡甘來的那種辛酸的情感。一瞬間我慶幸自己沒有作出另一個與之相反的決定。

望著她們，我也被她們的喜悅所感染了，心中充盈著歡樂。世間許多悲哀、淒慘之事，爲何我們不能讓世界多添些歡笑呢，希望藍薇也可以理解我的決定吧。

「好吧！」我再望一眼圓盤似的皓月，我凝望著兩女道：「這塊大陸在未來的幾十年都會是平靜的，讓我們離開這裏吧！」

兩女雀躍地聚攏在我身邊，我召喚出豬豬寵球球，當我與牠合爲一體時，我也同時接受到牠傳到我腦海中破開時空之謎的答案。

本來我心中還在擔憂，當我們三人回到我的時空中的時候，會不會肉體盡毀只剩下能量需要投胎再次化身爲人。不過球球傳給我的答案令我心中大慰，疑慮盡去！

如果憑藉自身的能力穿透時空，除非有足夠大的實力保護自己的肉體不會被毀去，否則都需要如死神說的那般再找一個「裝能量的容器」，而我和球球合體後，破開時空後，牠獨特的能量會形成一道與眾不同的護罩，保護我們不需要再找另外一副「容器」！

當然前提是，我有足夠的能量供應給球球，使牠可以保護我們。

一團紫色火焰球憑空出現在半空中，空氣彷彿燃燒起來般，一個黑色的洞口逐漸出現，慢慢地擴大！

我抓著兩女的小手，望了一眼黑暗無邊，令人心中發怵的洞口，這個洞口是通向幸福之門，在洞口的另一邊就是我的家鄉！

突然間，一個黃色幾近透明的影子倏地從洞中飛出，直朝兩女飛去，速度快若閃電。事發突然，我仍然勉強出手，剛好擋在黃影面前，帶著火焰的力量卻出乎意料地從它的身體穿過，而沒有攫住它！

一陣寒冷徹骨的感覺瞬間傳遍全身。

陰冷、森寒！我心中興起不祥的念頭。

白。

我迅速轉頭望去，左手邊的月夜露出痛苦的神色，抓著我的手因爲太用力而顯得蒼

臉頰沒有一點血色，右手邊的月夜茫然地望著突然發生的事。

突發情況也令我倉皇失措，不知該如何是好。

左手邊的月夜嬌美的臉頰突然變得猙獰起來，眼神中隱隱流露出兇狠的神色，一個陌生的聲音從她的朱唇中傳出：「我看你怎麼辦！」

沒頭沒腦的一句話，卻令我臉上血色盡褪，這個聲音赫然是屬於死神的，他竟然沒有死！我簡直不敢相信自己的耳朵。

我是親眼目睹他的死亡！那種自內向外的爆炸威力，即便是強大的神也難逃此劫，他竟然仍強悍的活下來。

我大力地吸了一口氣，努力使自己平靜下來。心疼地望著月夜猙獰和痛苦兩種神情不斷替換著。

「不用徒勞了！你的能量太弱，你是爭不過我的，這具能量容器將會永遠屬於我！哈哈！」狂笑聲中盡顯死神的張狂。

這是月夜體內的死神在對月夜說話。

我雖然心疼卻不知該怎麼制止死神。忽然月夜不斷變換的表情在屬於她自己的表情

上停了下來，她痛苦不甘地深深望著我，隨即下定決心，艱難道：「她是真正的月夜，趕快帶她離開這裏，尋找你們的幸福吧，他的力量太強，我逐漸感到身體已經不再屬於我了！」

「快！」月夜聲嘶力竭地道！

右邊的月夜再也忍不住上前一把抓著她，噙著大滴的淚珠，只是執著地搖著頭。左邊的月夜神態像是病危中的長輩在囑托晚輩好好地活下去：「好孩子，你該追求你的幸福，放開我，忘記這裏的一切！」

即便是鐵石心腸也會被這一幕感動，我悲愴憤怒地吼道：「死神你這個混蛋，給我滾出來！我要讓你永遠消失在這個世界。」

得意的聲音從月夜的口中傳出：「是啊，我真的差點就消失在這個世界上，在我感到死亡降臨的一刻，我迅速破開時空帶著所有能量進入了時空，躲開了那可怕的爆炸，那一刻是我最接近毀滅的時候。我嚇得戰慄發抖，我發誓如果僥倖不死，無論如何也要你痛嘗得罪我的苦酒！沒想到這一刻這麼快就降臨了，當你破開時空隧道的時空，你知道我有多麼興奮嗎！那是報仇的喜悅！」

月夜吃力地將另一個月夜推到我身邊，呼呼喘著氣道：「快離開這裏。」

「想離開這裏！沒那麼容易，我要讓你們也嘗嘗我剛才的恐懼！」死神無比囂張的聲音再次響起。

我緊張地望著他！不知道他又要耍什麼詭計。突然月夜身體猛地向前一顫，兩團淡淡黃色的影子倏地從月夜的身體中透出。

瞬間我感覺到一股陰森的能量穿過我的皮膚妄圖進入我的體內，丹田中的內息發覺侵襲而來的異能，倏地群湧而出，全力的抵擋著那異能的侵犯。即便這只是死神三分之一的力量，我依然感到對方的強大，這恐怕才是死神真正的實力啊！

與他相比，我宛如一個湖泊，他卻是一望無際的大海。

另一個月夜也受到死神的侵襲，面現痛苦之色。我匆忙調動全身能量竭力驅逐死神，豆大的汗粒不斷從額角落下。

關鍵時刻，三道不屬於我的能量也加入了爭奪身體控制權的戰鬥中。

那分別是龍之力、狼之力和植物之力，有它們的加入，我頓時壓力大減，我一左一右抓著兩女的手，大聲喝道：「放鬆！」

同時龐大的力量化作兩部分分別湧入兩女體內，我希望可以幫助她們將她們體內的死神也給驅逐出去。

死神洞悉我的意思，陰森的聲音同時在我們三人心中響起：「妄圖聯合起來驅逐我嗎？你們太看重自己了！我會讓你們知道人類在我面前是多麼渺小！請求我的原諒吧！可憐的傢伙們！」

我頓時感到兩女顫顫發抖。我冷喝道：「穩住你們的心境，冷靜下來，他的力量再強大也只有一人，我們合力一定可以趕走他！」

兩女急促的呼吸漸漸地慢下來，其實我心中很清楚，雖然死神只是一個人，但是就算我們三人的力量加在一起也不大可能是他的對手，但是除了和他拚一拚，我實在沒有其他辦法。

我的力量一進入兩個月夜的體內，馬上分辨出左邊的月夜才是真正的月夜，而右邊的卻是白虎武士！因爲月夜的力量是我們三人中最弱的，所以我的能量一進入她們身體中，立刻感受出她們的強弱。

我分出一部分心神，召喚出七小與我合體，我體內的力量迅速激升，勉強擋住了死神的攻擊。

三股外援力量在死神的壓力下勉強融合在一起形成一股強大的力量，抵擋著死神，我心中響起死神驚訝的聲音。

我辛苦地幫著月夜和白虎戰士阻擋著死神的攻擊，然而她們體內很多地方已經被死神的力量牢牢控制了。倏地死神的力量如退潮般迅速退去，我還沒來得及驚訝，死神的力量又聚集在一起狠狠地反攻而來。

彷彿是洪水衝垮堤壩，我連反抗的力氣還未興起，就被徹底衝垮了，死神帶著席捲一切的氣勢向我的體內湧來。

警覺到極大的危險。三股擰成一股的力量和我退回來的力量奮力地抵抗著瘋狂衝擊而來的死神的龐大能量，這種強大幾乎連我的意識都給淹沒了，我艱辛之極地極力抵擋著。

我的身上燦起各種絢爛的光芒，但是美麗的光芒卻難以遮掩我鐵青的雙唇，我已經到了臨界點，死神就快徹底攻佔我的身體。

由於死神絕大部分力量都湧到我體內，月夜和白虎武士只留下少量用來聯繫的死神能量，兩女暫時恢復了意識，只是身體卻仍然不聽控制。

兩對原本十分美麗的雙眸中，此時儘是悲傷，淚光中，兩女悲愴莫名地仔細審視著我痛苦的表情，心中興起生不如死的念頭。

要不是我意志堅強，仍勉強地抵擋著死神的力量，我早已淪爲他的傀儡，身軀由他控制。

白虎武士突然神色平靜了下來，悲愴的眼神堅定地望著月夜道：「答應姐姐，一定要活下去。」

月夜紅腫的雙眸驚疑不定地望著白虎武士，道：「姐姐，你要做什麼?不要做傻事，你答應過我和我們一起到幸福的彼岸的！」

白虎武士露出一個無奈的蒼白笑容，道：「看來姐姐要違約了。」

一連串咒語熟練地從白虎武士的嘴中傳出，月夜好像聽懂了咒語的內容，惶恐的道：「姐姐，不要啊！」

白虎武士只是向她露出一個淒美的笑容，堅決地念著咒語，青色的火焰從她單薄的身上升騰而起，帶著冰冷的氣息直躥向半空。

死神的力量也彷彿感受到了威脅，陡然放慢了攻擊，我才得以一點喘息的時間，我睜開眼卻正好看到白虎武士身上燃燒著的火焰，火焰中她也正望向我，眼神透出無限的溫柔與不捨。

那種力量我太熟悉了，這是生命在燃燒著，我急道：「快停下來，你會死的！生命的力量只是死神的口糧，並不能傷害他！」

然而她怎麼也不聽我說話，聖潔的光輝照耀著她蒼白的臉頰。她平靜地望著我淡淡地道：「請原諒我所做的事情，這是唯一能彌補我幾百年來不斷愧疚的心靈的方法，他是我所知道的最強大的存在，我燃燒生命並非是要和他同歸於盡。」

月夜帶著哭腔道：「那就趕快停下來啊！我們會有辦法對付他的！」

「唉！」白虎武士歎了口氣，平靜的語態卻令我感到辛酸，「沒用的，我知道他有多強大，我們三人的力量是沒法消滅他的。」

一道極強極冷的氣息倏地出現在白虎武士身上，那種極寒的氣息甚至令我感到不安，那並非是人類能擁有的力量啊！燃燒生命也並不能激發出這種力量，那與生命之力是截然不同的兩種力量。

一團黑氣驟然出現在白虎武士身邊，黑氣越來越濃，逐漸凝聚成黑色的火焰與青色的火焰激烈對抗著。

這是死神在對抗她，到底她用生命之力激發了什麼力量可以令死神感到顧忌，不但沒有吸收那些燃燒生命力反而在積極地撲滅它！

黑氣逐漸占了上風，白虎武士身上的火焰越來越微弱，眼看就要熄滅。

突然又一個堅定的聲音出現在我右邊：「姐姐，我來幫你！」

我和白虎武士愕然地望著她！一團同樣的青色火焰瞬間在月夜身上升起，迅速燃燒的火焰又將白虎武士身上的火焰點燃。

黑氣與兩女身上的青色火焰僵持著。

白虎武士吃驚地道：「你，你怎麼會？」

月夜露出淒美笑容，徐徐地道：「姐姐，你忘了嗎，我和你一樣都是精靈族的大祭祀啊，在精靈族的大預言中曾留下一段咒語，預言中說，當大祭祀捨棄生命啓動冰冷之力的時候，惡魔將被徹底消滅，而神使大人帶著無盡的悲傷破開虛空而去，大地從此恢復了和平！」

頓了頓，月夜深情地望了我一眼，轉過頭看著白虎武士道：「我一直被預言深深地困惑，我不甘心，爲什麼上天要剝奪我們的幸福，我不想離開自己的愛人，我曾不止一次想過逃跑，我不敢每天對著那本大預言！我想姐姐離開精靈族也是因爲這個原因吧！」

白虎武士含著淚水微笑著，沉重地點了點頭。爲什麼精靈族的好女兒一定要接受這種無奈的結局。

陡然間，天空大放光芒，無盡的黑夜彷彿被光芒撕破，我朝著光源望去，竟是冰湖中的冰塔發出的！

月夜的聲音很平淡：「大預言中說，大祭祀的生命之火揭開冰塔的封印，世界中最寒冷的力量將會幫助精靈們重新封印惡魔，惡魔在聖潔的冰塔之光中不甘地永遠陷入地獄！完成命運的神使帶著無窮無盡的悲傷離開了世間，大地的和平再次降臨，邪惡最終被毀滅！」

冰塔之光中，兩女的表情是那麼的安詳和平靜，淡淡的笑容，令我心疼難忍地痛苦哀號出來！

冰塔之光將半個天空照得如同白晝，在光幕中，只有兩個人形的青色火焰仍是那麼顯眼，神態婉約的兩女眼中有說不盡的溫柔。

死神的力量早已從我的身體中撤走，我隱約看到在兩女的身體中露出極力掙扎的黑色影子，兩女的臉上一直保持著笑容，彷彿絲毫感覺不到死神在她們體內東闖西爭的痛苦和生命灼燒疼痛。

這是積蓄了幾百年的天地間冰凍的力量，這種力量毀天滅地也只在彈指間而已，死神的力量在這種偉大的力量面前顯得那麼渺小、可笑。

掙扎中，黑影越來越無力，而兩女的身影也逐漸變得愈發稀薄，漸漸地只能看清一個輪廓。

眼前驟然更亮了，空間中的所有一切幾乎都被冰凍起來，那種至寒至冷是任何生物都無法抵抗的。強烈的冰塔之光中，眼前的一切都化爲虛實，兩女宛如一個虛幻的氣泡消失了，但是她們眼中的那片溫柔永遠烙印在我的心頭。

我呆愣地望著面前的虛無，難道這是一個夢？可是我爲什麼會有那麼真實的感覺！驀地心中莫名的揪痛令我只能用大吼來發洩，四周堅硬似鐵的堅冰在我強大破壞力下顯得狼藉不堪。

無邊無盡的痛苦如洶湧的海浪一波波地撞擊著我，令我難以呼吸。永不停止的發洩似乎也不能減去我一點點痛苦，我停下手來，淚不知何時已經在我的臉龐上被凍住，我想擺脫痛苦，卻茫然地發現痛苦已經植入我的骨髓。

我無措地吼叫著，忽然我急切地想離開這裏，如果不離開這裏，我永遠得不到解脫，兩大團的紫色火焰瞬間將虛空破開。

我毫不猶豫地縱身躍入時空隧道，一道粉紅色的護罩幾乎在瞬間籠罩在我四周，我一頭栽入永遠沒有盡頭的黑暗，不時的幾點白光在我身邊快速掠過，我放肆地在亙古寂寞的時空中發洩著無窮無盡的痛苦。

幽幽的，心力交瘁的情況下，我終於昏昏地睡過去了。

這一睡，便很難再醒來，因爲極度悲傷中，我潛意識地將自己的神識埋到了心底最深處，那是誰也很難探覓到的所在。在那裏我安詳地睡了，以至於球球的聲音我也無法聽到。

「主人，我們要往哪邊走啊？」

「主人，這裏好黑啊，球球害怕……」

「主人，我的能量快用完了，你快醒來啊！」

「主人你怎麼還不醒啊，你再不醒來，我只能被迫在下一個時空風暴進入異時空了，主人……」

濃厚的黑暗中只有一個粉紅色的光球獨行著，當那個粉紅色的光球遇到下一個時空風暴時，穿梭時空的豬豬寵再沒有餘力可以度過時空風暴了，甫一接觸到時空風暴，粉紅色的光球「嗖」的一聲輕易被吸入了風暴中，瞬間就沒了頂。

又是很多天過去了，日上正中！在一個海邊集鎮——三交鎮！集市中人聲鼎沸，來來往往的客商好不熱鬧，四處可見各種海產品和本地的特產，然而在這些人中，有一個與眾不同的身影茫然的在人群中走著，所過之處，所有人都下意識地躲避著。

在一個賣魚的地方，那個顯得分外落寞的人突然停住了，眼睛直勾勾地望著盆中一條三尺長的肥美的大魚，大魚顯然是剛從海中打撈上來的，非常活躍地不時拍打著尾巴，濺起大片的水花。

其他的商販見幾天前出現在這裏的傻子停在賣魚的那兒，都掩嘴偷笑。賣魚的是個大漢，裸露的上胸紋著一尾大魚，紋身是這裏的習俗，他們把自己當作大海的子民，在身上紋著海中生物的紋身，表示自己不會忘記大海的養育之恩。

大漢很結實，四肢粗壯得緊，上身皮膚呈現古銅色，一道濃眉下雙眼明亮，滿臉鬍渣，帶著憨厚的笑容，此刻見傻子今天又來光顧自己，頓時傻了眼，苦笑道：「我一天也只打幾尾魚而已，你每天來拿走最大的一尾，我這個月的魚稅還沒交呢！」

「哥，你看他好可憐啊，傻傻的，不給他，他會餓死的，我們傍晚再去打幾尾來。」

一個穿著簡樸的小姑娘在一邊哀求大漢道。

大漢看著小姑娘哀求的神情，憐惜地歎了口氣道：「我是擔心你，現在魚越來越難打了，都怪那可惡的海人族……」

當大漢說到海人族時，在一邊偷笑的人也都流露出憤慨和悲哀的神色，氣氛頓時凝起來。小姑娘馬上乖巧地道：「哥，不要太擔心，保護我們的藍家不是正和海人族在交涉嗎，很快我們就可以像以前那樣，每天都可以打到很多很多的魚。」

大漢知道妹妹在安慰自己，勉強對她一笑，然後搖了搖頭對著正盯著魚看的傻子道：「拿去吃吧，希望明天你可以去光顧別人。唉，今天又賺不到魚稅的錢了。」

在魚販的斜對面，一座本鎮唯一的酒樓上，二樓的雅座上正有兩個年輕貌美作儒士打扮的姑娘此時兩對妙眸正盯著那個傻子。

身著白衣的姑娘望著傻子，徐徐道：「殘月，你打探清楚那人的來歷了嗎？」

穿著淡青色衣服被稱作殘月的姑娘，恭敬地道：「打聽清楚了，少主，那個傻子是幾天前突然出現在這裏的，誰也不知道他從哪來，好像是憑空出現的，沒有什麼來歷，傻傻的，從來沒見過他和人說過話，好像也不會任何功夫，不過卻皮糙肉厚。對了，他平時都睡在那個橋下面，好像他身上有什麼怪病，每到半夜，全身都籠蓋著一層白霜，凍得瑟瑟發抖，看起來真可憐。不過第二天起來卻一點事都沒有。」

少主點了點頭，道：「會不會那晚上出現的白霜是因為他在修煉什麼厲害的功夫的特徵？」

殘月皺眉道：「少主，還沒聽說過誰會修煉什麼功夫把自己全身都凍傷的，他身上好多地方都凍得紅腫，不像是在修煉功夫！」

少主又道：「他每天都吃什麼？都吃魚嗎？」

殘月咭的笑出聲來道：「是啊，說起來真好笑，傻子每天都去那頭大笨牛那白吃魚，不過那個小丫頭心地還蠻好的。」

白衣姑娘邊收回目光邊道：「既然他沒什麼可疑的地方，就不要在一個傻子身上浪費工夫了，三交鎮最近龍蛇混雜，很多門派和家族都即將來到這裏，你一定要小心收集他們的資料……」

當她正要收回目光時，忽然眼前很模糊的一閃，那尾本來在盆中跳動的大魚就落在了傻子手中。

白衣姑娘呆呆地望著傻子，傻子不知道有人正窺視著他，抓起手中的大魚就要大口咬下去。大漢的妹妹忽然制止道：「魚不是這麼吃的，讓我教你怎麼吃好嗎？」

傻子怔怔地望著姑娘那雙黑黑的純真眼睛，將手中的魚遞了出去，姑娘微微一笑將魚接了過來，娓娓道：「吃魚要刮去魚鱗，否則會把嘴劃破的，記住哦。」傻子愣愣地點了點頭。

姑娘見他有反應，笑著道：「下一步，要把魚的內臟掏出來，這些東西也是不可以吃的，然後用水洗乾淨，現在就可以吃了，記住了嗎？」

傻子又點了點頭，接過被姑娘剁成一片片的魚片狼吞虎嚥地吃起來。

大漢在一邊感慨道：「傻子，你真是好福氣，我這個做哥哥的還從來沒享受過這麼好的待遇呢。」

白衣姑娘望著這一幕，她很清楚剛才她並不是眼花，而是很實在的，那個被人們稱作傻子的傢伙動作迅若雷電，將盆中的魚抓到手中，就憑他這一手，自己的師門就很少有人能夠做到！

想到這，她心中突然打了個突兀，莫非這是哪一派的高手，故意扮作傻子的模樣先打入三交鎮，她立刻道：「殘月，你要繼續跟蹤觀察這個傢伙，每天向我彙報他的行蹤。」

殘月愣了一下道：「少主，剛剛你不是說不用管他了嗎……」

白衣姑娘瞪了她一眼，殘月聲音越來越小，咕噥了兩句不敢再說。

當我被捲入時空隧道時，因爲球球的能量耗盡，我面臨肉身毀滅的厄運，頓時一部分意識從心底醒來，及時送出能量支撐球球的護罩直到我安然地落在地面。

意識雖然漸漸地全部醒來，可是兩個深愛著我的女人的倩影始終縈繞在我腦海中，令我陷入渾渾噩噩中，一點也不關心周圍的事。

第二天我又來到那個大漢的地方，可愛的小姑娘再次把魚切成乾淨的薄薄的一片一片給我吃。我安靜地坐在小姑娘旁邊，望著來往的人，我的心中回歸平靜。

正在努力地想著自己究竟忘了什麼事的時候，五個人出現在我面前，當先一個人衝大漢喝道：「李石頭，你欠下的魚稅，我們蛇爺已經給你在老爺面前求情拖了一個多月，現在總該交了吧！」

看到五個人的出現，其他人都對大漢流露出同情的神色。

在這三交鎮最有實力的是藍家，傳說在還沒有三交鎮的時候，藍家就已經在這裏了，藍家的「海浪搏岩」功法首屈一指，凡是修武道之人鮮有不知藍家的「海浪搏岩」功法的。

藍家經過十數代人的苦心經營，到了今天實力已是非常強了，隱約執白道牛耳，藍家的族長藍蒼龍功夫已至化境，天下雖大卻少有敵手，爲人寬宏大量，豪爽待客，因此不論是誰見到他都禮讓三分。

藍蒼龍再過幾天就是一百歲的大壽，因此宴請了各方豪霸，所以瀕臨海邊的偏僻的三交鎮突然熱鬧起來。

當然諸方豪強大老遠地跑來這裏，除了看在老爺子的面子，還有一個更爲重要的原因，據說老爺子要在壽誕之上宣佈關係華夏武道一件非常重要的事，這才是真正吸引眾人來到這裏的原因。

李石頭看著眼前調侃著看著自己和妹妹的五人的目光，渾身一陣不自在，結結巴巴地道：「蛇、蛇爺，我，我的魚稅錢還沒掙到……」

最先說話的那人哼了一聲道：「西皮爺爺的，蛇爺幫你把魚稅拖了一個月，你還他奶奶的不滿足，是不是皮癢了。」

那個兇悍的漢子還要說下去，五人中忽然走出一個身著華服，眉清目秀的年輕人，四肢修長，身段適中，手中揮動著一把別致的鑲金邊的玉牙扇，自有一番風流儒雅的氣質，只是眉目間偶爾閃過的一絲鷹隼般的銳利目光，令人心底生寒。

此人是藍家的第一大管家藍蟒的寶貝兒子藍小蛇！下人和三交鎮的人都管他叫作蛇爺，他父親藍蟒在藍家也是居功甚偉，是藍蒼龍倚之爲左膀右臂的厲害人物，一套「魚龍」功法令天下英雄聞之喪膽。

藍小蛇施施然走出，收起手中精貴的摺扇，未言先笑道：「李石頭，藍家能讓你拖魚稅一個月乃是老爺子寬宏大量，體諒大家捕魚的難處，既然你仍未有錢交稅，我倒是有一個折中的方法。」

李石頭雖然憨厚，卻也聽出他口中有了商量的餘地，馬上感激地道：「謝謝蛇爺，謝謝蛇爺。」

藍小蛇瞥了他一眼，淡淡地道：「不用謝我，我可沒答應讓你不交魚稅。事實上你也知道，老爺子德高望重，一百歲的壽誕有很多尊貴的客人前來賀禮，但是呢，來的人多了，藍家的下人便不夠用了，所以你可以讓你妹妹跟我去藍家，一可以抵稅，二還可以多賺一些錢，等到老爺子壽誕結束，再讓你妹妹回來，如何？」

說著，拿出早準備好的一張契約，一邊早有下人將契約接過去遞給李石頭。李石頭一聽要將妹妹帶入藍府抵魚稅，雖然說在藍老爺子壽誕後還把妹妹還給自己，可是心中總是不捨。

況且早有傳言，這個藍小蛇看上了自己的妹妹，說不定他會乘機輕薄自己妹妹，這些念頭都在李石頭的心中閃過。李石頭望著藍小蛇囁嚅道：「妹妹和我相伴十幾年了，我有點捨不得，求蛇爺放過我妹妹吧。」

藍小蛇本以為自己好言說了半天，對方還不感激涕零，乖乖地收下契約獻上自己美麗的妹妹，誰知道他不但不感激，還把契約遞還給自己，面子頓時大感過不去，臉色頓時沉了下去。

旁邊四人察言觀色，當先兩人上前一腳踹了攤子，將木盆連水帶魚扣在李石頭的腦袋上，剩下兩人在一邊喝罵道：「蛇爺是給你面子，才給你想出這麼個方法，你他媽的竟然不識相。」

藍小蛇臉色陰沉，目光閃過駭人的光芒。李石頭不敢還手，只是不斷地求饒著，在三交鎮的人不論男女老幼，因爲經常爲了生計出海打魚，所以人人都會點功夫，但是那點功夫又怎麼會是藍家這些專門修煉武道的人的對手，所以李石頭並不還手。

藍小蛇望了一眼被打得遍體鱗傷的李石頭，淡淡地道：「把他妹妹帶走，魚稅一筆勾銷，藍家做事是從來不欺負人的。」

一個人上前抓著李石頭妹妹的手就要將她帶走，被打倒在地上的李石頭哀求道：「蛇爺，求求你放了我妹妹吧，我明天就把魚稅湊齊交給您，我謝謝您的大恩，我給您做牛做馬，放了我妹妹吧。」

李石頭語無倫次地哀求著，李石頭的妹妹也掙扎哀求著，但是一個小姑娘如何是一個孔武有力的男人的對手。

集市誰也不敢說一句話，甚至沒有人敢往這望一眼，藍家在三交鎮是比神還要大的勢力，你在這裏可以誰也不認識，但絕不可不知道藍家。

我望著小姑娘眼睛中的悲傷，胸中頓生一團熊熊怒火，想也不想，倏地站起，下意識地使出很久前從四位長輩身上學到的「縮地成寸」功法，一眨眼的工夫，我已經來到小姑娘身邊，一把抓著她的手，另一手抓著藍家那人的手。微一發力，那人吃痛怪叫一聲鬆手，我順手一腳，那人被我踢飛出去。

異變在瞬間的工夫發生，誰也沒有注意到，當所有人驚訝地望過來時，與藍小蛇一塊來的另外三個人已經怒罵著向我衝了過來。

我輕輕地一轉，避開最先一人的拳頭，然後以迅雷不及掩耳之勢地踢出一腿，「喀嚓」兩聲，那人被我踢斷了幾根肋骨躺在地上直哼哼。

接著我曲指成刀，兩記手刀帶著呼嘯的破空之氣擊在後面兩人的胸前，兩人哀嚎一聲，被刀風撞飛出去，頭部重重地落在地面堅硬的青條石上，頓時暈了過去。

眾人目瞪口呆地望著眼前的變化，誰也不會想到，一個一直被他們笑話的傻子，竟然這麼厲害，一眨眼的工夫就把四個藍家的人打趴下了。

藍小蛇震怒無比，厲喝一聲，疾走幾步，已經來到我面前，速度十分快地轟然一拳帶著凌厲的拳風向我的頭部擊來。

望著在我面前不斷放大的拳頭，我陡然彈出一縷指風，迅疾無比地迎上他的拳頭，受到我指風的阻擋，他身體驀然一震，猛地向後連退兩步，才站直了身體。

藍小蛇精光四射地盯著我，卻不再出手。

剛才雖然只是簡單地對了一招，精明無比的藍小龍已經很清楚自己不是眼前怪人的對手，看眼前之人衣衫襤褸，以為討飯之人也不為過。藍小蛇迅速轉動著腦筋，但是無論他怎麼想也想不到哪個武道高手喜歡把自己裝扮成要飯的模樣。

藍小蛇不甘心就這樣離開，三交鎮是自己的地盤，就這樣離開實在太沒面子了。藍小蛇臉色陰沉喝聲道：「朋友是誰，難道不知道東海藍家嗎？這是我們藍家的私事，勸你少管。要是藍老爺子的朋友，那麼我在這代表老爺子歡迎你，要是來找碴的，我們東海藍家可從來沒怕過誰！」

我收回威猛無儔的氣勢，淡淡地瞥了他一眼，從烏金戒指取出在黃金海得到的「黃金蟒」，從上面剝了兩塊鱗片，扔給他。歎口氣道：「我不想殺人，拿著東西滾！抵魚稅錢。」

小姑娘雖然驚奇我這個天天來討魚吃的人竟然會有這麼好的功夫，但是因為藍小蛇在一邊虎視眈眈，所以害怕地躲在我身後。

藍小蛇氣得七竅生煙，眼睛發紅地望著我。

他說剛才那番話的用意，就是擺出藍家的招牌和藍蒼龍的名頭，天下雖大，可是又有幾人不知藍蒼龍的名頭的！然而我竟然在聽了藍家的名頭後仍然毫不客氣地令他滾蛋，這使他有些摸不清我究竟是何來頭。心中已然感到不安。衡量再三後，從未受過這種恥辱的高傲之心，令他做出後悔的舉動。

他裝作漫不經心地輕揮玉牙扇道：「閣下究竟是誰？」

一股微不可聞的淡淡香氣飄出，我大力吸了一口，頓時眼前變得朦朧起來，神態一愣，眼中金光盡去。

藍小蛇以爲得到了機會，嘿嘿一笑，道：「竟敢惹我藍家，當真是不知天高地厚，今天蛇爺要讓你永遠不會忘記東海藍家！」

那股異香是藍家採自東海中的某種海生植物的未開蓓蕾，密法製出的一種極細緻的粉末，可令聞者瞬間產生各種幻覺，任人宰割。所以當藍小蛇見我發愣的神情時，以爲我著了道，心中狂喜地向我襲來。藍小蛇單手化爪，宛若蛇頭，惡狠狠地向我噬來。

我雖然眼睛暫時看不清楚，但是耳朵與鼻子卻依舊靈敏無比，風聲剛響，我立即作出了反應，驀地張口吼了一聲。強烈的音波頓時令他神爲之奪，動作慢了下來。

我一手握住他的手，一使勁他的手指頓時斷裂，打蛇順棍，我的手順著他的手臂一把卡在他的喉嚨處。要害受制，藍小蛇再沒法保持冷靜，頭上冒出大滴大滴的汗珠。

藍小蛇知道也許別人不敢殺他，那是因爲看在藍家和藍蒼龍的面子上，但是眼前的怪人，顯然不會給藍家一點面子，自己的小命被對方捏在手中，隨時就完蛋了，這怎麼不讓他害怕。

指甲很長，裏面還藏滿了污垢，藍小蛇的血順著我的手流出，將我指甲裏的污垢都染紅了。藍小蛇一動也不敢動。

我捏著他的脖子，只要一使力就可以要了他的命，可心中卻有一個聲音不讓我這麼做！我憤怒地在他耳邊吼了一聲，將他扔了出去。

我不知道，剛才只是簡單的一吼，就令藍小蛇的一隻耳朵永遠失聰了。

第九章　天涯癡情人

當夜，李石頭兄妹將我領至他們家中，晚飯是魚粥，我吃了個痛快。

沒有人勸李石頭兄妹逃走，因為他們很清楚藍家在東海的勢力有多大，如果藍家要抓他們，就算他們跑到天涯海角也逃不掉。

反而所有的人都把希望寄託在一個曾經被他們所嘲笑的傻子身上。他們不知道傻子是誰，但是他竟然把藍家大總管的兒子輕易打跑，可見他是很厲害的，因此善良的三交鎮的人們把兄妹倆的安全寄託在我身上，希望我可以庇護他們。

當我放下飯碗的時候，李石頭「撲通」一聲跪在我面前，李石頭誠懇地望著我道：「師父，你教我功夫吧，我學會了功夫就可以保護妹妹了，不會讓那些壞蛋欺負她了！」

哀傷瀰漫心中，我視若無睹地瞥了他一眼，轉身合眼，唯有每晚的沉睡才令我心中得到一點短暫的平靜。

他見我面無表情地望著他，想了想道：「師父，只要你傳我功夫，我會養你的，我會每天捕最肥最大的魚給師父吃，……」

「呼！」每天這個時候我都會不由自主地睡著，空氣中迴盪著我的鼾聲，氣溫逐漸變冷，一層冰霜在我表面生出，冰霜不斷向著空氣釋放著冷氣，兄妹倆被凍得直哆嗦。

妹妹擔憂地望著李石頭道：「哥哥，怎麼辦，你看他渾身都起冰了哎，他會不會被凍死啊，我們要想個辦法，不能讓他一直被凍著。」

李石頭也擔心地望著我道：「那怎麼辦！我去燒水，等水一開，咱們就用衣物沾著熱水把師父身上的這層冰給化開。」

「嗯，哥你去燒水，我去找點沒用的衣物來，要快啊哥！」

李石頭應了聲，一溜小跑，出去燒水了，不大會兒，滾燙的一壺水就被他端了進來，李石頭的妹妹珍珠一邊埋怨道：「怎麼這麼慢啊，他身上的霜越來越厚了。」一邊趕緊用著手中很大一團布沾著開水，小心地往我身上抹去。

誰知道，布剛碰到霜上，頓時激起一團氣霧，珍珠想把布拿開看看時，發覺布已經被霜緊緊地沾住了，怎麼使勁也拉不下來。

兩人面面相覷，不知該如何是好了，滾燙的開水既然剛一接觸到霜層就立即被凍成了冰，那我身上的霜該有多冷呢！

兩人呆了一陣子，李石頭勸自己的妹妹道：「這個冰實在太冷了，我們力量有限實在沒辦法啊，師父能不能活下來，就得看他自己了。」

兩人離去時，李石頭回頭望了我一眼，心中暗道：「師父你一定要活下去啊。」

其實我身上的霜，實際是因爲在兩個精靈女祭祀燃燒生命力釋放冰塔之光時，我因爲悲痛並沒有運用內息保護自己，雖然它們會自發地保護我的身體，但是冰塔之光的力量太強，以至於身體受到冰塔之光的侵襲，而留了一部分力量在我體內。

雖然意識恢復了，想要驅逐這些冰冷的力量卻非是一天之功就可達到的。冰塔之光的力量委實可怕，這些寒冷的力量已經侵入骨髓，令每晚夜幕降臨時，都要備受煎熬。

等到第二天清晨，我醒來時，夜晚轉爲白天，受到白晝純陽力量的驅趕，天地間陰冷的氣息自然地躲藏起來。受氣機影響，冰塔之光的力量也跟隨著一塊躲到體內的一隅。

第二天，附著在我表面的冰霜慢慢地化作一道道冰冷的氣息，又從我的毛孔進入到我體內。

我邁步走出屋外，剛好看到李石頭兄妹往裏走，見我身體恢復，李石頭咧開大嘴笑道：「呵呵，師父我就知道你沒事的，妹妹你看，師父沒事，好好的。」

天色尚早，當我們吃過早飯後，兄妹倆帶著我一塊去海邊捕魚，海邊帶著濕濕的鹹味，海風徐徐吹過，天氣竟然是格外晴朗，李石頭高興地道：「這種天氣最好打漁了，師父，等今天我多打幾尾魚孝敬師父。」

搖著一葉扁舟，我們三人搖盪在海水中，離岸邊越來越遠，天水一色，煞是美麗，深藍的海水清澈得可看清楚裏面的生物，奇怪的是很少有魚兒在水中游動。

「師父，快看！」珍珠跟著他哥哥一塊管我叫師父。順著她激動地指向天邊的手指，我看到一輪火紅的太陽正從海平面冉冉升起來，偶有幾隻海鳥從海平線上劃過，我心中一陣的茫然，好熟悉的畫面啊！

「很美麗吧，我每天只要看到太陽，就會把心中所有的不愉快都給忘掉了！」珍珠陶醉在太陽初升的美景中。

「啊，是海龜，好多啊，哥哥，咱們快過去，捕幾隻海龜，一隻海龜就夠我們交魚稅的錢了！」

李石頭也看到了一群海龜正悠然地從我們前面游過，聽到妹妹的話，重重地點了點頭，拚命地划起槳。

我望著離我們越來越近的海龜群，隨著海風蕩漾的海水，我忽然記起當年我在地球教藍薇游水時，就是小黑陪伴在我們左右。想著想著，我突然一頭栽進水中。

「師父！師父！哥哥，師父掉到水裏了，快救他！」珍珠失聲道！

李石頭也大驚失色，望著我落下去的方向就要跳下去。

突然我冒出水面，身體靈活自如地在水中擺動了兩下，飛快地向前游了過去，速度竟然比魚兒還快，遠遠看去還真好像一隻大魚。

李石頭呆怔著道：「妹妹，師父不會是海人族的人吧！」

珍珠肯定地道：「師父在水中是用兩條腿在游，沒有尾巴，一定不是海人族的人！」得到妹妹肯定的回答，李石頭鬆了一口氣，師父要真是海人族，藍家一定不會放過李石頭兄妹倆的。

海人族住在深海中某處外人永遠也找不到的地方，本來海人族和陸上三交鎮的人一直和睦相處的，誰知道最近，海人族忽然趕走了淺海大部分的魚蝦，據說是因爲藍家和海人族發生了什麼矛盾，海人族一氣之下趕走了魚蝦，致使三交鎮的人們生活忽然變得艱難起來。

而藍家也對海人族恨之入骨，更宣佈誰要是敢和海人族暗地來往，就會遭到藍家的打擊！

海龜們並沒有因爲我的闖入而驚慌，仍是悠然地向著前方游著，我擠進海龜群中，趴上一隻大海龜的背殼上，大海龜只是回頭瞥了一眼，接著繼續安心游著。

海龜的背上生了好多的綠苔，可見這隻海龜已經生活了很多年了，下意識地撫摩牠的背殼，海龜不爲所動地一直游著。

不知什麼時候，海龜都已經不見了，而我在一片小島嶼上。說是小島嶼是因爲實在很小，海水漫了一半的陸地，只有方圓十幾米的地方是乾的陸地，島嶼上長滿了各種海生植物。

我忽然瞥見一個孤單的背影，這使我聯想起在秋葉蕭索的季節，一隻孤單的大雁在曠野中躑躅獨行的悲涼況味，心頭興起一陣酸酸的感覺。我向他游了過去，他坐在一塊挺立於水面的岩石上。

我露出水面，打量著他。

他突然一驚，轉頭向我望來，雙目如電，兩道精光直欲探進我心中去，我與他對視著，片刻後，他收回凌厲的眼神，兩道精光隨即消失，取而代之的則是黯然神傷的悲戚神情。

他轉過頭去，繼續望著遠方的海面，淡淡地道：「沒想到，除了我，天下還有如此重情悲情之人，吾道不孤。我不知道你是誰，但是我知道你一定不是我父親派來的，你趕快走吧，我不想讓你捲進來！」

我莫名其妙地望著他，忽然我脫口道：「你在等人嗎？」

「是，我在等人，等一個我永遠不會忘記的人。」

「那個人是你的愛人嗎？」我又脫口道。

「是我一輩子都永遠愛著的人，可惜上天爲什麼要捉弄我，把我生在藍家，而把她生在海人族，我要不是藍家的人該多好！」

半晌後，忽然那人站起身來，憂愁的臉上也出現了一絲笑容，像是烏雲背後的太陽，他向我道：「讓我介紹你們認識。」

我感到水裏有一陣輕微的波動，一會兒後，突然一個人破開水面露出頭來。

那是一張令人驚歎的臉龐，完美無瑕、精雕細琢，長長的睫毛向上翹著，深藍色的眼睛像大海一樣深情，散發著驚心動魄的美麗，身上的水珠在晨曦中反射著五顏六色的彩光。

兩人緊緊地擁抱在一起，當她的上半身露出水面時，我才看到她竟有一條大而美麗的魚尾，順著水流在輕輕擺動著，紅色的魚鱗尾巴更增添了她神秘的美麗。

「美兒，讓我給你介紹我新認識的朋友。」美人魚轉過頭來望向我。

水滴正從她的臉頰與額頭滑下，我發覺她深藍色的眼睛彷彿兩顆大珍珠，她的眼睛有些水霧，這讓我感到在她的笑容背後掩飾著深刻的悲傷。

「美兒，這就是我新認識的朋友，」他深情款款地道，然後轉向我，淡淡笑道：「這就是我等待的人，海人族虞美兒，雖然她非我族類，但是我已把我全部的心給了她，她是我下半輩子生活下去的理由！」

虞美兒見自己心愛的人在外人面前向自己表白，頓時大爲感動，暈紅的兩頰煞是美麗。

「呔！藍家小兒，竟敢拐騙我們海族的公主！」一人的暴喝後，接著排山倒海的浪濤向著我們三人湧過來！

藏在大漢懷中的虞美兒本來嬌羞可人的模樣頓時露出緊張恐懼的神色，而藍家大漢顯然臉色也無比凝重起來。

一聲暴喝將我驚醒過來，平生以來，我第一次對陌生人興起異常惱怒的心情。何況我正沉浸在兩人的幸福中，爲眼前的有情人祝福。

我陡然從水中躍起，向來人喝道：「滾！」滔滔海浪，硬生生在我面前不到一尺處停了下來，隨著我「滾」字出口，豎立在海面上的海浪倏地崩塌，重重地砸回到海中。

藍家的大漢本來是要飛掠過來幫手的，卻見我輕描淡寫地就將對方駕馭的滾滾海浪給克制住，眼中頓生兩道異色。

我踏浪而進，轉眼間已經來到了那些人面前，「盤龍棍」早已被我掣在手中，飽含威力的一擊，海浪翻滾，十來人被海浪巨大的衝擊力給重重地抛出，我瞪眼望去，才發覺來人竟是與虞美人相同的種族，人類的下半身拖著一條大大的魚的尾巴。

十來個海族人從空中又重重地摔落到海中，憤怒的雙眸中，不自覺地射出兩道金光，與我視線相遇的海人族頓時眼中露出駭畏的神色，人人低下頭去，不敢再望向我。

我冷冷地哼一聲再道：「滾！永遠不要出現在我面前。」

沒想到我剛說出那個「滾」字，半身浮在海水中的海人族竟然真的乖乖聽我的話，轉身潛回到水中游走。

我愕了愕，不知道爲什麼他們會這麼聽話。突然有一人從海水中躍出。

帶著翻滾的海浪形成一條堅實的水柱，那人高高立在水柱的頂端，手持一柄三尖兩刃刀，赤裸的上半身，肌健肉橫強壯魁梧，魚尾也異常粗大。

雙眉如臥蠶，環目如炬，精芒四射，鼻大如蒜，方口厚唇，臉頰四周環繞虯髯，神態顯得十分威武。

一股股無形的壓力不禁令我收起小瞧之心，只看他威武的長相，便可猜到他必是這些海人族的領頭的。

我望著他，心中暗暗戒備，持在右手中的「盤龍棍」散發著淡淡的毫芒，因爲灌注了我的內息的緣故，在棍身形成一圈金光，宛如水銀般在棍身上下流動著。

來人有不怒自威的氣勢，三尖兩刃刀也不時閃爍著一點寒星，顯示這柄三尖兩刃刀非是一般的粗製濫造之物，乃是稀罕的上好兵器。

此時，來人一雙環目目不轉睛的打量著我，竟讓人生出心虛之感，他看了我片刻，最後將視線停在我手中的「盤龍棍」上，突然做出令我感到不可思議之事，他竟然雙手握著兵器，神態嚴肅的向我行禮。

我爲之愕然，不曉得他爲什麼會向我行禮，何況我剛才還傷了他的族人。藍家大漢和他的愛人虞美兒也奇怪地望著我。不知道爲什麼突然氣勢洶洶的海人族會變得這麼聽話，著實令人驚訝。

尤其是虞美兒，追蹤她而來的是海人族的第二高手，族長的弟弟——虞淵，不但是修爲高強，而且頗具智慧，但是爲人也比較高傲，很少會主動低頭的，今天卻不知爲何對一個陌生人如此恭敬，難道眼前的人會有什麼來頭不成？

虞淵抬起頭來向我道：「不知您是聖使大人，還請原諒我們的魯莽。在下是海人族的總管虞淵，不知聖使大人降臨東海所爲何事？」

語態雖然恭敬，一番話卻不卑不亢，言辭中頗有質問的意思。

「神使？」我望著他，不禁暗暗地皺了皺眉頭，他怎麼知道我是神使，一聽到「神使」這兩個字，我心中頓時一痛，便想起了可憐的女祭祀兩人，臉色瞬間陰沉下來，剛收回的兩道金光，更強烈地從雙眸中射出，如有實質地直向前方的虞淵刺去。同時沉聲喝道：「你怎麼知道我是神使！」

手中的「盤龍棍」也發威似的金芒大漲，四周的海面也被渲染成金色。

憤怒之下，雙眸中的金光竟然突破了十幾米的距離限制，一直來到虞淵的面前，虞淵看到兩道光束一樣的金光刺向自己，不禁臉色大變，陡然舉起三尖兩刃刀擋在自己面前。

兩道金光好像溫度不低，只是片刻的時間，虞淵的三尖兩刃刀已經由最初的玄黑色化作一片火紅。

我驀地感到一陣眩暈，再無力維持金光，兩道金光這才消失。虞淵來不及心疼這柄得來不易的上等兵器，馬上低首向我畢恭畢敬地道：「請原諒虞淵，我不應該懷疑聖使的身分，虞淵這就聽從聖使的吩咐，立即離開這裏。」

說到這，虞淵轉身一揮手，所有的海人族都潛入水下，在我的感應，他們確實如虞淵說的那樣，迅速離開這裏，直到我感應不到。

其實誰也沒注意到，我說的是「神使」，而虞淵說的是「聖使」，僅僅一字之差，竟使強悍、縱橫東海無人可敵的海人族乖乖退去。

我望著他們遠去，直到消失在海邊，我默默地歎了口氣，徐徐轉過身來，赫然發覺他們兩人正以驚訝的眼神望著我。

我這個當事人都被剛才的情況給搞得暈頭轉向，何況他們兩人，我向他們兩人聳了聳肩，道：「不要問我爲什麼，我也不知道他們會這麼聽話退去的原因，他怎麼會知道我……是神使？」

到底是女孩比較細心，虞美兒道：「呃，你說的是神使還是聖使？」

我愣了一下，頓時明白是怎麼回事，原來大家是互相都誤會了，我與藍家的大漢相視大笑，虞美兒也嫣然淺笑，誰會想到海上的霸主虞淵會因爲聽錯了一個字而被嚇退，跑得竟比任何魚還快。

藍家的大漢向我拱手打了個謝禮道：「在下是藍家的藍泰，謝謝兄弟的仗義出手，兄弟雖然不才，有機會一定會報答兄弟的。」隨即哭笑了一聲，神色無奈地道：「雖然在下是藍家的大公子，卻連一個自己喜愛的人也無法保護，窩囊之極啊。」

我歎了口氣，頗有同感，勉強掃去心頭的陰霾，道：「我剛到這三交鎭，只是稍微聽說了一些事情，好像藍家和海人族之間有些矛盾，只是不知道這矛盾達到哪種程度，竟連藍兄與虞姑娘珠聯璧合的一對有情人，他們也忍心拆散。」

「唉！」藍泰重重的歎了口氣，無奈地道：「還不是利益使然。我一見兄弟就知道你是重情重義的好漢，況且又救了我，我就坦然告訴你。」

聽他的語氣，好像其中還隱藏了一些不爲人知的重要事情，我不禁興起了些興趣。

藍泰頓了頓，道：「傳說在萬年前，東海是龍王的領地，在東海中隱藏有座龍宮，有各種厲害的仙法隱藏保護起來，而且傳說，近期龍宮將會從東海中升起，誰都知道龍王富甲天下，更有無數的奇珍異寶，威力強大的兵器。」

我微微點了點頭，心中算是明白過來了，無論是神奇的傳說還是奇珍異寶抑或是威力強大的兵器。誰能夠把龍宮占爲己有，不都是令人眼紅嗎？藍家和海人族就是因爲龍宮寶藏才會因此出現勢不兩立的情況吧。

藍泰向我拱手道：「還未請教恩人高姓大名？」

我笑了笑道：「叫我依天好了，我只是因爲自己的傷心事，不忍心再看到有人去拆散天下間的有情人，才出面制止了那人，何況還是因爲運氣好才成功的，」我頓了下，道：「沒想到他們竟然還會有那樣的高手，如果他要不是誤認我是那個什麼聖使，結局可能會出現相反的情況。」

虞美兒嫣然道：「那人是我二叔虞淵，修爲僅低於我父王，可是二叔一向謹慎，且思維縝密，他是怎麼誤認你是聖使呢？」

我想了想當時的情況，也想不出個所以然來，只是對虞淵那一身的霸氣，心中的印象十分深，虞淵絕對算是我的勁敵啊。

我見虞美兒還在努力地思考，淡淡一笑道：「那個什麼聖使是什麼東西？竟會讓你們海人族如此敬畏、恐懼，有什麼大的來頭嗎？」

虞美兒見我問起，向我娓娓道來，藍泰則神態快樂地望著自己的深愛之人，兩人的手一直緊緊的抓在一起，不曾分離。虞美兒繪聲繪色地道：「要說到聖使，那來頭可就大了，得從很久以前說起。」

我心中暗道：「看來這將是一個很長的故事哩。」

「傳說在很久之前，草木石玉等吸收了天地間菁華而逐漸有了意識和智慧，這一類生物我們統稱爲妖精，這些妖精大都具有一些強大而特別的能力，然而卻一直被由人類羽化成仙的仙人們所壓制著。

「直到有一天，一隻石猴吸收天地靈氣日月菁華，進而破石而出，一出生他便力大無比，擁有大智慧，他的雙眼在開合中會迸射出兩道駭人金光，數年間，天下妖精盡皆臣服在石猴腳下，仙人們爲之震動……」

第十章　傳說

虞美兒抑揚頓挫地娓娓道來，將我的心神也吸引到那更加遙遠的年代。

「不到十年間，那石猴便博得了美猴王的稱號，天下妖精奉其爲王，石猴可謂是貫絕古今的最強大、卓越的妖精王。然而越是這樣，仙人界越發不安，感受到威脅的仙人界最終決定派人收拾了這隻天下第一的妖精，只是沒想到猴王法力無邊，竟將仙人界的兵將打得落花流水，不但如此，猴王更帶著數萬法力強大的妖精一直打到天上去，並且一度佔據了天界，三界之內爲之惶恐。」

我愕然道：「一隻妖精竟然如此厲害，那他佔據了天宮，豈不是喧兵奪主成了天宮的主人？仙人界算是引火焚身吧。」

虞美兒莞爾道：「可惜後來又出現了一位法力廣大的神仙，勸說天宮和猴王和平相處，最後天宮不但默認了猴王的美猴王稱號，而且特賜齊天大聖的名號，與天帝平起平坐。美猴王獲此殊榮，也算是爲一直受到欺壓的妖精們出了一口氣，風波於此便也停了。」

我完全被虞美兒口中離奇的情節所吸引，情不自禁地問道：「那後來呢？那厲害無比的美猴王可還在人世嗎？」

虞美兒淡淡笑道：「天下誰可永生，即便是仙人也有壽命的盡頭，何況這還只是傳說而已，傳說法力強大的美猴王在獲得齊天大聖的稱號後，便帶著幾萬隻妖精離開了這裏。」

我追問道：「離開了這裏？那他到了哪裏？」

虞美兒想了想，也帶著疑惑的表情道：「古代傳說天地無窮大，但在我們的天地之外還另有天地，美猴王可能是帶著那些追隨他的妖精們去了我們天地之外的地方了吧，不過卻有少數妖精留在了這裏。自那次妖精和仙人的戰鬥後，仙人不久也離開了這裏，去向無所知。」

我心中一震，難道這些仙人和妖精也破開了時空去了別的時空或者星球？這倒是很有可能，那些所謂的仙人和妖精可能根本就是具有強大力量的一群人，按照虞美兒所說，他們法力無邊，非常有可能是破開了這裏的時空去了別處。

虞美兒又道：「齊天大聖美猴王走後，遺留了一支以嫡傳的猴系妖精爲主的妖精們，他們居住的地方是個極神秘的地方，從來沒有任何人發現過，不過也許這只是個傳說而已，根本就不存在這麼個地方。」

我好奇地道：「既然齊天大聖美猴王帶著自己的妖精一族離開這裏，爲什麼還要留一小撮族人在這裏呢？」

「美猴王同意讓出天宮與天界和平相處的一個理由，就是天界要承認妖精一族的地位，後來他雖然帶著族人們離開這裏，但是這個星球的妖精仍會不斷地出現，所以他怕自己一族的子民們再受天界欺凌，所以特意留下了一撮人。」

「哦，原來如此，他既然離開了這片天地去了另一番天地，他又怎麼會知道這裏發生的情況，莫非他留下的那些族人會以什麼秘法通知美猴王，令他知道這裏發生的事？」我追問道。

虞美兒向我解說道：「據說，美猴王曾留下一個叫作『破天法螺』的東西，只要吹響法螺，美猴王就會立即回來到這裏。」

我點點頭笑道：「美猴王還真是照顧妖精一族。而你二叔就是把我認爲是那群遺留在人間的妖精一族的族民吧，所以才稱我聖使！」

我頓了頓又道：「現在世間還有妖精一族嗎？」

虞美兒沒有回答我，卻古怪地笑了笑，我莫名其妙地望著她。這時藍泰笑著道：「海人族就是妖精族的一脈。」

我大吃一驚，玄即恍然大悟道：「那麼說，傳說都是真的了？」

虞美兒微微笑道：「唉，那畢竟是傳說，離今有千萬年之久，而且說法也不止一種，誰也無法辨其真假。不過我們妖精一族都願意相信這個傳說。不過從二叔的態度來看，他確實把你錯認爲是妖精一族的人了。」說著低頭沉思，喃喃自語道：「莫非這個傳說真的確有其事？」

虞美兒忽然抬頭向我笑著道：「對不起，美兒失態了，雖然我是海人族的公主，可是父王有十子二十三女，我只是掛著公主的頭銜而已，很多重要的事，我都不知道。」

我納悶地道：「有人會有這麼多子女的嗎？」

虞美兒苦笑著搖了搖頭道：「我有二十多位姨母，就算每個姨母爲父王生一子也有三十多了，我們這些子女，父王到現在恐怕還分不清。」

我納悶地道：「這麼來說，一個私自和藍家的人相會的女兒，對他來說，應該還不至於讓他跟強大的藍家翻臉吧？」

虞美兒無奈地道：「事實上父王只是利用我的事故意和藍家翻臉吧，龍宮寶藏實在太誘惑人了。」

「鳥爲食亡，人爲財死。」我歎了口氣道，「巨大的寶藏足以讓人們爲之瘋狂了，財令智昏！藍家的老爺子爲了此事卻又遍邀三山五嶽的能人異士和世家、門派。看來一場險惡的廝殺不能避免了。」

「唉！」藍泰表情沉重地歎了口氣，我的話正說中了他的心事，不論兩方勝負如何，但一個龍宮寶藏足以令兩家交惡，他和虞美兒的事情將會越來越難！

想到難處，兩人緘默不語，氣氛有些沉重起來。我也微微地歎了口氣，陷入思索中，沒想到這又是一個與精靈們截然不同的世界，大自然許多奇妙之處，讓人難以想像。

雖然我很想在這裏走走看看，欣賞造物主的神奇手筆。可是我出來的實在是太久了啊，早是該回去的時候了，我流連在異界太多時間了。

我拱手向兩人告辭，兩人也強打精神向我告辭。藍泰道：「依天兄弟，如果你有什麼需要兄弟我幫忙，只管去藍家找我，我一定全力幫忙。」

離開了兩人，我潛游在海水中向著海岸邊游去。雖然藍泰和虞美兒這對情人的艱難處境一直在我腦海中揮之不去，我卻強忍著不去想他們，我不想再在這時空停留太多時間。蝕骨銷魂的思念令我現在恨不得插上翅膀飛回去見藍薇，經過兩位女祭祀的事，我的心靈已經十分脆弱，再經不起任何打擊了。

當務之急，我必須覓一地方除去身上的暗傷，那是冰塔之光造成的，寒冷之力潛伏在我的體內像是個定時炸彈，隨時可能爆炸。萬一我在時空隧道中飛行的時候，寒冷之力突然發作，那我可真得萬劫不復了。

不過走之前，我要確定那李石頭兄妹的安全。

那個藍家的小子被我教訓了一頓，只怕他不會就此善罷甘休的，他是藍家大總管的獨子，想要對付兩個普通人實在是易如反掌，如果沒有我的庇護，那兩兄妹只怕不會有好結果啊！

想到這我不禁暗惱自己，剛才就應該把這事告訴給藍泰，好歹藍泰是藍家的大公子未來的主人，這等事應該可以擺平。

算了，下次再跟他說吧，他現在心情已經很差了，我何必再給他添一件煩心事呢。我要完全驅逐身上的冰塔之光給我留下的傷害恐怕不是一日兩日便可的，回到我的時空也不急在一時。

這件事留待以後再說吧，這段時間有我的保護，他們不會出事，在我走之前我會想辦法把這個事給解決掉。其實兩人的體質都很不錯，倒是一塊修煉武道的好材料，應該傳授他們一些功法，萬一他們在我走後出了事，也有些自保之力。

我破出海面，準備向李石頭家的方向行去，突然一排人擋住了我的路，大概有十幾人，領頭乃是一老翁，卻身材魁梧，雪白的髮髻上插著一根價值不菲的玉簪，臉色如童顏般紅潤。鷂眼精芒、倒鉤鷹鼻，臉色陰沉地盯著我，臉龐周圍如戟鬚髯烏黑無比，顯得精力充沛。

身上一襲皂袍在風中獵獵而動。

不知爲何會有人在此攔住我的去路，剛想抱拳行禮，突然我發現在人群中有兩人我是認識的，正是昨天藍小蛇身邊之人，此刻正一臉陰笑地望著我，我頓時心中知曉他們的來意。

心中念頭遽轉，已經推算出事情的大概。

領頭的那個老翁一看便是氣勢非凡，並非是一般的普通人，一雙精芒毫不掩飾地盯著我，頗有不怒自威的架勢，嘴角掛著一絲冷冷的怒意。想必此人就是那藍小蛇的父親，藍家的大總管藍蟒。

他們來這攔我應該是爲了替他的兒子報仇而來，只是他們爲何知道我會出現在這裏，這倒令我有稍許的驚奇。

我心中猛的一震，終於想出他爲什麼知道我會在這裏出現了，李石頭兄妹一定是落在他們手裏了，他們才會在海邊埋伏妥當，好整以暇地等著我出現。

我脫口而道：「你們把李石頭兄妹怎麼樣了？」

那老翁露出些許的驚訝之色，隨即傲然道：「你既然能猜到那兩兄妹在我手中，就應該知道我找你爲了何事吧，乖乖地自斷一條手臂，你和蛇兒之間的事就算一筆勾銷了，那兩兄妹我保證他們沒事，妹妹留下來伺候蛇兒，哥哥我會放了的。」

我緩緩地深吸了一口氣，平定心中的怒氣，望著他，心頭的怒火不斷地「撲騰」著向上升起，當我是三歲的孩童嗎，竟敢大言不慚地令我自斷一條手臂，還要把珍珠留下來伺候那個混蛋。

藍蟒見我沒有回答他，向四周的人一揮手，十幾個人很利索地將我給圍在當中。我冷眼掃了一圈，這些人只從他們的速度和動作來看，倒也是不弱，不過想用這些人攔住我，實在是癡人說夢。

古語有云：「先禮後兵。」

我抱著深切的希望，希望藍蟒是個通情達理的人，畢竟他是藍家的大總管也算是一方霸主，應該會是個明白事理的人。這件事是他的兒子錯在先，我出手相助也只是因緣際會而已。

我向他微一行禮道：「您想必是藍家的大總管藍蟒，我想我們之間有些誤會，你兒子是因爲看上了人家姑娘的美貌，故以魚稅爲由妄圖強行擄走那個姑娘，我只是恰巧在旁邊，所以出手略微給予薄懲。」

老翁忽而嘴角露出一抹笑意，眼神中有幾分嘲諷之色，淡淡地哼了一聲，徐徐道來：

「知子莫若父，蛇兒在我身邊已是三十年之久，我這個做父親的難道不比你懂他嗎。我來這裏只爲了一件事，就是拿走你一隻手臂，你若識時務就自行斬斷手臂送於我，你若不識時務，老夫也只好親自動手。」

藍蟒頓了頓，無視我眼中射出的翻滾怒意，接著道：「我們藍家響譽海內外，還不至於欺負你一個外地人，不論怎麼樣，只要我拿到你的一隻手臂，一定還會按照之前答應你的，放了那個男的，至於女的嘛，那得看蛇兒的意思了。」

真沒想到一番強盜般的話，竟被他說得如此冠冕堂皇，我怒極反笑，點了點頭，道：「既然你不願分清是非，硬是強要我的手臂，就憑你的本事來取吧，不過在這之前，我要奉告你一句，我並非是你以前所遇到的那些小魚小蝦可任你魚肉。」

「哈哈！老夫活了八十年，和家主走南闖北幾十載，還沒有幾人敢在我面前說這種話，你很有膽量，就讓我看看你究竟是什麼魚什麼蝦！」

藍蟒話剛一說完，十幾個早已虎視眈眈的大漢一併揮動著手中的武器向我衝來。

那兩個昨天被我教訓了的傢伙因爲知道我的厲害，識相地躲在眾人後面，跟著一塊向我湧來。望著吶喊舞動的十幾人，我冷冷一笑，心中暗道：「不論什麼樣的世界，看來總有一個道理是不會變的，實力才是真理！」

我剛從海中出來，海水浸濕的衣物頭髮尚未乾透，我當即凝神聚氣，十幾顆水珠帶著萬鈞的衝擊力瞬間向著他們迸射去。

大部分人沒有注意到這細小的變化，頓時被水珠擊中倒跌出去，只有少數幾個人發現了襲擊他們的水珠，用兵器給擋住了。

這些在海邊成長的人倒是皮骨堅硬，很快齜牙咧嘴地又從地面爬起身來，撿起墜落地面的兵器，色厲內荏地向我喊叫著，卻沒有人再敢輕易衝上來。而那兩個躲在後面的傢伙也在暗暗慶幸自己的聰明，躲在了後面，沒有跟著其他人一起倒楣。

藍蟒臉上閃過一絲驚訝之色，咦道：「怪不得蛇兒被你打傷，我原來還以爲他是誇大其辭，沒想到我真是遇到了高手。看你剛才的那一招倒像是陰陽派的『雨露分沾』，不過卻沒有陰陽派的那種陰柔之力，反倒是多了三分霸氣，你是哪一派的人？」

見他收起了原本那副無視我的傲氣，面上露出謹慎之色，我淡淡地笑了笑反問道：「你不想要我的手臂了？」

他錯愕了一下，旋即爆出哈哈大笑，半晌道：「看來你以前真的沒有聽說過我啊，我鐵豹子藍蟒從出道那天起，做起事來，就從來沒有半途而廢的，更不會畏你背後的門派，你的手臂我是要定了，問你的門派，只是奇怪，哪個門派居然培養出你這種級別的高手。」

我道：「既然這樣是最好了，我現在也不想輕易地就放過你，像你這樣恃強凌弱、爲老不尊的老傢伙，我也很想讓你知道被別人欺負的滋味。」

藍蟒大喝一聲道：「都讓開！」眾人聽到他發話，頓時如釋重負，迅速從我身邊跑開，站在遠處看著即將上場的龍虎爭鋒。

藍蟒一邊向我走來一邊道：「老夫馳騁天下幾十年，就這麼一個兒子，你因爲一個貧賤的漁女害得老夫兒子的一耳喪失聽力，你讓老夫如何對得起他死去多年的娘！讓你拿出一臂賠償已經是便宜你了。」

藍蟒每跨出一步，必然會隨之產生一聲低沉的嘯聲，如同鼓蕩的冷風直鑽進耳中，彷佛天地隨著他的步伐而搖動起來。

他施展出來的奇異功法確實產生了先聲奪人的效果，彷佛厚實的大地已與他合爲一體，令人生起無法撼動的頹喪。

這已經不是普通的肉體、四肢的碰撞攻擊了，而是上升到從精神層面壓迫、分裂敵人進攻能力的層次了，我立馬也收起輕視之心，真氣運轉四肢百骸，一道清流頓時使我恢復正常，不再受他發出的精神力的干擾，但是他的力場仍與大地的力場緊密地結合在一塊。擊敗他就好像要擊敗整個大地，我必須想辦法將他和大地之間的聯繫切斷，否則他將是不敗的。

就在我心念瞬息百轉的時候，藍蟒的攻擊已經到了，每一拳每一腿樸實簡單，沒有任何多餘的動作，輕飄飄彷彿不著邊際，卻令我壓力倍增，無從躲閃，實已達到反璞歸真的極高境界。

怪不得他會這麼猖狂，原來修爲已蠑如此高深的境界，我只能更加小心的戒備著。

我絲毫不敢放鬆的將自己的意識外放，緊緊地鎖定在他的周圍，這樣我才能在他的凶若猛虎、重若泰山的攻擊中尋得一絲喘息的機會，搶先一步避開他的攻擊。

我若鬼魅般在他身邊飄來蕩去，每每在險之毫釐、驚在毫巔之際堪堪躲開他重逾千斤的攻擊。

這種不利的情況只有在我尋到他的破綻，切開他與大地之間的聯繫才能扭轉過來，否則我只能躲閃，除非我的修爲遠遠高於他，可以硬撼他的奇功妙法。

我仔細地觀察著他的步法，總感覺他的步伐有古怪，如果能攪亂他的步伐，說不定可以破了他這種奇妙的功法。

若是大地之劍沒斷，我便可與大地之熊合體，利用大地的力量對付大地的力量，而現在我只能被動地躲避對方兇猛的攻擊，如同大海上的一葉扁舟隨時有覆舟的可能。

藍蟒已經不止一次露出驚訝的神色了，他的這套功法，可算是他壓箱底的絕技了，而我竟然可以毫髮無傷地和他周旋了半天，這實在令他吃驚不已，心中有些犯嘀咕，摸不清我的真實身分、來歷。

他心中很清楚，在龍宮寶藏即將出世的非常時期，藍家和海人族的關係亦趨緊張，可謂大戰在即馬虎不得。

眼前此人要真是主人請來幫忙的高手，那自己的位置可就尷尬了。

越想越是不安，眉頭忽然閃過一絲暴戾，準備一不做二不休，只有將他殺了，就算一了百了。

在他心神做下決定的時候，因爲過於激動，一瞬間他的力場與大地的力場出現了極短暫的一絲不協調。

我猛地向前邁進一步，施展出「縮地成寸」的無上神功，看著很慢的步伐，事實上卻非常快，當他誤以爲要擊中我的時候，我已經提前來到他面前，面對我突然而來的進攻，他心神遽震。

要的就是他心神失守的這一刻，我驚鴻一現間撮指成刀，向他的脖子斬去。

在此危險時刻，藍蟒終於展現了幾十年南爭北戰的豐富經驗和臨危不懼的信心，霍然一拳向我面門擊來，用的全是同歸於盡的招數，如被他打實，我想我的腦袋會像西瓜一樣爆得稀爛。

我收起「縮地成寸」的把戲，身體倏地側移，手刀也以奇異的弧度從他脖上移開直向他的手臂削去。

藍蟒有了前車之鑒，誤以爲這次我也會如剛才般令他產生感官的錯覺，看著慢實則快。當他快速擰臂轉腰時，才發覺又上了我的當，手刀結實地砍在他的手臂上。

有人曾說過：兵者，鬼道也。實則虛之，虛則實之。藍蟒一個不小心上了我當，手臂受到我重創，當時即軟了下去，他與大地的力場徹底分離，我心中大喜，不能放過如此絕佳的機會。

我的信條是：人不犯我我不犯人，你若犯我，我必教訓之！

守在周圍的那些藍家的下人們，見到平時一向被他們奉爲神仙似的老管家，竟然也在對方手下吃了大虧，心中惶恐不安，想上來幫忙卻又不敢上來幫忙，想逃跑吧，總管還在和對方廝殺，自己就算是逃回去，日後也難逃懲罰。

剛才風光無限的藍蟒在我的追擊之下，現出狼狽不堪之勢，頭部的髮髻也讓我指風割斷，白髮散亂地披在身後。

屈居劣勢的藍蟒已經沒有了先前的霸氣，只是勉強保持著頹勢。若論到打鬥的經驗，我比任何人都多，更和很多強過自己數倍的敵人戰鬥過，甚至連惡魔和死神這類非人類的超級高手有過艱苦的作戰經驗，所以陷入劣勢的藍蟒已經是我囊中之物。

只是我並不想殺了他，我還要將他拿下用來換回李石頭兄妹呢，況且我和藍家大公子藍泰也算是比較投機的，我可不想和他們藍家交惡。雖然我不怕藍家，但是我總得爲李石頭兄妹的未來想想。

我倏地收回手刀，化掌為指，準備封住他的行動能力。就在我得手的剎那間，異變陡生，他原本被我重創了的手臂，突然恢復了正常，而且在他的手臂前端竟然不是手掌而是一個截短匕首。

那截閃著綠光的匕首幾乎在我發現的同時快速沒入我的體內，先是感到一陣冷冷的，接著便是劇烈的疼痛，眉頭間猛地抽搐了幾下，手指的力量頓時泄去了大半，不過仍點在他胸前。

藍蟒向後連退幾步，身體也出現了短暫的僵硬，可惜我的力量因為疼痛而泄去了很多，否則他已經被制住了行動之力。

我憤怒地望著他，他也毫不示弱地冷冷盯著我，他手臂前端的那匕首突然裂開，形成了五根手指，我不知道這是為什麼，他竟能將手指化作金屬般的兵器，但是我知道現在絕不是探索這個問題的時機。

藍蟒若無其事地道：「事情到了這個地步，你和我必然有一個人要永遠地消失。」

我怒哼一聲，展開身法，將速度推到極至。這次藍蟒有了防備，小心翼翼地護著自己，絕不冒進。一柄青木劍閃耀著淡淡的光芒護著全身，一時間我竟不能奈何他。

忽然傷口處泛起煙薰火燎的火辣辣的疼痛感，沒想到他的兵器上竟然是有毒素的，這點毒倒傷害不了我，不過卻引起了潛伏在我體內的冰塔之光的反噬。

我的速度頓時慢了起來，雖然面上毫無表情，心中卻暗暗叫糟，這冰塔之光非常厲害，我就是罄盡全力也只能勉強抵禦，在這種關鍵時刻，突然引起冰塔之光的攻擊，看來我只能暫時避退了。

藍蟒見我速度放慢，仍不敢放膽前來進攻，躊躇著想分辨清這是不是我故意賣給他的破綻，直到他發現我臉色逐漸蒼白起來，速度和力量都降到了前所未有的低度，這才相信我真的出了狀況，一柄青木劍靈活如草叢中蜿蜒毒蛇。

危險迫在眉睫，我當機立斷，決定召喚出七小合體，暫時逼退藍蟒，找一個地方療傷，就在我呼喊七小的時候，突然一道靈力帶著噬血的憤怒從胸膺間升起，如八爪魚般向四肢百骸流去。

強大的力量頓時抑制住冰塔之光的力量，我的身體「蹭蹭」地不斷向外膨脹，本已破爛的衣服再也無法遮擋身體裂成碎帛，轉眼間，我變成一個體格龐大的狼人，金黃色的毛髮在風中飄揚，森森犬牙閃爍著寒光，四周人一瞬間都被震住了。

「沒想到你是妖精一族的人，竟掩飾得如此好！」藍蟒沉聲喝道，強作鎮定的神色看得出是色厲內荏。

體內狼之力形成的小白狼第一次與我合體，力量澎湃充盈，我驀地向著他怒吼幾聲，聲波宛如炮彈出其不意地向他襲至，當他意識到音波的厲害時，已經受了音波創傷。

我轉身跳入海中，潛入海水之下迅速向遠處游去，雖然體內力量增強了很多，可是我卻沒有把握在受傷的情況下可以抵擋得住冰塔之光在體內的肆虐，我必須找個安全的地方穩住傷勢。

可惜，我沒有意識到，當我躍入海水中時，那冰塔之光不斷地吸收海水中的涼氣壯大自己的力量，當我意識到這一點時，我已經被凍得四肢僵硬了，我勉強破開水面，努力地向岸邊游去。

強大的狼之力也只能勉強抵禦著寒冷使重要的內臟不被侵襲，在我靠近岸邊時，身體的表面漸漸被一層冰給裹住，我保持著游泳的姿勢被凍住，如無意外，我將會被凍死在海水中。

天幕早已被遮住，只有少許的星光破開濃厚的雲層散落下些許的光芒，突然在岸邊出現兩道黑影，兩人一身夜行衣，連頭臉都包裹在黑衣中，面色凝重地仔細眺望著海面。

一個海浪撲來，我隨著海水被漾出水面，冷冰冰的身體反射著寒冷的星光。其中一個較爲矮小的身影看到一閃即滅的寒光，忽然驚喜的向另一人道：「少主，快看，在那呢！」

另一人的眸子中異彩連閃，道：「快，殘月，把魚網拿出來，沒想到他竟然能夠從藍蟒那個老狐狸手中逃生！」

殘月道：「已經準備好了。」

「走！」少主清喝一聲，兩人施展出輕身功夫，踏浪而進，魚網準確無誤的將我給套住，兩人抬著我迅速向岸邊掠去。

兩人將我擺放在沙灘上，少主皺眉道：「他中了那個老狐狸什麼功法，全身都結冰了，這個冰冷的邪呼。」

少主揭開面上的黑紗，露出一副如花似玉，面如芙蓉的嬌顏，一雙明眸生妍，此刻妙目目不轉睛地盯著，想要看清我受了什麼傷。

殘月在一旁道：「少主，這應該不是那個老狐狸傷的，您以前讓我查看他的行蹤時，好幾次都看到他全身結冰的樣子，第二天都會自動好起來的。」

「哦。」少主微微地點了點頭，「咱們趕快離開這裏，把他帶回去，交給宗主處理吧。」

兩人又將我抬起向著另一邊奔去，殘月道：「少主，你說他和藍蟒誰更厲害點?」

少主遲疑了一會兒，道：「可能那個老狐狸要稍微厲害一點吧。」

「說的也是。」殘月道，「咱們陰陽派也只有宗主能和那個老狐狸一較高下。他能活著從老狐狸手中逃出來已經很厲害了哩。」

過了半晌，少主吞吞吐吐地道：「殘月，你說他會願意加入我們陰陽派嗎？他不會拒絕宗主的邀請吧。」

殘月聞言「咭」地笑了出來，道：「少主，你放心吧，像你這樣天仙般的美人願意和他合修，那是他天大的福氣，那麼多的男人想都還想不到呢，他又怎麼會拒絕呢，何況，合修可以極強的增強修爲，殘月打賭，他醒來後見到少主，只怕趕都趕不走哩。」

「死丫頭想死了啊，竟敢調笑我，是不是幾天沒懲罰你，你又開始皮癢了呢。」星光下，少主的臉頰騰起兩朵絳雲，笑罵著道。

殘月忽然歎了口氣，嘟囔著道：「少主啊，只要你和他依照本派的密法合修，很快修爲就會在四位少主中脫穎而出，成爲下一代宗主繼承人，可是殘月的命就沒那麼好了，以後只能當一輩子丫鬟。」

少主白了她一眼，笑罵她道：「小妮子，就你鬼靈精，放心好了，咱們倆情同姐妹，我什麼時候不是和你有福同享的。」

「殘月謝謝少主，以後會更努力地伺候少主的。」殘月得到了應允，馬上喜笑顏開地道。

「好啦，這裏又沒有外人，不用跟我假裝客套。」少主道，「咱們得趕快把他帶回總壇，這裏畢竟是藍家的勢力範圍，一個不小心，我們都得落入藍家的手裏。」

一談到藍家，本來嬉笑著的兩人頓時安靜下來，一臉嚴肅地快速向前方奔去，等到夜晚退去，晨曦初升時，兩人已經離開了三交鎮，在一個佈滿楓林的山谷中停了下來。

初秋的季節，這裏的楓葉已然全紅了，遠遠看紅彤彤的一片，像是天上的火燒霞落到了人間，煞是美麗。兩人馬不停蹄地奔跑了一夜，現在已是氣喘吁吁，香汗密佈在額間和粉嫩的鼻頭。

「殘月，咱們歇一會吧，這裏已經離三交鎮很遠了。」

「少主，您在這休息著，我去給您找點水來。」

沒多久，兩人喝了些清水在一棵楓樹下歇息下來，少主看了看仍被冰凍著的我道：「殘月，你說現在已經是白天了，他身上的冰層爲什麼還不融化呢？」

殘月不經意地道：「可能天剛亮吧，還得再等一會兒。」

我雖然被冰凍住，卻仍然神智清醒，一路上都聽著兩女如黃鶯出谷般甜嫩的聲音互相打趣，心中早已把兩人的聲音給記住。

即便看不看見兩人，卻已從聲音猜出兩人必然是美麗的人兒，只是聽著兩人把我一個堂堂大男人當作貨物一樣推來爭去，心中只能無奈的苦笑，我心中暗暗推測她們的陰陽派究竟是個什麼門派，爲何一定要男女雙修。

本來我身上的那層冰早該褪去了，只是由於冰塔之光從海水中吸取了更多的陰冷之氣。恐怕得到正午，我才能從這層冰中脫困出來。

四周靜悄悄的，只有楓葉隨風而動的「簌簌」聲。只是誰也沒有想到在身後的濃密的楓樹林中，正有一對明亮的眼睛在一閃一閃地好奇地打量著我們三人。

殘月嬌聲道：「咱們連夜至此，少主一定累了吧，咱們在這多休息一會兒，等恢復了元氣，再走吧。」

少主白了她一眼，笑罵道：「自己累了便累了嘛，本少主又沒說不讓你休息，何必要推到本少主身上，我的修爲可是比你高很多。」

殘月笑著吐了吐舌頭道：「我就知道少主疼我。」

兩人在楓樹下背對背開始打坐，希望可儘快恢復一夜行路所耗費的體力和真息。很快兩人周身泛出淡淡的白氣，浮在兩人身邊似雲似霧。

就在兩人打坐時，幾根粗細不一的藤蔓貼在地面緩緩如蛇般迤邐向前爬行，一直來到我身邊。我忽然覺得雙腳一緊，彷彿被什麼東西給纏住，接著就感到身體被那個東西拉著在地面拖動。

我倒是不怕蛇蟲之類的東西，我身上的這層冰霜看似單薄，卻堅硬異常，就連我體內的雄厚真元都無法破開，何況尋常的蛇蟲呢。不過我奇怪的是這次又會是誰對我這麼有「興趣」，趁著兩女練功之際將我給偷偷帶走。

在楓林深處，一個人正站在我身前，研究著我身上的寒霜。隨著時間的推移，我已經感應到白天空氣與大地中充斥的陽熱之力，身上的寒冰正漸漸地化去，我驀地睜開雙眼，望著眼前之人。

那人見我突然睜開眼來，頓時嚇了一跳，情不自禁地往後邁了一步，隨即臉上露出燦爛笑容，向我道：「你怎麼會被人類抓住的？你身上的這層冰霜是怎麼回事？我費了好大力氣也打不開。」

眼前之人身高不過一百五十公分，生得梅額柳眉、明眸皓齒，尤其那雙大大的眼睛彷彿含著透明的水氣，皮膚晶瑩白嫩，帶著淡淡的粉紅，讓人一看就禁不住大生好感，赫然是個美人坯子。

更爲奇怪是，身上並沒有衣服遮體，乃是幾片火紅如霞的楓葉覆蓋著重要的部位，白皙的身體在楓葉和綠莖中更顯得神秘與美麗，竟是將純真的氣質和豔麗的身體融二爲一，動人心魄。

看其年齡並不大，只是一個小孩子而已，頭上紮著一個美人髻，足踝和手腕上分別套著有楓葉綠枝編織成的小環，赤足如雪。

此時，小姑娘正眨著一雙大眼睛，好奇地打量著我，長而上翹的睫毛撲閃、撲閃的宛如百花叢中蝴蝶的美麗翅膀。

我見她正好奇地盯著我看，友好地向她眨了眨眼。

這個小姑娘，我一看便大生好感，女孩有種難以言語的靈氣，讓我情不自禁地喜歡她。小傢伙見我向她打招呼，也學我般朝我眨了眨那雙明眸善睞的大眼睛。

我苦於口不能言無法和她說話，只好一心調集體內的真氣引導虛空中的熾熱之力儘快將冰塔之光的力量給逼退。

這冰塔之光的力量乃是至寒之力，我的內息雖是純陰卻仍抵不過這至寒之力，如若能將冰塔之光的力量收爲己有，自己的修爲必然能夠再上一台階，由純陰衍生出純陽。

「小賊，原來你躲在這呢，什麼不好偷，你竟然偷大活人！」

聲音入耳，我立刻聽出那是殘月口中的少主所發，因爲我全力在催動內息，此刻也無法分神睜眼。

小姑娘嚇了一跳，轉過身來望著兩人，像是害羞的兔子，有些驚惶的向後退了一步，吞吞吐吐地道：「我，我才沒有偷。」

殘月「惡狠狠」地瞪了她一眼，道：「什麼沒有偷，難道是他自己走過來的，你看他全身被冰凍住，能自己走嗎？」

小姑娘被殘月說得臉色紅起來，期期艾艾地道：「你們，你們人類沒有好人，就會捉我的族人，用來煉兵器、煉丹。」

殘月正要申辯，忽然露出驚訝的神色，檀口微啓道：「喔，你原來是妖精一族，怪不得說我們沒有好人。」

「誰說我們不是好人，你只要把他還給我們，我們就不會傷害你。」少主伸手指了指我對那小姑娘道。

我雖然全力和體內的冰塔之光對抗，但是她們的對話仍一絲不差地落到我的耳中，我心中微微驚訝，原來這個小姑娘竟是妖精，聽其口氣，甘冒風險救我是因爲把我當作了她的族人。

前有海人族把我當成了妖精，現在又有這個小姑娘也把我誤認爲是妖精，難道我真的有和妖精相同之處嗎？

小姑娘將兩女指向我，馬上緊張地幾步走過來，將我護在身後，警惕地望著兩女，道：「還說你們是好人？我不會讓你們把我的族人抓走的。」話雖義正詞嚴，但稚氣的嬌靨分明顯露出惴惴之色。

兩女苦笑不得，眼前的小妖精竟認定了他不是人類。少主指著她道：「他分明就是人類，哪裏有一點像是妖精。」

小姑娘嘟起小嘴哼了一聲道：「這個大哥哥身上有狼的味道，一定是狼精一族的，我見到好多狼族人被你們人類抓去，被迫吐出狼丹，被你們收到體內，化爲兵器所用，今天我是不會讓你們帶走大哥哥的。」

雖說這裏已經離開了三交鎮，卻仍在藍家的勢力範圍，一個不小心就會被藍家發現，兩女連夜趕路就爲了防止被藍家發現，此時卻被一個尚未成氣候的小妖精給纏住，在這裏糾纏不清。

少主氣得柳眉倒豎，抽出背後的寶劍，劍身寒光如水，端的是一柄不錯的好劍，此刻斜指著攔在她們身前的小妖精，叱道：「你這個小妖精快讓開，否則連你一起給抓了。」

殘月見少主一副動武搶回來的意思，也掣出自己的長穗護劍。

小姑娘見兩女對自己橫目相向，天真的雙眸中閃過一絲惶恐，不過瞥了一眼在她腳邊的「族人」，輕咬自己的紅唇，突然望著兩女道：「你們快走吧，不然你們會後悔的。」

纏在她手腕上的紅葉綠莖，陡然漲起一團綠光。

「竟然是個樹精，你一個未成年的小妖精能有多大的能力，再不讓開，我們真的會連你一塊抓住的。」

小妖精聽完她們的恫嚇，手腕上的綠光倏地漲大起來，綠光中透著淡淡的血紅色，四周的楓林響應似的發出「簌簌」沙響，一時間靜謐的楓樹林變得格外詭異起來。

突然幾根樹背後伸出長長的藤蔓將我捲裹起來，拉向更深的地方。兩女本以爲嚇一嚇這個未成熟的小妖精會讓她乖乖地把人交給自己，沒想到卻收到了反效果，反倒是激起了小妖精的拚命之心。

綠紅之光從小妖精手腕上向外擴散，變得愈發稀薄起來，卻充溢在楓林之中，頓時萬樹聳動，彷彿要從土中爭脫爬出，枝椏「嘎吱」折動，鮮紅的楓葉從半空中翻滾飄落，片片如血，情景愈發詭秘。

「少主，這好像是傳說中成年樹人只有少數才會擁有的本領，可將普通的樹林化作自己的分身，吸收它們的菁華來制敵。我們要是陷身到樹林中，對我們是非常不利。」殘月臉色蒼白地一邊注視著四周，一邊向著少主解釋著。

少主當然清楚一旦陷身樹人製造出來的林海之中，便會寸步難進，進退維谷，除非你能將這大片的林子全部燒了，否則你根本無法分辨出哪棵樹才是真身。

可是心中卻十分不甘，自己甘冒奇險好不容易從藍蟒的手中將人救出，不就爲了可以找到一個好的鼎爐陰陽合修增強修爲，提高自己在派中的身分嗎，現在卻因爲意外出現的一個小妖精而功虧一簣。

就在她們猶豫的這會兒，小妖精已經不見了，隱身在林海之中，樹木們彷彿活過來了，都張牙舞爪地向著兩女抓來。

寶劍如同神龍，白光閃爍，劍氣縱橫，在少主的身旁，已經落了一地的樹枝綠蔓，可惜樹是沒有疼痛之感的，源源不絕地向她襲來。

而她也好像要把所有的不甘和憤怒都發洩到這些樹上，寶劍上下飛舞，樹幹枝椏應聲而斷，殘月也在一邊努力地削砍著威脅她們的樹枝。

偌大一片林子，原本陽光灑射，林中雖有薄霧卻亮堂堂的，而現在不知何時已是朦朦朧朧的不見一絲陽光。

兩女這才發現上方已經被樹枝交錯橫疊給遮了個嚴嚴實實，而四周寬闊的空間卻也被占滿，此刻只有周圍不到十尺的範圍，而且不斷有藤蔓枯枝糾結在一起向著她們延伸過來。

原本美麗的楓葉林此刻竟變成了陰森、詭秘的殺人、埋屍的墳墓，如果兩人被困在當中，恐怕最後連屍首也不會留下，這些力大無窮的樹幹會將她們生生裂開，然後以之爲養分而吸收乾淨。

想到恐怖的結果，少主再不敢硬拚，招呼殘月一聲，兩女心有靈犀的合力向著林子外廝殺而去。

小妖精好像有意要放她倆一條生路，在兩女面前露出一條小徑，兩人看到生機，更是奮力地砍殺，終於在她們筋疲力盡之前，看到了陽光。甫一出林，兩人不但沒有停留，更是向遠處逸去。

楓林很快又恢復了原樣，除了滿地的楓葉，倒一點也看不出，剛才發生了一場激烈的廝殺。

小妖精笑嘻嘻地站在林邊，望著兩女逃去的身影，嘟囔了兩句，轉身走回林中。

第十一章　鳳凰出世

我被從樹冠上又放回到地面，我隱約可以嗅到草木之香，身上的冰霜也漸漸地變薄，隨著陽光更加濃密地射在身上，冰塔之光潮水般退回到身體的一角。

小樹精饒有趣味地望著我，明亮的大眼睛透露出好奇的神色。冰霜化作嫋嫋的霧氣消失在我身體周側，我終於恢復了自由活動的能力，我使勁地拉伸了下骨骼，筋骨便如炒豆子「劈哩啪啦」的暴響不絕於耳。我長身而起，隨便活動了幾下手腳。

小樹精望著我皺了皺鼻子，露出可愛的疑惑神色道：「大哥哥，你是狼人一族的吧？爲何我現在感覺不到你身上的妖精氣味了？」

我站在她面前，仔細的端詳了這個小傢伙，純真的杏靨，雙眸中有些迷濛，像是個小糊塗，只是嘴角不經意地微微抽動，卻讓人感到她是個調皮、狡黠的小樹精。

她誤認爲我是狼族的妖精，剛又說感覺不到我身上的妖精氣味，想必是我化身爲狼人讓她誤以爲我是狼人一族的吧。此刻狼之力已經完全從我身體中退去，所以她現在感覺不到我身上的妖精氣味。

我笑眯眯地望著她道：「小妹妹，你是個小樹精嗎，這片楓林都是你的吧？這裏只有你一個樹精嗎？」

本來笑靨如花的小樹精，在我說完後突然小嘴一扁，抽噎起來，斷斷續續地道：「我、我不是小樹精，我是猴精一族的，只是他們都不要我了，我被他們給趕出來了，我一個人好害怕啊。」

我不及細究她話中之意，急忙安慰她：「乖，不哭，大哥哥陪你好不好，再哭就不漂亮了哦。」

小傢伙像是想到了什麼傷心事，無論我怎麼說都一直哭個不停，我手足無措，只好無奈地坐在她身邊乾看著，卻讓我無意間瞥見她身後露出一截猴尾巴，不斷地搖晃著。

看來她是哭得太投入了，竟連自己的尾巴露出來了都不知道。

小傢伙突然淚眼朦朧地抬起頭來望著我道：「哥哥也被她們給抓起來了，我是趁亂逃出來的，嗚嗚。」

我微一錯愕，隨即回過神來，她口中的哥哥說的並不是我，而是另一個人，想來是她家發生了什麼事，結果只有她逃出來了，難道她哥哥是被人類給抓起來的。我道：「跟大哥哥說，是誰抓了你哥哥，大哥哥給你出氣。」

小姑娘帶著哭腔道：「是我們猴族的聖后——蕭仙貞把哥哥給抓走的！」

我頓時傻眼，原來她哥哥並不是人類抓走的，而是自己族裏的人把他抓走的。小姑娘一提到她哥哥，哭得更厲害了。

這一哭不要緊，頓時現了猴形，毛茸茸的金髮映射著太陽的金光，蟠桃般的臉嘩啦啦的淚眼滂沱。

我苦笑不已地望著她，一邊掏出塊絲巾給她擦淚，一邊道：「小傢伙別傷心啊，大哥哥一定幫你把哥哥給從那個什麼什麼聖后的傢伙手中給救出來，快別哭了，你都現出猴形了。」

小姑娘狐疑地望著我道：「她可厲害了，除了我爹爹能打過她，妖精一族很少有人能打過她的。」

我大訝，心中暗忖度既然你爹爹這麼厲害，為什麼又讓那個什麼聖后的傢伙欺負你們呢，我追問道：「你爹爹呢？」

「媽媽死後兩年，爹爹就說要去尋找聖祖爺爺，然後打破空間就走了。爹爹要是在，那個女人怎麼敢欺負我和哥哥。」小傢伙委屈地道。

我心中一震，自己猜測果然不錯，所謂的傳說，那些人正是打破時空去了另一個時空，小傢伙的爹爹既然能穿梭空間，修爲確實了得。

小傢伙沒注意到我震驚的神態，自顧自地接著道：「爹爹剛走後不到兩個月，聖后說哥哥不配做猴王，就讓哥哥讓出猴王的位置，哥哥不願意，後來就打了起來，死了好多人，哥哥也被抓了起來，只有我一個人逃了出來，嗚嗚。」

講到傷心處，小傢伙又情不自禁地哭出來。我忙撫慰她：「乖乖，大哥哥可是很厲害的喲，一定幫你把那個壞女人給趕走。」

「你騙人！」小傢伙半止住了淚，昂著頭道，「你連剛才的那兩個人都打不過，怎麼能打過那個壞女人。」

我乾笑兩聲，很難和她講清楚我受傷的事，我靈機一動道：「我有很多厲害的朋友啊。」說著便召喚出七小，七匹高大威猛的白狼出現在我們面前，雪白毛髮在風中獵獵飄揚，粗壯的腳爪有力地踏著地面。

七小眼中射出赫赫精光，神態威猛極了。

小傢伙望著眼前忽然出現的七隻白狼，忽然忘記了哭，怔怔地望著牠們，片刻後倏地高興地道：「大哥哥，牠們的力量好強哦！」

看著她興奮的小臉，我完全相信她真的感受到七小體內蘊藏的巨大力量。沒想到她對力量這麼敏感，一下就覺察到了七小的力量。

我微微笑著道：「這下你相信我了吧，大哥哥還有好幾個厲害的朋友哦，有大哥哥幫忙，一定可以趕跑那個欺負你的壞女人。」

「嗯！」小傢伙重重地點了點頭，忽然小傢伙又道：「牠們的力量這麼強，爲什麼不幻化成人形呢？」

「這……」我頓時張口結舌，與七小面面相覷，七小是很聰明的生物，卻沒有幻化成人形的能力，這種能力恐怕只有這個時空的生物才具有的吧，我期期艾艾了幾聲道：「這個……這個大哥哥也不清楚。」

七小也同樣感覺到她身上的充沛靈氣，對她非常友好。小傢伙一有了伴，立刻把煩惱拋到了腦後，和七小戲耍起來。

我坐在樹下望著她們在嬉鬧著，小傢伙粉雕玉琢，像是一個精緻的瓷娃娃惹人愛憐。其實最近我想到另一個問題，時空中的景象單調蒼白，很令人分辨出哪一方向是通向未來，而另一個方向是通向上古。

並且一不小心還會誤入其他的星球。

我要想準確無誤地回到未來，恐怕還有些難度呢。我望了一眼正玩得開心的小傢伙，她既然說她的爹爹破開時空去尋找祖先，會不會她們猴精一族藏有解說時空之類秘密的東西呢，倒是很有可能。

時間如白駒過隙，好像一轉眼就是夜晚了，小傢伙帶著我和七小沿著楓林一直來到了她的藏身之所，是楓林後的一座山，處於山腰處的一個山洞，外面有草木植物遮掩，一般人不留心很難發現。

洞內很暗，我運轉內息，兩眼在暗中射出兩道金光，洞內頓時一覽無遺，石洞並不很大，不過卻很乾淨，乾爽怡人，小傢伙平常休息的地方只是個由一些乾草簡單鋪墊出來的小床。

我正在四下看著，忽然小傢伙回過頭來，驚訝地望著我道：「大哥哥，你怎麼也會『火眼金睛』的？」

「火眼金睛？」我大爲詫異，不知她指的是什麼。

小傢伙看著我一臉疑惑，道：「『火眼金睛』是聖祖爺爺創下的無上功法，很厲害的，只有聖祖爺爺的嫡系子孫才可以修煉。你看。」

小傢伙原本平淡無奇的雙眸中，倏地閃過一絲亮光，我旋即明白她指的是我眼中射出的金光。小傢伙眼中金光四射，道道金光瑞氣條條，整個人在金光中頓時顯得神聖、威嚴起來。

小傢伙天真地道：「你是不是見過聖祖爺爺，這個功法除了爹爹，就只有我和哥哥會了，那個壞女人也想學，不過爹爹沒教她。」

小傢伙問完也不等我回答，逕自跑到石洞低端，抱來一堆乾果，小傢伙很開心地邀請我一起坐在她的小床上，請我吃她珍藏的乾果，小傢伙拿著眼前的果子吃得不亦樂乎。

我和小傢伙並排躺在她的小床上，小傢伙拉著我問東問西，夜晚漸深，她終於熬不住眼皮打戰，即將睡過去。

我望著洞頂，把這幾天的事整理了一遍，很多事情在我遇到小傢伙後都明白了。

那日在東海之上，海人族的虞淵錯把我認爲聖使，想必是當時我氣憤地從眼中射出金光誤導了他，令他以爲我是猴精一族的重要人物。

畢竟照小傢伙所說，這個她聖祖爺爺留傳下來的「火眼金睛」的功法，只有她和她哥哥會，所以虞淵以爲我使的就是「火眼金睛」功法，於是不戰而退。

看來猴精一族在妖精中的位置很高，而小傢伙口中的聖祖爺爺是誰呢？難道就是傳說中的妖精王齊天大聖美猴王！

如果是這樣，那麼猴精一族自然是在眾妖精族群中享有崇高無比的地位，而一般情況下，妖精們也便沒有膽量敢冒犯聖祖的子孫。黑暗中我自我解嘲地笑了笑，看來我是托了那位妖精王的福了啊，那天要是虞淵大著膽子和我動手，鹿死誰手還真不一定。

龍宮寶藏即將出世，海人族和藍家一觸即發。

藍家的老爺子以過壽爲名遍邀天下好手和知名的大門大派。海人族自然不會蠢得以一己之力對抗天下英雄，他們也定然會通知其他妖精各族前來幫忙，人妖之間必然有一番惡戰啊。

不過顯然妖精一族不大和平啊，連齊天大聖的子孫都受到追殺，更何況別的妖精。而人族也不如表面那麼平靜，至少救了我的那個陰陽派好像就對藍家不是那麼友善。

想著想著，我便也沉沉的睡去，這一夜睡得很好，四周靜謐無聲，只有呼嘯的山風在山壁吹過，陽光斜射，一切顯得那麼祥和。

我睜開眼來正好看到小傢伙忙活著，我淡淡地道：「蟠桃，你在幹什麼呢？」昨晚小傢伙告訴我她的名字叫蟠桃，這個頗好笑的名字是她的爹爹取的，據說是當初她生下來時，小臉很像一個蟠桃，所以她爹爹乾脆就用蟠桃給她命名了。

小傢伙聽我醒來，回頭向我笑著道：「我在整理東西哩。」

蟠桃紅撲撲的臉蛋上佈滿了細汗，看來她已忙了半天了。我伸了個懶腰，坐起身來，卻看到我的寶貝小狼身上都掛著一個包袱。模樣惹人發噱，望著小狼們無奈的眼神，我不禁啞然失笑，頓了頓，我道：「蟠桃啊，你究竟在幹什麼啊？小狼身上的東西是怎麼回事啊？」

此刻，七小中最聰明的老大還在抵抗著，縮著腦袋，不讓蟠桃把最後一個包袱套在脖子中。

蟠桃一邊撒落一些乾果引誘牠，一邊哄著道：「乖哦，讓我把包袱套在你身上，馬上我們就要下山了，你要是不帶著這些乾果，路上我們會挨餓的，挨餓小肚肚會不舒服的喲。」

被她逼在角落中的七小中的老大終也難逃她的魔掌，無奈地向我發出幾聲低沉的吼聲。

我怔了怔，哭笑不得地道：「蟠桃，你包袱中都是什麼東西啊，幹嗎要套在牠們腦袋上。」

小傢伙成功完成了一切，轉頭向我笑著道：「大哥哥，你忘了嗎，昨天你答應要幫蟠桃救出哥哥的，所以我把貯藏的乾果都取出來了，不過太多了，我一個拿不下，就分成了幾份，讓牠們幫忙。」

蟠桃梨窩淺笑，眼神中洋溢著歡樂，我輕輕搖了搖頭，心中道我雖然答應你去救你哥哥，可沒讓你把乾果套在七小的腦袋上啊。

七小認命了似的，撿食著地面的乾果，吃得津津有味。

我走過去取過牠們身上的包袱放在我的烏金戒指中，看著七小，我忽然想到在第五星球時，我被魔鬼重創，被猴王救走，在一個山洞裏，我再次復活，那時我也像現在般和七小吃著猴王送來的果子。

那時候七小還很小呢，不到現在的三分之一大，而現在牠們已經長大了，擁有了一方狼王的氣勢。

想起那時與我同生共死的寵獸們，心中忽然有種酸酸的感覺。忽然記起仍在孵化狀態的「似鳳」，我將靈龜鼎給召喚了出來，蟠桃在一旁張大了嘴巴，驚訝地看著靈龜鼎的祥瑞之光將石洞照得如同白晝。

打開鼎蓋取出「鳳卵」，這麼久過去了，「似鳳」仍一點變化都沒有，火紅的光芒在「鳳卵」四周晃蕩著。

蟠桃也好奇地湊在我身邊，望著「鳳卵」，怯生生地道：「大哥哥，這是什麼東西，好漂亮啊。」說著話就伸手要去撫摩「鳳卵」。

「好燙！」小傢伙還沒碰到「鳳卵」就蹙著眉縮回手，驚叫出來。

蟠桃的體質不錯，還好沒有被燙傷，我笑著道：「這是一個『鳳卵』，裏面是個隨時都會孵化的鳳凰。」火焰形成的光芒如水暈般在「鳳卵」的周圍輕輕地漾動著。

這麼長時間沒見到「似鳳」，我還真頗想念牠，牠雖然經常給我惹出很多事來，卻一直像個開心果一樣在我身邊。想著當初我離開村莊來到飛馬城，這個賊鳥把藍薇的內衣當作寶貝偷來給我，才讓我和藍薇有了後面的姻緣。

唉，都怪牠太貪吃，趁我不注意吃了那超級箭魚王上百千年生命菁華聚集成的內丹，以至於現在仍無法從沉睡中醒來。

我略微甩動了一下僵硬的雙手，昨天一夜我又被冰霜給困到現在，冰塔之光的力量又增強了，此刻雖然暫時被我逼退，手腳仍有些活動不自然。

不過「鳳卵」四周淡淡跳動的火光倒讓我舒服不少，一股純陽的熱力如同火蛇一樣驅趕著經脈中的寒冷。

突然一個大膽的念頭跳了出來，自古萬物皆由陰陽衍生而出，而現在「鳳卵」只有一股純陽之力，所謂孤陽不生不正是這個道理嗎。

而恰好我身具至陰之力，想及此，我吩咐蟠桃待在一邊，然後雙手將「鳳卵」環抱在懷中，一條條火蛇直從我的手心向著我的手掌竄去，我沒有發力抵擋，火蛇毫無阻礙地鑽到我的經脈中。

經脈迅速升溫，身體興起暖洋洋的感覺，先前受到冰塔之光的寒力而留下的傷害頓時好了大半。

不過我沒高興多久，熾熱的純陽之力已經烤得我火熱難擋，我苦苦咬著牙，抑制著體內的內息自動保護身體，而是引著這股熱力向著冰塔之光龜縮的地方行去。

沒有智力的冰塔之光感受到火蛇的威脅，突地竄了出來，當先幾條火蛇瞬間就被冰塔之光的寒力給輕易撲滅。

我大訝，冰塔之光的力量竟然強大若斯，連鳳凰的重生之火也不是它的對手。正想著的時候，「鳳卵」驟然射出強烈的光焰，一股更強的力量倏地循著經脈向著冰塔之光而來。

彷彿是感受到了對手的強大，冰塔之光也積聚自己的力量向著光焰迎了上去，兩股力量不偏不倚地撞擊在一起。

力量之強，竟要將我的經脈給撕裂，蟠桃驚駭地看著我突然猛烈地震動起來，扁平的腹部也若十月懷胎般鼓脹起來。

兩股強大的力量短兵相接，我心神也爲之震顫，立即運轉全身的力量護住周圍的經脈，光焰的力量乃是有源之水，而冰塔之光的力量是無本之木，高低很快就分了出來。

冰塔之光的力量一點點地縮小，「鳳卵」發出的光焰力量步步緊逼，眼看著冰塔之光的力量將被消失，護在周圍我的至陰內息倏地蠢蠢欲動起來。

我大吃一驚，內息竟然不聽我控制的加入了冰塔之光的一方，合力抵抗「鳳卵」的力量，有了我的力量加入，垂死掙扎的冰塔之光又活躍起來。我沒料到「鳳卵」發出的光焰的力量竟然這麼強，我的力量和冰塔之光的力量加在一起也只能勉強抗衡光焰。

兩股力量在我體內僵持著，忽然我驚駭的發現，冰塔之光的力量竟然在不斷地同化我的力量，我的至陰內息一點點地被冰塔之光同化轉化爲它的一部分，冰塔之光是糾集了數百年的天地間最寒冷的氣息而形成的，我的內息雖然號稱是至陰，卻實比它差了一截。

此刻在光焰的威脅下，竟無法抵抗，任冰塔之光的力量同化，我連哭的心都有了，我真是作繭自縛！

一旦我的內息全轉化爲我無法掌握的冰塔之光的力量，我不是被冰塔之光給凍死，就是被光焰給燒死。

我想儘量地將剩下的力量給保存起來，奈何心有餘卻力不足，我只好眼睜睜地看著我的至陰內息全部被冰塔之光的力量同化了！

壯大了的冰塔之光已經完全可以抗衡「鳳卵」發出的光焰的力量，倏地，兩股力量互相錯開，宛如兩條神龍一紅一白，夭矯纏繞，我惴惴不安地看著兩者的變化。

身體轟然一震，兩股力量竟然融合在一起，一邊泛著紅芒，另一邊卻閃爍著白光。

合成一股的力量順著我的經脈在我體內遊動，然後從另一隻手流出又回到「鳳卵」內，在「鳳卵」運轉一周，再次鑽到我體內。

循環不息，我發現另有一股不同的力量在丹田中慢慢產生，這一刻的情景與當初我從陰陽兩氣共存的第四曲的境界上升到至陰的第五曲時的情形非常相似。

很有可能我因禍得福，功法再上一層樓，由第五曲的境界上升到第六曲，我壓抑著心中喜悅的衝動，儘量保持著平常心旁觀力量的蛻化。

力量的流動漸漸慢了下來，眉間陡然射出刺眼的紅光，隱約可看到一條游龍在紅光中盤旋回繞，兩隻龍角高高地刺出。

鼓脹的腹部也恢復了正常，一片白光覆蓋了腹部，恍惚中可看到一隻渾身雪白的小狼出現在光暈中，蹲坐其中，冷冷地望著前方。

在背後一片綠芒也毫不示弱的映射出，透過半透明的綠芒，可見一株茂盛的綠色植物高大參天。

附著在我體內的三種強大的寵獸竟然隨著我的力量提升而發生了進化，這是我所料不及的啊，一時間普通的石洞內彩光爭奇鬥妍，相互輝映，充沛靈氣佈滿空間中的每一寸地方。

力量回到「鳳卵」中，我全身一片舒泰，冰塔之光完全消失，身體內取而代之的是一股極雄厚的純陽之力，托冰塔之光的福，這股力量是普天之下最精純的純陽之力了。

雙手間突然傳來細微的震動，我睜眼望去，「鳳卵」外的火焰竟然大部分都消失了，只剩下很小的火苗附著在表面，朱赤的卵殼出現了幾道明顯的裂紋。

眨眼之間，一道裂縫從中分開，數道烈焰倏地從裂縫中鑽了出來，直向上躥起有五六尺高，熱浪逼人，直讓人連眼也被熏得睜不開。

七小和蟠桃都被嚇得退後兩步，驚訝地望著「鳳卵」，不知道發生了什麼事，伴隨著滾滾熏人熱浪，一片強烈的光幕從中射出，淡淡的火紅色，頓時將其他的光芒都給比了下去。

石洞中越來越熱，蟠桃臉頰已經開始不斷地往下滴汗，七小也不安地踏著蹄子，對著「鳳卵」發出一聲聲低沉的吼聲。

我肅容凝望著光華如幕照射石洞的「鳳卵」，腦海中還清晰的記得第一次見到鳳凰出世的驚人情景，二叔帶著我飛上那千年鐵樹最高的樹冠，白雲之上，藍天之下，一隻碩大無比的鳳凰振翅長鳴。

千奇百怪，顏色各異的鳥兒們圍繞在鳳凰的身邊翩翩飛舞，幾乎將天都遮住了，極目望去，漫天皆是恭迎鳳凰出生的鳥兒。

鳳凰身披五彩鳳衣，分別在身體的不同部位，由不同顏色的羽毛組成了「仁義禮智信」五個字，彩光在鳳凰的周身流動，流光異彩，顧目自盼，盡顯鳥中之王的高貴神采。

那種驚天動地的場面，已經深深的鐫刻在我的心中。此刻我竟要目睹鳳凰重生的全過程，心中的激動難以言語。我全神貫注的望著雙手抱住的「鳳卵」，唯恐漏了一星半點的。

光芒愈發熾烈，照得整個石洞都如鍍了一層金紅色的膜，洞內的溫度也急劇上升，因為洞口被堵住，大部分的熱量都被困在洞內。

七小自有很強的力量來抵抗空氣中的熱量，蟠桃卻有些受不住的樣子，粉嫩的臉頰已是紅彤彤的一片。

我將蟠桃護在身後，將她也籠罩到我的護體氣罩裏。我從入定中醒過來後，身體外放的光芒也已經收回體內，磅礴雄厚的純陽內息卻如海水一樣在經脈中奔騰不息。

「九曲十八彎」的神功終於讓我練到第六曲，神功大乘的境界，內息精純無比，可以幻化出最純的青色三昧真火。此等境界恐怕已與四大聖者相差無幾了。所以感受到「鳳卵」釋放出的強烈火焰，不但沒有任何不適感，反而有相得益彰之感。

半晌過去，「鳳卵」除了蛋殼上的那一道裂縫，再沒其他變化。我望著「鳳卵」，心中產生一絲疑惑，難道「鳳卵」孵化需要幾天的時間嗎？抑或是還有其他的原因。

看著在「鳳卵」四周跳動的火苗，我忽然產生一絲明悟，傳說鳳凰是浴火重生，定是現在「鳳卵」所需的熱量不夠，所以當它積聚了足夠的火焰，才會破殼而出。

這一等還不知道要等多少時間呢，望著「鳳卵」我淡淡笑道：「看在我是你主人的份上，就助你一臂之力吧。」氣隨意轉，「鳳卵」旋即被我托到半空中，空出的兩手合握在胸。

雙手展開時，每手都有兩朵青色的三昧真火，這已是三昧真火的最高境界。我凝神片刻，再將雙手合握，純陽內息大量地湧向雙手。

一朵精緻的蓮花台嫋嫋從我手中飛起，雙手發出真氣托住蓮花台，「鳳卵」徐徐下降穩穩落在蓮花台上。熊熊火焰忽地從蓮花台冒出，將「鳳卵」的下半部給牢牢裹住。

「鳳卵」倏地光芒萬丈，我感覺到一股巨大的吸力不斷地汲取著蓮花台的熱力，迫使我只能源源不斷地供應自己純陽內息給蓮花台。

片刻後，「喀嚓」一聲輕響，「鳳卵」表面又出現了一道裂縫，我頓時信心大增，還真讓我誤打誤撞給碰對了。

無數的火苗不斷地從「鳳卵」四周冒了出來，霎時間，「鳳卵」三尺以內的地方均被火苗所覆蓋，熊熊火焰跳動著，閃耀著，吞吐不定。火光中，「鳳卵」接連不斷地發出龜裂的脆響。

火光跳躍，火蛇在空中躥動，一聲響亮的清鳴彷彿從遙遠的天際傳來，縈繞在耳畔，盤旋回繞在心間，令我心神猛的顫動了一下。

我知道，鳳凰終於要出世了。心中念動了一下，蓮花台頓時分裂開，化作片片花瓣，環繞著「鳳卵」，每一片花瓣都燃燒著青色的火焰。

在花瓣火雨中，「鳳卵」終於分成兩半裂開，一道強烈刺眼的火光沖天而起，灼人眼眸，我倏地瞇起雙眼，只露出一條細縫。

萬物在眼中都變成了近乎透明的白色，那是由於光芒過於強烈的緣故。「鳳卵」裂開，但一團橢圓的光暈聚而不散，泛著紅白之光。

我壓抑不住心中的激動，心臟猛烈的撞擊著心房。光芒漸漸地沒有了先前般的銳氣，變得圓潤祥和起來。

我功聚雙眼，頓時兩道金光迸射出，穿過外面的光暈向裏面望去，光暈內部仍是光暈，竟看不到其他任何東西。我大訝，「鳳卵」孵化難道不是鳳凰要出世了嗎？

濃烈的光芒散去，均勻地分佈在石洞中，一時間，我恍若身在仙境，整個石洞沐浴在光芒之中。那團光暈終於顯露在我們眼前。

我陡然發現光暈的下面竟然有兩隻腳爪撐在地面。突然光暈散開，光芒四溢，我赫然發現真的是鳳凰出世了。原來那光暈並非光暈，乃是因爲鳳凰頭腳翅膀都抱在一起所以看起來像是團光暈。

此刻雙翅展開，頓時露出鳳凰本尊。兩隻大翅橫在空中，光彩四溢，不斷有點點星光從翅膀脫離飄浮起來。當牠將身體全部展開時，頓時光芒四射，五道彩光如同百花爭豔，令人眼花繚亂。

簡陋至極的石室在五彩霞光的照耀下，頓時儼然洞天福地，大量的靈氣不斷地從鳳凰的身上散發出來，瀰漫在空間、地下。

一道山風不甘寂寞地從洞外的縫隙中吹進來，點點星光四下飄溢，鳳凰的身體瞬間長大了一倍。五彩鳳羽上的「仁義禮智信」五字燦發出熠熠光芒，晃人眼眸。

我原本還在想，當初和二叔一起見到的那隻鳳凰，雖然不可以遮天蔽日來形容，卻也是體形碩大，威武不凡，兩翅展開，至少有八九尺之多，爲何「似鳳」進化的鳳凰會這麼小，心中頗有疑問。

現在見一陣風吹過，「似鳳」頓時長大一倍有餘，心中才恍然，鳳凰原來是要見風才能長大的。真不愧是神鳥，寵獸中僅次於神龍的神獸，連進化的方式都那麼特別。

這下好了，以後再不用費盡心思找來各種靈丹異果來餵牠了，鳳凰本身就是最靈氣的寵獸，就連出生的蛋殼也是寶貝一樣的珍貴，牠又何須再去捨本逐末呢。

彩光與靈氣充斥在各個角落，由於靈氣過濃，已經形成了煙霧一樣的氤氳，在彩光下煞是美麗。

鳳凰越長越大，幾乎要將整間石室給填滿了，我喝道：「喂，快停下來，快停下來『似鳳』，你不是剛進化完成，就要害死你主人吧！」

奈何，不知牠是聽不見還是沒有辦法控制身體增長的速度，高大的身軀逐漸貼近了洞頂。難得的是牠竟然還在這種時候伸展身體，龐大的身軀瞬間頂在石壁上。

我反手抄起蟠桃向著另一方向掠去，石洞轟然作響，靠近洞門的部分頓時碎裂崩塌，大小碎石墜落、飛濺，石塊的撞擊聲連綿不絕於耳。

我暗暗搖頭，這傢伙真是死性不該，做了鳳凰也改不了毛病，剛一出來就給我惹禍。眼前豁然開朗，鳳凰驀地引頸長鳴，聲音清脆遙遠，如同一柄利劍穿透天空，直達九霄。

突然，鳳凰微一振翅便來到空中，我大驚喊道：「『似鳳』你要去哪？」

聽到我的喊聲，「似鳳」倏地轉頭向我望來，一雙鳳眼精光四射，清澈如水、清冷如冰，火焰在身邊冒起燃燒著閃躍著。

那氣勢威嚴已極，我駭人發覺，「似鳳」已不是以前的「似鳳」，已然是鳥中之王了！

這個念頭頓時令我沮喪起來，我有些黯然地垂下頭，竟沒有看到就在那雙威嚴鳳眸中，流露出一絲得意的狡黠。

我輕輕地歎口氣，喃喃地道：「你已經是鳳凰了！」以前之所以稱牠爲「似鳳」，是因爲牠外貌形似鳳凰，而現在牠不再是像鳳凰，而是真真正正的鳳凰了。

鳳凰發出聲聲嘹亮的鳳鳴，像是在向這個世界宣稱自己的誕生，附近的鳥兒們爭先恐後的向著這裏飛來，唧唧喳喳的聲音飄蕩在空氣中。

鳳凰高傲而得意的望著這些來迎接自己的鳥兒們，雙爪收在大而美麗的尾羽中，根根美麗的羽翼在陽光下更顯燦爛。

眾鳥的簇擁下，鳳凰像是一朵在天空下自由飄浮的五彩祥雲。

鳥兒越聚越多，逐漸形成了百鳥朝鳳的罕見奇景。鳳凰在天空中翩然飛舞，一聲鳳鳴嘹亮婉轉。眾鳥紛紛跟隨，一時間，空氣中充滿了各種鳥兒的獨特聲音。

「鳥中之王鳳凰！」

耳邊傳來蟠桃的聲音，我轉頭望著她，發現她正陶醉地望著天上的鳳凰，雙眸迷離。小傢伙已經被鳳凰這鳥中之王的神采給吸引了。

我隨口問道：「你也聽說過鳳凰嗎？」畢竟身在不同時空，我也不知這裏是不是真的也有鳳凰這種神獸，所以才有此問。

蟠桃不捨地暫時將視線從鳳凰身上離開，望著我笑吟吟地道：「人家當然知道哩，鳳凰也是妖精一族的呢，屬於羽翼族，是非常強大的妖精哦，不過現在羽翼族已經沒有鳳凰了。」

我道：「爲什麼沒有鳳凰了呢？」

蟠桃邊望著天空中起舞的眾鳥，邊道：「聖祖爺爺走的時候把鳳凰一族都帶走了，鳳凰是強大的妖精，而且會自動吸引方圓百里內的靈氣。鳳凰曾經是羽翼一族的王，不過現在羽翼族的王是孔雀族。」

「孔雀族，」我漫不經心地隨口應了一聲。鳳凰族既然離開，那麼自然孔雀族就會取代羽翼王的位置，除了鳳凰，再沒有其他鳥比孔雀強大了。我問道：「妖精族分成哪幾族？」

蟠桃回頭仔細打量了我幾眼，然後疑惑地道：「你都修煉至可以幻化出人形，難道還不知道我們妖精分為哪幾族嗎？」

我沒想到隨口一句話，竟然引起她的懷疑，好在我一直對她未有惡意，也不怕被她知道我是人類一事，因此雖然臉上有些窘迫，卻仍然奇怪地問她：「這和我的修為有什麼關係嗎？」

蟠桃似乎也只是隨口那麼一問，並沒有懷疑我的妖精身分，聞言撇了撇嘴道：「普通的生物想要幻化成人形，有兩種方法。第一就是經過長年累月的修煉，慢慢地才能幻化成人形，這個時間一般是非常久遠的，大概得數百年的時間。」

我饒有興趣地道：「另外一種呢？」

蟠桃道：「已經能幻化成人形的妖精只要修為高深，養育的後代大多可以幻化為人形，擁有一定的力量，免去了數百年的修煉之苦。呵呵，我和哥哥都是一出生就能幻成人形。」

我這才知道自己的馬腳露在哪地方。

我若是經過長年修煉而成的妖精，自然是見多識廣，曉得天下究竟有哪些妖精的種族存在，另一方面我要是某一妖精種族的後代，也必然會有長輩告訴我，天下有哪幾類妖精。

我念頭一動，呵呵笑道：「我是在一個很偏僻的地方修煉成妖的，這是我第一次出來，所以不太清楚。」

蟠桃眨了眨眼睛，露出明白的表情，於是孜孜不倦地向我解說道：「天下有萬物，妖精就有萬種，但是聖祖爺爺以天、地、水將妖精分爲三族，天上的羽翼族和地族、水族。」

我心中暗道：「這樣來區分倒也簡單明瞭。」

蟠桃接著道：「凡是長有翅膀，可在天空飛翔的均屬羽翼族；而凡是生長在地面沒有翅膀的都屬於地族；生於江河湖海的種族都屬於水族，而每一族又都包括各種小族。不過我們猴族不在三族之內！」說到最後一句，小傢伙面有得意之色。

最後一點倒也非常好理解，齊天大聖集天地靈氣生於泥石，乃是妖精之王，而他的後代自然是統領妖精的高高在上的特殊一族。

我忽然想到剛才蟠桃無意中說孔雀族取代了鳳凰族而成了羽翼族的王，那想必其他兩族也自有最強大的一族稱王吧。

我以之問蟠桃，蟠桃也沒有隱瞞地都告訴了我。

水族之王是居住在東海的海人族，地族之王是居住在石湯山的妖狼族。

而在龐大的妖精一族中也有幾個最爲有名的人物，分別是妖狼族的狼帝——立刀；樹精族的樹帝——木禾；海人族的龍淵大帝——虞天；孔雀族的遮天大帝——孔聖；猴族的聖后——蕭仙貞。

此五人被天下的妖精喻爲一后四帝，乃是鼎鼎大名的人物。

蟠桃和她倒楣的哥哥就是被這聖后——蕭仙貞給抓的，如果蟠桃的爹爹沒有離開的話，其他幾族都也還安分守己，因爲他是聖祖一脈，修爲蓋世，誰也不敢對他說不，可惜他這剛一離開，猴族就先造了反。

皇帝輪流做，今日到我家。垂涎聖王位子已久的聖后蕭仙貞首先抓了新一代的聖王也就是蟠桃的哥哥。

爲了逼迫他說出聖祖留下的獨創功法「火眼金睛」才留他一命，否則他早就得死了。其他四帝知道聖后造反後，也都有些不甘寂寞的蠢蠢欲動，妄圖爭得當年聖祖妖精王的美喻。

要想獲得妖精王的封號，不但要令天下妖精歸附，而且要如當年聖祖一樣打得仙界狼狽逃竄，天下妖精才能心甘情願的臣服，只是仙界消失已久，想尋也無從下手。

那麼大有野心的妖精們的矛頭自然便直指現在人類中那些以修煉成仙爲目標的各大世家和門派。人類自以爲是萬物之尊，早也想洗刷當年的恥辱，現在妖精們的舉動只怕正合他們的心意，雙方摩拳擦掌，而龍宮寶藏的出現將會是一個導火線。

面對即將可能發生的腥風血雨，我已經沒有任何興趣。我只想趕快離開這裏，當然在離開之前，我會幫蟠桃救出她哥哥，這是我對她的承諾。

不過破開時空雖然簡單，但是我必須想到一個可行的方法能夠幫我確定在時空隧道中的正確方向，不然我也很難尋覓到正確的回家之路。想及此，我便有些頭疼，時空乃飄渺之物，想要找到正確的方向談何容易啊！

又一聲朗朗清鳴，鳳凰忽地穿雲破霧、扶搖直上，很快就消失在遙遙的蒼穹中，眾鳥盤旋環繞，久久不願散去。

我怔怔的望著鳳凰消失的地方，心中百味陳雜，難道牠就離開我了！我不相信「似鳳」可以捨棄我們這麼多年的友情，凝望著天邊，希望牠可以回來，然而最終還是失望了。

我勉強的笑了笑，帶著蟠桃向山下飛去，在兩百里外有一個城鎮，萬壽鎮在群山腳下，背山面水，因為位置較偏，算不上交通要道，民風樸實，城鎮中洋溢著濃郁的生活氣息。

猴族居住在傳說中齊天大聖破空而去的地方，那裏名叫赤霞山，赤霞山乃是太陽落下的遙遠地方，地勢寬廣，懸崖峭壁，群山相簇，綿延數萬里之廣，沒有人指點，別說是要在赤霞山找到猴族居住的「福天洞」，就是想安然走出赤霞山也是極困難的事。

要去赤霞山，這萬壽鎮倒是必經之路。我本意是在萬壽鎮停一下，買點乾糧清水之類的便上路，可是蟠桃雖然貴為聖祖的子孫卻是未經人世，處處都覺得新鮮，一路走過，興趣盎然的在我耳邊唧唧喳喳問個不停。

萬壽鎮地處偏遠，經濟並不發達，鎮中僅有的幾條大路也都是泥土地，並沒有青石鋪路，好在這裏靠近東海，氣候濕潤，空氣倒也不顯得怎麼渾濁，沿路而去走進鎮內，還好鎮雖小仍有一個飯館客棧，門外插著一支泛白的紅旗，書著一個「飯」字。

我領著蟠桃，身後跟著七小邁步走進客棧。

客棧冷冷清清沒有客人，只有一個長有山羊鬍子的四十歲上下的男人坐在櫃檯後打盹。

我清咳了一聲，那人立即醒來，看到我們進入，馬上手腳利索的走出櫃檯，迎了過來，見到我身後的七小，立即害怕地躲到一邊，哆嗦著道：「客，客人想吃些什麼？」

找了一張桌子，我們坐了下來，我隨口問道：「你這有什麼好吃的？」

那人見我發問，馬上露出一臉愁苦之色，道：「原先倒也有不少好吃的，只是最近不大太平，沒了貨源，就只有一些牛肉和燒餅。」

蟠桃是不吃葷的，一個燒餅就夠她吃的了，我瞥了一眼環坐在身邊的七小，牠們倒是葷素不忌，而且恐怕好久也沒吃過葷了，今天就給牠們開開葷，我道：「十斤牛肉，四個燒餅。」

那人馬上到後面忙開了，又是生爐子又是燒水，沒想到他既是這家的老闆，又是小二還兼廚師。

蟠桃坐在我身邊，兩腳悠閒地在下面踢著，滿臉希冀地望著我道：「大哥哥，我們在這多待幾天好不好，這裏的東西都好有趣哦。」

我微笑著望著她道：「你不想救你哥哥了？我們在這多待一天，他就多一天的危險，不過你既然對這裏感興趣，我們就待到明天再走。」

想到仍在危險中的哥哥，蟠桃小臉上頓時佈滿陰霾，乖巧地點了點頭，不再纏著我要多留在這裏幾天了。

很快，那人將幾盤熱乎乎、香噴噴的牛肉給端了上來，蟠桃看著橢圓形點滿芝麻的燒餅，已經把煩惱給忘了，接過一個燒餅，開心地吃了起來。七小嗅到肉香，也都盼望地看著我。

我自己留下一盤，將其他幾盤都分給七小。這店雖然簡陋，老闆的手藝倒是還不賴。

我正待動手開吃，突然眼前一個黑影急速地掠了過來，速度非常快，就像是一道光閃過，我定眼望去，一隻赤色鳥兒停在我的桌面上。

一雙賊眼正戲謔地盯著我，我簡直不敢置信，竟然是「似鳳」！

我欣喜若狂道：「你怎麼回來了，咦，怎麼又變回原來大小？」

「似鳳」的神情倒是穩如泰山，沒有我這麼激動，賊眼「骨碌」亂轉，瞥見盤中正冒著熱氣的牛肉，感興趣地湊了過去，叼起一塊就欲吃下去，到了口中才發覺並不是牠愛吃的靈果，氣憤地甩到一邊。

轉過頭「唧喳」著向我抗議，我突然發覺牠爪下抓著一條通體白嫩的栩栩如生的人形人參，不禁大為詫異。

第十二章　殺機再起

蟠桃驚訝的望著突然出現在飯桌上的「似鳳」，瞪大了眼睛道：「好可愛的小鳥兒，咦，你怎麼會抓到木伯伯屬下的人參娃娃，乖，快把他給放了。」說著就伸出手想把「似鳳」爪中的小傢伙給放了。

「呷！」「似鳳」一聲脆叫，赤紅的雙翅驀地呼搧了一下，我敏感的覺察到一道非同一般的熱量朝蟠桃湧了過去。

蟠桃不愧是聖王的子女，六識也特別的敏銳，馬上察覺到了從「似鳳」身上湧過來的熱量頗具威脅，「啊」地驚叫出來，兩道白光倏地從她伸出的雙手中迸出，抵消了「似鳳」發出的熱量。

蟠桃驚訝地望著漫不經心的「似鳳」，搞不清這隻鳥竟然可以釋放出這麼強的靈力，我瞥了一眼「似鳳」，嘴角露出一抹淡淡的笑意，蟠桃又怎麼會想到，這隻好看的小鳥兒就是那隻威勢絕倫、群鳥朝拜的鳳凰，鳳凰的力量又怎麼會是她一個還沒成年的小妖精可以敵得過呢？即便這隻鳳凰也只是剛完成進化而已。

我望了一眼蟠桃，見她好像很在意「似鳳」手中的那個小傢伙，我不禁仔細地打量那個小玩意。

不用說，這顯然也是一隻妖精，應該由人參進化而成，不知道年歲幾何。四肢健全，五官俱在，臉若孩童，紅潤得很，大大的眼睛看起來好像很無辜的樣子。

此時驚懼地盯著我們，小傢伙頭頂一株人參形狀的髮鬚，可愛得很。

「放了他吧。」我向「似鳳」道。

「似鳳」盯了我一眼，慢慢鬆開爪子，小傢伙詫異地望著「似鳳」，不敢相信他竟然會這麼輕易地放了自己。

「似鳳」剛完全鬆開，人參娃娃身上驀地閃動一絲白光，身形已經從桌上消失了。我大訝，這個小傢伙的速度竟然這麼快，幾乎是電光火石之間，人參娃娃就從桌上來到地面。

我反手一掌，無形的壓力向他威逼過去。

好在七小圍在我們四周，此時見人參娃娃陡然出現在半空中，七小中的老六倏地躍起，以迅雷不及掩耳之勢一口將人參娃娃咬在嘴中。

老六含著人參娃娃來到我面前，我取出粒黑獸丸給牠作獎賞，從牠口中將人參娃娃握在手中，小傢伙明顯很害怕，尖叫著不停地掙扎著想要從我的手中掙脫出來。

「似鳳」看到老六含著一顆黑獸丸，倏地飛到老六鼻子前，「吱吱喳喳」地叫著，其中的意思就是讓老六把黑獸丸給牠，那個人參娃娃原本是牠抓來的，功勞應該歸牠。

老六狼眼瞥了牠一眼，不在意地一口吞了，「似鳳」見七小敢不在乎自己的話，頓時激動地叫了起來，看來頗有將以前受七小的氣在這次給討回來意思。兩翼扇動，無形的火焰徐徐從牠羽翼中冒出。

老六簇著頸子，露出森森利齒向著「似鳳」發出陣陣的低鳴。

「似鳳」眼中忽然露出一抹譏笑的意味，陡然向老六飛過去，老六也幾乎在同一時刻高高躍起向著「似鳳」撲去，堅利的爪牙閃爍著寒光。

我微微一怔，沒想到「似鳳」回來還不到一分鐘，就起了內訌，我沒有喝止牠們，我也想知道「似鳳」進化成鳳凰後，實力究竟到了哪種程度，不過看牠的氣勢，倒是絲毫不遜於七小。

老六甚至還沒有碰到「似鳳」的身體，就被強大的力量給震跌了出去，「似鳳」「嘿嘿」地尖聲笑著，以前的牠可是老被七小欺負的，今次終於讓牠占得上風。

七小兄弟連心，一見老六不是「似鳳」的對手，馬上圍了過來，老六並沒有受傷，翻身站起，搖了搖身體，狼眼瞪出幽幽的綠芒一步步地走了過來，「似鳳」見七小都圍了過來，興奮地拍打著翅膀。

「似鳳」全身彷彿要燃燒了般，跳動著鮮豔的火苗，「似鳳」的體形也越變越大，兩翼拍打著冒出的火焰將空氣也燒得熾熱起來。

四周的空氣變得扭曲，七小一聲低沉的吼聲，脖頸的狼毛都豎了起來，狠狠地盯著「似鳳」，齜牙咧嘴地發出陣陣低吼。

七小聯手，威力頓時大了很多倍，「似鳳」也不如先前般那麼輕鬆了。

眼看形勢不好，要讓「似鳳」繼續長大，恐怕這個小鋪子就要被撐破了，石洞都能被「似鳳」給擠破，何況這區區的木頭搭建的飯館，就算不至於被撐破，如果讓七小和牠動上手，強大的威力恐怕連我也得退避三分，這個小鋪子是一定保不住的。

我發現店鋪老板正戰戰兢兢地躲在櫃檯後面，驚慌卻又不敢說話地無奈地望著我們。

「七小讓開！」我喝了一聲，同時召喚出靈龜鼎，使出一半內息驅動靈龜鼎，斡旋的吸力當頭向著得意忘形的「似鳳」吸去。

「似鳳」乃是在靈龜鼎孵化而出，靈龜鼎更是吸收了大量鳳卵的靈性，很大程度上來說，靈龜鼎已經具有了在一定程度上克制牠的能力。

「似鳳」不屑地瞥了一眼靈龜鼎，不斷地加大自身的靈力，妄圖突破靈龜鼎對牠的吸力。當牠發現，無論自己使用多大力氣都沒辦法脫離靈龜鼎的控制後，叫聲中充滿了憤懣和緊張。

膨大的身形在吸力下也不斷地縮小到原來般，我猛地一使力將「似鳳」給吸了過來，伸手將牠抓在手中，我嘻嘻地望著牠道：「不要以爲進化了，主人就拿你沒辦法了，你要是再敢欺負七小，我就把你抓起來，永遠封印到龜鼎中。這次就饒過你了。」

「似鳳」十分不爽地狠狠地啄著我的手，我彈了牠一下，給了牠一粒黑獸丸，「似鳳」含著黑獸丸，頓時忘記了受到的「屈辱」，得意洋洋地含著黑獸丸耀武揚威地在七小面前徐徐飛過。

我拿牠沒有辦法地搖了搖頭，這傢伙都已經進化成神獸級的鳳凰了，竟仍是死性不改，靈氣對牠來說根本就已沒什麼用了，黑獸丸更是如此，牠仍對靈丹戀戀不捨，看來只能用嘴饞來解釋了。

狼是永遠無條件服從首領的一種動物，所以當我讓牠們讓開時，牠們馬上就退了下來。解決了內訌，我再把注意力轉到手中的人參娃娃上，這個傢伙很奇妙，明明沒什麼力量，偏是速度快若閃電，要不是剛好七小就在下面守株待兔，恐怕就得讓他給溜了。

這個小傢伙還真是滑溜啊，人參娃娃見我盯著他看，有些害怕的躲避著我的目光。

剛剛蟠桃好像說他是木伯伯的屬下，那個木伯伯又是誰？我抬頭望向蟠桃，正好碰到蟠桃的目光，我道：「丫頭，你說他是你木伯伯屬下，你木伯伯又是誰啊？」

蟠桃道：「木伯伯就是我上次跟你說的四帝之一的樹帝木禾，你手裏握著的是人參娃娃，八百年修煉成精，一千年修煉幻形，不過人參娃娃沒有什麼力量，但是他的速度很快，很少有人能抓到他的，尤其是他的土遁術，因爲他是土中的妖精，可以一瞬間從土中移動千里以外的地方哩。這隻小鳥兒真厲害，竟然能抓得住他。」

「怪不得……」我徐徐地道，難怪他的速度那麼快，我下意識地舔了一下嘴唇，接著道：「八百年成精，一千年幻形，那他豈不是已經超過了千年了嗎！」

人參娃娃盯著我的嘴，忽然瑟瑟發抖，驚恐萬分地望著我。

蟠桃忽然道：「大哥哥，你不是要吃了他吧。木伯伯對我很好的，你放了他吧！」

「啊？」我瞪著她道，「丫頭，誰說我要吃他的，他有什麼好吃的。」

人參娃娃聽我說不是要吃他，鬆了口氣，但仍戰戰兢兢的不安地盯著我，蟠桃道：「大哥哥真是好人！他要是落在人類或者別的妖精手裏，早就被吃了。」

「吃他有什麼好處，長得像是肸肸嫩嫩的嬰兒，我又不是變態。」我咕噥了兩句。

蟠桃道：「在妖精一族中，數草木族的生物最難修煉成妖，往往都要五百年以上，而這人參娃娃需要的時間更長，雖然他們修煉成妖的時間比較長，但是也靈氣最足，人參娃娃是其中之最，像你手裏的那個人參娃娃更是精品中的精品。」

「哦？」我狐疑的望著手中的人參娃娃，小傢伙被我懷疑的目光嚇得直流冷汗。蟠桃的話怎麼聽也不像是在為人參娃娃說情，反倒是好像在誘惑我試一試的意思。

我下意識地張了張嘴，再次舔了舔嘴唇。人參娃娃在我手中開始哆嗦起來，我若要吃他，他連一丁點的反抗之力都沒有。

蟠桃接著道：「因為他們沒有力量卻又有很多的靈氣，所以人類和妖精都喜歡捕捉他們，一旦抓住就直接吃下去，能夠迅速增長本身的靈氣。據說一個人類的老頭，因為機緣巧合吃了一隻千年的人參娃娃，一下子就從人間升到仙界，由此可見一斑，他們身聚的靈氣是多麼充足。」

幾乎是蟠桃每說一個字，我就感到手中的小傢伙哆嗦一下，望著我的目光是惶恐萬分。

我瞥了一眼昂然站在我肩膀上的「似鳳」一眼，這傢伙定是在半空中遨遊時，被人參娃娃的靈氣所引，畢竟「似鳳」天生對一切具有靈氣的寶貝都非常敏感，而人參娃娃身聚千年多的靈氣，根本無法隱瞞住「似鳳」比狗還靈敏的鼻子。

這才被「似鳳」給抓住。人參娃娃速度雖然快，「似鳳」的速度更快，何況牠現在進化成了頂級神獸行列，區區一個人參娃娃又怎麼逃過牠的賊爪。

我望著「似鳳」道：「你不會是把他抓來孝敬你主人我的吧！」

「似鳳」立即點著頭，唧喳地在我耳邊叫起來，我捏著牠的翅膀把牠扔了出去，叱罵道：「竟敢說你主人我實力太差！剛進化就不把我放在眼裏，看來以後非得教訓教訓你不可。」

搞清楚了原因，我鬆開手，將人參娃娃給放到桌上。

小傢伙瑟瑟縮縮地在我們的視線下不敢稍動，「似鳳」又落回到我肩膀上，目不轉睛地望著人參娃娃，一雙賊眼露出貪婪的目光，看來是想自己來享受這份大餐。

我在牠腦袋敲了個爆栗，道：「不要打他主意，好歹你現在也是頂級神獸，總得有些神獸的風範吧。」

「似鳳」抗議地伸著翅膀在我臉上撲棱了兩下，不甘心地望著他。

我道：「走吧，下次小心不要再被人給抓住了。」人參娃娃沒想到我會這麼輕易地放了他，不敢置信地望著我。我揮了揮手，讓七小給他讓開道，他才提心吊膽地從桌上一步步地躍到地面。

一落在地面，小傢伙即沒了蹤影，我能察覺到一股靈力極快地遁向遠方，轉瞬即失，望著他遁走的方向，我陡然覺得有些不對勁，卻一時半會兒想不到究竟是哪裏讓我覺得有些不對勁。

吃了飯，我從老闆手中買了一些乾糧，帶著七小、「似鳳」和蟠桃於第二日上路了，蟠桃遁行的速度太慢，一路都是由七小分別馱著她。

有了「似鳳」，路途再不覺得寂寞，進化後的「似鳳」更是變本加厲的、肆無忌憚地折磨著我的耳膜，如果不是牠尚有些畏懼靈龜鼎，連天都會被折騰得翻過來。

一路向前行去，轉頭望向身後的「萬壽鎮」已經在視線中變成了一個小黑點，一直至傍晚，天色漸黑，我決定暫時找一個可以休息的地方停下來。

我們放慢速度，尋找著可以用來過夜的地方，運氣很好，不久就讓我們找到一個不大的小山洞，這足夠我們避寒用的了。簡單地收拾了一下，我帶著「似鳳」到剛才經過的那條河中捕幾尾魚。

我還清楚地記得，七小是特別愛吃魚的，只是跟了我後，天天不是幫著我禦敵，就是被我封印在神鐵木劍中，根本沒有機會吃魚。

走不多遠，便聽到喧鬧水聲，緊走幾步，來到河邊，河水靈潔清澄潺潺激蕩著亂石，溪水上面漂浮著一些枯枝敗葉順著溪水流向遠處。

我望著溪水，正想著該如何把魚給引出來，忽然聽到一聲怪聲從溪水中傳出來，接著又是兩聲，我大奇，在這種蕭索的地方會有什麼呢？我往前又走幾步，來到岸邊，望向溪水內。

河水並不如我想像中那麼清澈，水流激蕩，我也只是隱約看到水中有個恍惚的影子，又是兩聲傳出，我更加確定聲音是從河水中傳出，聲音很怪，仿若嬰兒，卻又有些差異。

「似鳳」好奇地從我身上落下，飛到河的上方，就在「似鳳」逐漸貼近河面時，突然一條黑影以極快的速度破開水面，發出奇怪的聲音向著「似鳳」攫去。

「似鳳」雖然已是鳳凰，仍被突發的情況給嚇了一跳，驚叫著陡然轉變方向向著上方飛去，極險的避開了莫名的攻擊。

我在岸邊卻看清楚了剛才的變化，襲擊「似鳳」的怪東西好像是一隻毛手，奇怪的是這隻毛手竟然長在一條尾巴的末端。

就在我思考的時候，一隻濕漉漉的毛手偷偷的從水中伸了出來，一點點的向我的腳抓來。

就在怪手猛地向我抓來時，我突然靈巧地躲開，並且迅速地一腳踩住那隻怪手，重逾千斤的力量令牠難以移動分毫，尖銳刺耳的怪叫從水中傳出，一個高大的黑影陡然從水中躍出。

我輕鬆地側身躲開黑影的攻擊，同時鬆開腳，順勢將黑影給從河邊踢了出去，黑影「砰」地重重落在地上，馬上又爬起身，蹲跑著發出酷似嬰兒哭喊的怪叫聲向我衝過來。

我剛才的一腳幾乎可以把一塊巨大的石頭給踢得粉碎，牠卻如沒事人一樣，行動一樣靈敏，等到牠跑近，我才發現，牠竟是一隻半人半猴的怪物，渾身長滿褐色的長毛，濕漉漉地不斷滴著水。

四肢靈敏，爪子很鋒利，最奇怪的就是牠那條畸形的尾巴後面拖著一隻手。怪物好像對我又怒又懼，在我身邊轉來轉去，又不敢靠近我。

我皺了皺眉頭，這是什麼怪物，竟然隱藏在河水中。而且怪物力氣頗大，有很強的攻擊性，如果有人來河邊飲水，不是要遭了牠的毒手！

想到那些有可能無辜受害的人，心中頓生一股怒氣，我倏地移動到面前，當先一腳，將牠給踢了出去，這一腳暗中使了幾分內息。無論怪物再怎麼皮堅骨硬，受了我這一腳，也非得內臟破裂不可。

怪物重重地摔到幾米外，嗚咽掙扎著，一雙猴眼仍凶芒跳動地盯著我。又叫了幾聲，垂頭死去。

我轉過身，發現「似鳳」正憤怒地兩翼搧出烈焰向著河面燒去。

原來河中並非只有那一隻怪物，怪物躲在水中，水面外的「似鳳」無論放出多麼猛烈的火焰都奈何不了河水中的怪物。

除非「似鳳」現出鳳凰真身，否則牠的火焰還無法把這條流動的河水給燒乾。

我冷哼一聲，取出神鐵木劍，自語道：「以為躲在水中就可以逃過此劫嗎？」我一手抓著神鐵木劍躍進了水中。河水很涼，卻對我沒有影響，我在水中比魚兒還要靈活。

怪物見我跳入水中，以爲有利可占，迅速向我游過來，我嘿嘿冷笑，正待向牠迎過去，突然在我右後方一個異流驀地向我湧來，我心中暗道這怪物竟然還不止一隻兩隻。

我看也不看，純憑對水流的感應反手削去，一股血腥味順著河水飄到鼻中，我加速向著前面的那個怪物游過去，怪物倒也機警，見我毫不費力地幹掉牠一個同伴，兇狠的雙眸中顯出恐懼的眼神，倏地轉身向反方向游走。

我這才發現，牠游的速度並不比魚兒慢，我心中忖度難道這種怪物天生就是生活在水中的嗎？一邊想著一邊跟在牠身後追去。

怪物在經過一片水草後，突然不見了。我停下來，在水草中仔細地搜索著，我已下定決心將牠給除去，省得牠在此爲害經過水流的生物。

我知道在這片水草中一定隱藏著半人半猴怪物的巢穴，牠的速度是不可能把我甩掉的，牠在此消失，唯一的解釋就是這裏就是牠的老巢。

我對水中的環境並不陌生，在水草叢中仔細地搜索著，終於在水草的盡頭處讓我發現了異常。

我輕輕撥開遮擋著的水草，頓時被眼前的情景給怔住了，一瞬間怒火沖天。面前竟然堆著一堆的白骨，從骨骼上看，有人的，也有其他動物的，不用說，這都是那些怪物的罪行。

我撥開白骨，在白骨後果然發現了一個一人大小的洞，我向著水洞中游了過去，水洞向上延伸，漸漸地水越來越少，竟來到水平線之上，在與水洞相連處又出現了一個潮濕的石洞。

石洞很寬敞，裏面飄浮著淡淡的一股腐臭味，石洞沒有多少光線，很陰暗。我邁步向洞內走去，洞壁兩邊嶙峋地分佈著大小不一的圓洞，地面也很不平整，處處是水窪。

洞內除了叮咚不停的水滴聲，就如死一般的寧謐了。

驟然，耳旁傳來極刺耳的一聲尖叫，緊隨著的是，風聲大作，一個高大的黑影突然從我身邊的石壁上跳出來，撲向我。

我反手一劍，一道淡淡的金光透過牠的身體映射在石壁上。怪物哀號一聲，靜寂地倒在地面，再也不能憑自己的力氣爬起來。

瞬間的寧靜後，四周怪叫聲大作，直欲刺破我的耳膜，如果不是我見多識廣，換作一般人早就無法保持鎮定了。丹田內息直衝雙眼，兩道凌厲至極的金光從我雙眼暴射出。

一眼掃去，周圍的石壁上佈滿了石洞，裏面幾乎都待著一個半人半猴的怪物，數目竟然無計其數。這個時候都在齜牙咧嘴地望著我，神情中恨不得馬上把我撕得粉碎。

我倒抽了一口冷氣，雙手持劍，倏地從頭頂重重向下劈了下去，一道熾熱襲人的霸道劍氣在空中發出「滋滋」的摩擦聲，我有意立威，發出的劍氣極爲霸道，再由神劍發出，在我面前的那道石壁上的怪物們被我出其不意的殺死了一半之多。

第十三章　神秘狼蛛

石屑夾雜著血肉在半空中飛濺，一股股烤焦了的惡臭瀰漫在水洞中。怪叫聲四起，倖免於難的半人半猴的怪物又驚又懼地盯著我，想要上來替死去的同伴報仇，又心驚膽戰地望著我手中仍微微泛著金光的神鐵木劍，逡巡不敢上前。

我收回神鐵木劍插在腳下，兩手搭放在劍柄，面對著怪物們仇視的目光，嘴角微微抽動，露出淡淡的笑意，頗有橫刀立馬的瀟灑意味。

雖然我看起來神態自若，心中卻暗暗地戒備著，我隻身獨闖虎穴，自得小心爲上，何況剛才我痛下殺手的時候，感覺到一股極強的力量環伺在我左右，這股力量並不弱於我。

眾怪物雖然看似坐立不安，然而卻沒有一人逃跑或者一擁而上，這說明牠們有一定組織的，而且牠們的頭必定也在此處。

惡臭瀰漫，洞中死寂一般，只有怪物們低沉的呼吸聲。

趁著這短暫的平靜，我裝作隨意的樣子觀察著四周，分別在面前兩個角落中，我又看到兩堆白骨，狀若小山。胸中一陣憤怒，我下意識地向前走了一步，四周頓時發出一陣惶恐的尖叫。

這群怪物以此爲巢穴，長期據守在這裏，看來已經很多人慘遭到牠們毒手了，成了牠們的盤中餐。如若我不曾見到便也罷了，今天既然讓我撞見，我自沒有放過牠們的理由。

我緩緩舉起神鐵木劍，四周又是一陣不安的刺耳尖叫，我淡淡地道：「你們爲惡太多，今天就讓我替天行道，宰了你們這群畜生。」

眼中金光四射，長劍隨著我上升的手勢，濃厚的烈焰彷彿連周圍的空氣也點燃，身邊的空中發出紅色的光焰。

強烈的壓力令不安的怪物騷動起來，一些怪物已經忍不住從洞穴中跳下來，驚惶的四下逃竄，我大吼一聲，雙手持劍，兩道明亮的劍光在半空中一閃即沒，瞬間後一個個重重的十字光焰向著左前方劃去。

突然間，一股極陰冷的氣息在電光火石間擋住了我的五成內息的一擊，接著一陣「提嗒嗒」的聲音從黑暗中傳出。

「多有得罪了，聖使大人！」一把尖細的聲音迴盪在我耳邊。我盯著黑暗中的人影心中暗呼：「正主來了。」

片刻後，來人出現在我面前，神秘人騎在一個怪獸身上，怪獸若馬，長有一個大大的龍頭，頭上有角似牛，雙眼陰冷似電若蛇，一望便知是極兇狠的怪獸，身上長有鱗片，反射著淡淡的光芒。

一條蜥蜴般粗大的尾巴在身後不時的甩動著，我對天下間各種寵獸的知識也算是淵博了，竟然認不出這究竟是何種怪獸。在牠的兩肋和背脊上交錯著明顯的肌肉塊。

在牠身上安然地坐著一人，此人長相與四周的怪物相似，相信牠們是同族的，只是此人與周圍怪物頗有些不同，他的臉比其他半人半猴的傢伙們更具有豐富的人類表情，更像是一張人臉。

來人雙眸不時閃過一道精光，手中掣著一條長槍，槍身烏黑，槍尖一點若寒芒更像是怪獸的森利牙齒。槍長丈八，槍身蜿蜒。望著他的兵器，我心中升起奇怪的念頭，我總感覺那支槍是有生命的活物，而非只是簡單的一支槍那麼簡單。

來人輕拍了一下怪獸的腦袋，怪獸仿若小狗一樣聽話，伸出猩紅的舌頭，發出若雷般低沉的聲音，蹲坐了下來，來人輕鬆地從怪獸身上跨下，向我展顏一笑，朗聲道：「在下水猴族的族長水魅藤，不知道聖使身分，多有得罪了。」

我打量著他，他從出現到現在一直透著神秘感。這傢伙絲毫不提我殺他數十族人之事，彷彿剛才的事並沒有發生過一樣，反而向我道歉，態度之誠懇，令我摸不清他葫蘆裏賣的什麼藥。

不過可以確定，這傢伙絕對不是尋常之輩，就憑他剛才若無其事接我一劍的本領可知他非是泛泛之輩，而且鎮定冷靜，並沒有因爲自己族人的死傷而憤怒衝動，可見他是有勇有謀，且必定生性冷酷，否則何以不把自己族人的生死放在心上。

水魅藤見我沒答話，呵呵笑道：「海人族虞大帥前不久與在下見面，屢次談起聖使大人，說聖使大人英偉不凡，修爲更是已進天人之境，能夠親自光臨東海，是水族的榮幸。更囑托在下如若見到了聖使大人，一定要好生招待，不能怠慢缺了水族的禮數。」

我暗道好傢伙，果然非是普通人，先是一陣不卑不亢的馬屁，令我不能再下狠手要打要殺，俗話說抬手不打笑臉人，他既已說到這份上了，我若還是要耍狠鬥強，倒讓人看扁了。

手腕輕陡，燃燒著熾烈火焰的神鐵木劍倏地化作一溜火光投身入戒指中。沒有了火光的照耀，四周又變得一片漆黑，我默運神功，兩道金光從眼中陡然刺出半尺遠。我淡淡地道：「水兄客氣了。」

水魅藤驚訝地道：「虞大帥也曾跟在下提起說聖使大人已經修煉成聖祖大人遺留下的神功『火眼金睛』，在下當初還多有不信，沒想到今日有緣得遇聖使大人，使小人大開眼界。」

我心念一動，道：「既然水兄爲海人族的屬下，希望你可以勒令自己的族人停止在這片水域活動，東海有多大，你該比我瞭解，值此『龍宮寶藏』即將出世的關鍵時候，你們的行動還是約束一下，聖王就是不希望看見人族與我們妖族再起大的紛爭，所以派我下來，個中緣由，以水兄的精明該能猜到一二，今次給水兄一個面子，即可帶著你的族人回東海，否則……聖王下的命令我可不好違背啊。」

水魅藤愣了一下，隨即回過神來，感激地道：「多謝聖使大人寬宏，小的自然明白，馬上就帶著族人離開這裏。」

我的反應大出他的意料，他絕對沒有想到先前一刻我氣勢洶洶一副勢必大開殺戒的樣子，但是此刻突然這麼輕易地就放過他，令他難以接受，想不通我爲什麼這麼做。

我油然道：「既然水兄瞭解到我的苦衷，那我就不多耽擱了，先走了。」向他略一禮，轉身順著來時的路退了出去。

從河水中鑽出，蒸乾身上的水珠，招呼一聲在河邊早已等得不耐煩了的「似鳳」原路返回了，走入林內，我向著肩膀上一直叨咕不停的「似鳳」道：「你先回去，保護蟠桃。」

「似鳳」在眼前又是一陣聒噪，我沒好氣的彈了牠一個爆栗，氣罵道：「你這個傢伙死性不改，又向我討價還價，不就是想要好處嗎！」隨手扔了一個黑獸丸給牠，「似鳳」眉開眼笑的一口吞到嘴裏。

我白了牠一眼道：「你要是讓蟠桃被人擄去，或者她受了傷，我就把你抓到鼎裏，做一份鳳凰羹出來。」

「似鳳」飛過來，露出一貫的賊笑，翅膀在我臉上拍了兩下，在寬慰我。然後轉身倏地飛走。

我仔細聆聽了片刻，確定跟蹤在我身後的水猴族的傢伙們都走了，這才展開神功，身體輕若浮雲，化作一道清風，倏地向原路飛去。

來到河邊，我召喚出變色龍寵，合體後，我投身入河水中，彷彿與河水融成了一體，連一絲水花也沒有濺起。

我按著記憶向著那片水草游過去，輕鬆地避過一些把守的水猴，我再次潛入到水洞中，儘量不發出任何動靜，我甫一踏入水洞中，兩人的談話聲就傳進耳中。

這兩人一人是剛才的水魅藤，令我想不到的另一人竟是水魅藤口中的虞大帥虞淵，我屏住呼吸，小心地附在洞邊，仔細聆聽兩人的談話。

「你認爲他是不是真的聖使？」虞淵淡淡地問道。

我暗道自己來得剛好，他們剛步入正題。

水魅藤沉吟了一下道：「在下不以為這是真的聖使。」

「哦，你倒說說看，為什麼你覺得他並不是真的聖使。」虞淵饒有興趣地問道。

水魅藤道：「猴族新亂，聖后甫得王權，素聞聖王對人寬容，追隨他的族人不在少數，這次讓聖后僥倖獲勝，聖后也無力再派人出來，而是致力於平定內亂，穩穩將大權掌握住。」

「那，聖使施展的『火眼金睛』功法又怎麼說？」虞淵不疾不徐地道。

我隱身在暗中，倒也想知道他們是怎麼看待我這個假冒的聖使的。

水魅藤沉默了一下，忽然驚道：「大帥，難道您是說他，他是……聖王！聖王不是被聖后給囚禁起來了嗎，莫非他逃了出來？」

虞淵道：「聖后何等樣人，怎麼可能令煮熟的鴨子飛走。家兄也曾暗地裏試探過那妖婦，聖王應該還是在她的掌握中。這是一張王牌，關鍵時候可是能起意想不到的大作用，挾天子以令諸侯你總該明白吧。所以那妖婦必定不能讓聖王有逃脫的可能。」

水魅藤恭敬地道：「請大帥示下，不知道大帝有什麼指示。」

虞淵好整以暇，娓娓道來：「家兄覺得該聖使是那個妖婦派出的，龍宮寶藏牽扯到聖祖之秘，妖婦染指之心早有，否則聖使哪裏不去，為何偏出現在我們東海！」

水魅藤恍然大悟道：「大帝確實一針見血指出其中關鍵之處，在下明白了，聖后派出聖使，目的一是想挾天子以令諸侯，震懾各族，另一自然是咱們東海的龍宮寶藏。」

虞淵淡淡地道：「小藤啊，你覺得我們下一步應該怎麼做，殺還是放。」

水魅藤沉吟了一下道：「還是放！」

「哦，你的想法倒是和大帝是一樣的。你的決定有什麼理由嗎？」

水魅藤馬上謙虛地道：「不敢，在下這一點愚見豈敢與大帝相提並論，大帝智深似海，小的不及萬一。狼帝一向野心勃勃，這次聖后突然囚禁聖王奪得大權，狼帝一定會利用這個機會問難聖后，我們只管坐山觀虎鬥，而且小的以爲，現在最重要的就是龍宮寶藏，天下英雄現在齊聚東海，包括妖精各族也對我們海人一族虎視眈眈，此刻不宜與聖后鬧翻。」

虞淵哈哈大笑道：「大哥曾說小藤智計不凡，足堪此次大任，這次看來果然不假。既然聖使發現了你們在這裏的藏身之所，那你就得離開這另換地方，務必於暗中削弱各族和人類的力量。龍宮寶藏我們海人族是勢在必得，獲得龍宮寶藏，天下就盡歸我海人一族的囊中，恢復聖祖當年妖精獨霸天下的景象指日可待。」

水魅藤恭聲道：「多謝大帝與大帥的抬愛，小藤一定不會讓大帝失望的，多謝大帥對小藤的提拔。」

聽到此處，我從暗中抽身退出，看來妖精一族已經大亂，人人包藏禍心，不是垂涎聖王之位，就是對龍宮寶藏蠢蠢欲動。天下即將陷入大亂了，我暗暗歎了一口氣，只是我管不了那麼多了，救出蟠桃的哥哥，我就要離開這裏了。

原來海人族早就開始懷疑我的身分了。他們雖然推測的合情合理，但是他們打破腦袋也不會想到，我竟然是從另一個時空來的，出現在東海也只是個意外而已。

好在他們並沒有發現蟠桃，如果他們看到蟠桃和我在一起的情景，馬上就會知道我並非是聖后派出來威脅各族的聖使，而蟠桃也會立即陷入危險的境地，不論是聖后還是其他垂涎聖王寶座的人馬，都會要得到蟠桃。聖后是欲除之而後快，而另外的人像狼帝獲得了聖祖的嫡傳子孫，就有了向聖后叫板的王牌，可以光明正大、名正言順的帶著族內的軍隊去討伐聖后。

回到洞中，蟠桃已經沉沉地睡去，小臉時而露出驚懼、怒憤的神情，想必是夢到了當時聖后叛變時的情景了。

我愛憐地摸了摸她的臉頰，心中暗暗可憐這個小傢伙，父母不在了，哥哥也被抓走，只有自己擔驚受怕地流浪在民間。

我彈出一道火苗，地上的一堆殘枝枯葉頓時燒起來，發出淡淡的煙霧，熱氣飄溢在洞內，一片火光照亮了小小的石洞。我取出一些乾果在火上緩緩轉動燒烤著，氣氛一片平和，就連最愛吵鬧的「似鳳」也乖乖地停在一邊。

只是牠那一雙賊眼眨也不眨盯著正燒烤著的果子，我望了牠一眼，心中暗道這個賊鳥怎麼進化成了鳳凰後，反而更加變本加厲了，以前牠是不會看上區區幾個果子的。

海人族爲了獨霸龍宮寶藏稱雄妖精與人間兩界，在這條通向東海的路上唯一的淡水源中布下重兵，暗中削弱敵人的實力，那些成堆的白骨仍在我眼中盤桓，恐怕不止是敵人就連普通人也成了牠們的一餐美味了，龍宮寶藏尙未出土，就已經腥風血雨一片了。

等到龍宮寶藏出現的那一天，更得哀鴻遍地，死人盈野。

我淡淡地歎了口氣，爲何天下就沒有一處樂土！自我從村裏出來的那一天，所見所聞所遇，皆是爭鬥廝殺。現在我才有些明白從前里威爺爺經常歎息只有我們的村子地處偏遠與世隔絕，可算是人間的桃花源，可惜那時太小，無法瞭解其中的意境，現在就是想尋一塊淨土，也無法脫身，爲世俗所束縛。

翌日清晨，醒來時篝火已經滅了，只有餘煙嫋嫋，星星火光在灰燼中散發著最後的熱量。

走到洞口一陣冷風襲體而來，頓時寒毛直豎，混沌的頭腦也清醒過來，抬頭望去，昨夜竟落了一場秋雪，覆蓋在地面，枝椏和石頭上，薄薄一層淺淺可見，放眼望去當真是銀樹蠟像，令人心曠神怡。

「啊！」蟠桃揉著惺忪的雙眼也跟著我走出洞來，見到如此美景，頓時歡呼起來，歡快地在雪地中奔跑著。

七小與蟠桃的感情日好，這時候也跟在蟠桃左右叫鬧著。七小全身銀白與雪無異，此時混在皚皚雪中，幾乎令人分不清楚。

「呵欠！」似鳳對一人七狼的歡鬧故作不屑地停在我肩頭，裝模作樣地打了個呵欠，入耳卻是一聲清亮的脆鳴。

想起在夢幻星和傲雲還有藍薇和風笑兒打雪仗的情景，心裏不由得又一陣感觸，歎了口氣，收拾心情，招呼七小和蟠桃迅速上路。

聽虞淵和那個水妖族的傢伙的對話，前面好像還會有狼人族會出現對我們不利，冥冥中我覺得孔雀族和樹人族作爲一方霸主，恐怕也早都對聖王位子眼熱了，這個大好的機會，他們一定不會放棄的。

蟠桃多待在外面一天就多一天危險，只有救出了她哥哥聖王，重新統一猴族她才能真正的安全。

看著蟠桃全無煩惱的歡快樣，我在嘴角露出一抹淡淡的笑意，心中感歎任重道遠啊！

「似鳳」不耐煩地拍了拍我的臉，我回過神來，瞥了一眼「似鳳」，這傢伙正戲謔地望著我，頗有窺人隱私後的得意。

我報以微笑，趁其不意將牠抓住，信手一抓，一團白雪落在手中，小心地把「似鳳」給裹成雪球，然後在地上滾了幾滾，終成了一個「鳥球」，「似鳳」只露出腦袋，惶恐憤怒地盯著我。

我隨手拋了兩下，喝道：「接著！」雪球被我拋出，早有七小盯著牠，在牠落地前，再將牠頂到半空，玩得不亦樂乎。可憐「似鳳」空有鳳凰的強橫力量，卻被封住，只能任人在空中拋來扔去。

「似鳳」雖然力量被封卻口還能言，不時發出屈辱的嘹亮叫聲，響徹雪原，令人誤以爲是哀啼的寒鴉。

一連十天，在蟠桃的指引下，我們日夜兼程向著赤霞山進發，雖不是披星戴月，但也艱苦得很，跋山涉水十分不易。

在路上，我們經過很多村莊、城鎮，其中的大部分都發生過人妖之間的衝突，雙方各有損傷，修武之人與妖尚有一拚之力，只是可憐了普通人，遭了魚池之殃，受了牽累，白白丟卻性命。

我沒想到人妖之間已經亂成這樣，看了不免令人心痛，卻又束手無策，不止是普通人受到無辜傷害，也有不少善良的妖精被人類誤會，遭了不白之冤，同樣落得淒慘下場。

一路所見令我心有感觸，忍不住想幫忙卻又不知該幫誰好，戰爭就是這樣，沒有理由沒有對錯，雙方都是爲了利益，只是苦了那些愛好和平卻無法不被牽扯進去的人。即便我出手制止一場、兩場衝突，也改變不了大局，於事無補。

心情漸漸地有些鬱悶起來。

眼前是一個說大不大說小不小的鎮子，名叫五福鎮，這是離赤霞山最近的鎮子，再往前，便是了無人煙，人跡罕至了。

雙腳離地一路飛向五福鎮，七小馱著蟠桃緊緊跟在後面。

剛一進五福鎮便怔住了，四下寂靜無聲，地面滴滿血跡，有些牆壁上還刻著深深的爪痕。

心中頓時「咯登」一下，大概這個鎮子剛經過一場人與妖的戰爭吧，走進鎮內，裏面一片狼藉，斷壁殘垣，很多路邊的屋子門是敞開的，透過門窗望向裏面，同樣是一片混亂，更有男女的屍首撲倒在地面，身體微溫，顯然是死去不久。

路邊幾隻狗兒也倒在血泊中，更有兩隻四肢扭曲，頭被生生地揪了下來，拋在幾米外的地方，狗眼空洞地睜著，一灘血污染紅了地面。

「是誰這麼狠心，連幾隻狗兒也不放過！」我憤怒地喊出來。心中的怒火騰騰地直往上升，這是誰做的！實在太過分了，偌大的一個鎮子，竟然雞犬不留，手段之狠辣，心腸之歹毒，實在是我平生僅見。

蟠桃顫抖地望著我道：「好像是狼人族。」

「你怎麼知道的？」我幾乎是咆哮說出來。

「有狼人的氣味。」蟠桃眼光閃躲，瑟縮地不敢望著我。

望著她可憐的模樣，我強迫自己鎮定下來，自己現在的模樣一定把她嚇住了，望著眼前蕭索慘相，心中暗暗忖度，慘劇應該是剛發生不久，敵人目的不明，不一定是普通的人妖衝突。

虞淵曾說狼帝垂涎聖王位置已久，或許這些狼人是爲了蟠桃來的。

此地不宜久留，我招呼一聲蟠桃，急忙道：「咱們趕快離開這裏！」

話剛說一半，幾道不弱的力量分別從街道兩邊的房屋穿出來。

我剛要迎上去，腳下土地忽然一陣鬆動，竟有人從地下突襲而至。同一時間，街道兩旁也出現十數手持單刀的狼妖。

心念電轉間，已有所打算，我厲嘯一聲，七小知曉我心意的咆哮著猛地縱身飛到空中迎向從天而降那幾個狼精。

腳下的泥土彷彿流沙一樣紛紛陷下去，範圍不斷擴大，四周灰沙飛揚，我和蟠桃被灰沙困在當中，幾道凌厲的勁氣倏地破穿泥沙向我襲來，另外幾道陰柔的勁氣則向著蟠桃衝去。

內息瞬間湧向腳部的湧泉穴，強大的壓力剎那間從我的腳向下衝去，迎上偷襲我的那幾道勁氣，幾乎沒有任何反抗之力，幾個偷襲者就被我在一念間給重創。同一時間，我一手攬起蟠桃，側身滑步，偷襲蟠桃的人頓時落空。

幾個臉盤大小的紅豔豔火球快速地向著幾個偷襲者飛去，牠們尚沒感覺到疼痛就變成了烤肉。塵埃落定，「似鳳」落在肩上，嘿嘿地賊笑著望著那幾具仍散發著陣陣焦味的屍體上。

偷襲者被燒得面目全非，只是從大概輪廓上看來，並非是狼精，倒像是鼴鼠一類的妖精，從街道兩邊住家衝出來的襲擊者也在七小的狼吻中露出了原形，確實是狼精。

七小低吼著回到我身邊，白色的毛皮仍是一塵不染。看來七小又有進步，已經初步具有七級上品護體獸的能力。

空中飄蕩著一股肅殺的壓抑，蟠桃有些緊張地抓著我的手臂。「似鳳」則若無其事地待在我肩上，不時打出幾個冒著火苗的嗝。「似鳳」剛進化完成，尚不能完全控制體內強大的火焰力量。

堵在街道前後的數十狼精，有些緊張地望著我。我淡淡掃了一眼前後的狼精。這些狼精力量還不足以威脅到我。

這些狼精都以人類的面貌出現，只是皮膚顯得粗糙，身上長滿難以掩飾的濃黑體毛。異變發生在電光火石之間，我對目前的形勢已有所瞭解。用這些狼精要抓住蟠桃已經綽綽有餘，但是對付我就顯得不夠了。想必狼精族的首領狼帝還不知道我的存在。

這裏已經接近赤霞山，只要打發了這批狼精，我們就能抵達赤霞山。想到這，我心中不禁輕鬆起來，這只是個意外的小插曲，狼精族在石湯山，與赤霞山一南一北相隔數萬里，等到狼帝接到這邊的消息也在一兩個月後了，到那時，我早已救出了聖王。狼帝就算有再大的野心，也只能望洋興嘆了。

狼精忽然分開，從狼精後面走出來一個狼精，瘦削的臉龐，高高的顴骨，挺直的鼻樑上，一雙眸子閃動著兇狠的目光，手裏拿著一柄釘滿鐵刺的狼牙棒，兇悍地盯著我。

半晌後，才將目光移到我身邊的蟠桃身上，蟠桃被他兇狠地一盯，下意識的向我懷裏靠來。狼精的首領忽然哈哈大笑起來，片刻後道：「兄弟原來也是狼族的人，剛才的全是誤會。」

我淡淡地望著他，並不答話。

狼精首領道：「兄弟既然是我狼族的人，一定知道狼帝早在數月前下的命令吧，既然兄弟已經抓到了我們的小公主，那就請公主隨我去狼族做客吧，你放心，我們不會傷害你的，狼帝早就看聖后那個妖婦不順眼，只要有狼帝在，絕對不會讓她傷害到你的。」

我不為所動，仍只是淡淡地看著他，心中卻忖度原來這妖精一族也是懂得虛情假意的，硬搶不行，就想用軟的來騙我！

狼精首領見我動也不動，雙目掠過一絲怒色，裝作驚訝的樣子，隨即露出恍然的表情，呵呵笑道：「兄弟是怕我搶了你的功勞是吧。問問我這群手下，兄弟我是最講義氣的，你的功勞就是你的功勞，兄弟我絕對不會多貪你一分，到了狼帝那，我也實話實說，小公主是兄弟你找到的。」

我聞言不經意地一笑，微微搖了搖頭。

狼精怒氣滿面，激動地向前走了幾步道：「兄弟如果不是怕我搶了你的功勞，那就是想要更多的賞賜了，這好說，只要狼帝見到小公主，一定會很高興，必定賞賜你更多的東西。」

說到最後一字時，狼精首領已經離我不到兩米的距離，狼精首領突然面露一抹譏諷，雙腳蹬地倏地向我撲來，狼牙棒閃爍著霍霍寒光，無形的勁氣撲面而來。顯然我三番兩次的無言拒絕已經令他十分惱怒了，因此借著說話來分我心不斷靠近我，妄圖趁我不備，一舉將我擊殺。只是可惜他這招用錯了對象。

我經過無數大風大浪，十分明白面對敵人要時刻保持著戒備的重要性，就在他動的刹那間，早已蓄勢待發的內息斡旋著向手部湧去。

屈指一彈，兩道劍氣倏地向著猙獰的狼精首領襲去。

狼精首領的修爲要比剛才的那些個小嘍囉高了不少，身在空中竟然也能避開其中一道快速無比的劍氣，並用狼牙棒強行改變了另一道劍氣的運行方向。而他則來勢不變地以狼牙棒兜頭蓋下。

森森的鐵釘在我上方映射著森森寒光。他避過兩道劍氣時，我已經知道自己小看了他。不過這與大局並無影響。

我剛要有所動作，卻感到肩上的「似鳳」穿出陣陣熱量，心中一動，立即停止所有動作，空出的一手聚集了大量內息以備不測。

眼看狼牙棒就要以雷霆之勢砸在我腦袋上，「似鳳」仍在痛苦地打著火嗝。狼精首領見在這種情況下，我仍是面帶微笑，鎮定自若，心中雖然大爲懷疑，卻仍是一往無前地向著我腦袋砸下來。

眼看狼牙棒就要砸到我腦袋上，令我腦袋開花，狼精首領眼中閃過一抹狂喜，在他看來，下一刻他就會獲得最後勝利。

突然一道紅得發紫的火焰從「似鳳」中噴出，姍姍來遲的火焰，卻含有莫大的威力，烏黑發亮的狼牙棒幾乎在接觸到火焰的一瞬間就開始融化了，黑色的鐵水順著狼牙棒向下滴去。

彷彿是乾柴遇到烈火，火焰越燒越旺，地面響起雜亂的「噗噗」聲。狼精首領頓時現出慌亂恐懼的神色，鐵水流在他抓著狼牙棒的毛茸茸的手上，他頓時哀號一聲，露出痛苦的神色，狼牙棒跌了下來。

我仍是淡淡地望著他，驀地出拳，無可抗拒的大力將他打飛回自己的狼精群中。

我轉頭望了一眼仍在打嗝的「似鳳」，仍不斷有淡淡紅色的火苗從牠嘴中噴出來，就是這淡淡的火焰竟能把一柄精鋼打造的狼牙棒一瞬間融化，可見這火焰的威力有多大了。

狼精首領冷然道：「兄弟，你道行這麼高，不可能是藉藉無名之輩，究竟是三荒八派中的哪一族的人？」

我漠然地道：「你不是說我是狼族的人嗎？」

狼精首領神情害怕地望了我一眼肩膀上的「似鳳」，道：「我們狼族的人絕對不會和羽翼族的人糾纏在一起，在你肩膀的那隻鳥，分明是羽翼族中的火鴉一族。」

「火鴉？」我哈哈笑道：「你看過有這麼高傲的火鴉嗎？」

他大怒道：「我不管你是哪一族的，但我要告訴你，狼帝的大名你應該知道，要是你膽敢違反狼帝的命令，你的下場會很悲慘。」說到這，忽然語氣一轉，帶著一些阿諛道：「你要現在回心轉意，我一定會把今天的事給全部忘掉。只要你將小公主送給狼帝，等著你的就是榮華富貴，狼帝只要統一了妖精界，再統領人間界只不過是探囊取物般一樣容易，想當年妖精王聖祖大人統一了妖精界，只用了不到一年的工夫就連仙界都征服了，況一個小小的人間界。」

連想到狼帝統一人間界的情形，狼精首領有些得意忘形起來，「我奉勸你還是乖乖跟我回石湯山，見了狼帝自有你的好處。否則你的死期就不久了。」

我雙手抱在胸前，冷漠地望著他，心中暗道這些蠢妖精難道就不用腦筋思考的嗎，如果狼帝真的有實力統一妖精界，還需要猴族的公主幹嘛？實力就是一切，只要你有實力，根本不需要任何藉口。

我拉著蟠桃悠然地向前走去，邊走邊道：「你給我帶個口信給狼帝，讓他給我安分點，只要我在一天，就不會讓他亂來。否則讓他小心項上首級。龍宮寶藏快要出現了，我不希望看到狼族和人類的衝突，如果還會出現這個鎮子的情形，也讓他小心項上首級。」

攔在我面前的狼精們都心驚膽戰的給我讓開一條路，我視若無睹地從他們身邊經過。走了一半，我停了下來。

我有些黯然地道：「人類界與妖精界一向不安，你們的殺戮我不管，但是這些普通人是無辜的，你們每人留下一條手臂，當作陪葬。」

「憑什麼？除了狼帝沒人可以命令我！」狼精首領嘴硬地道。

我霍地轉身，兩道熠熠金光怒望著他，狼精首領心虛地不敢與我對視，垂下頭去。我沉聲道：「憑我的實力可以命令你嗎！」

「似鳳」在我肩膀上斜睨了他一眼，眼中露出戲謔的神色。

在我發出的無形壓力下，狼精首領逐漸流了一頭的汗，而且也無法完全保持人形，從頭部開始整張臉都變回了狼首。

「吼！」

隨著一條手臂被斬斷，狼精們發出痛苦的吼叫，一條條手臂墜落在地面，變回了原來的狼的前肢，鮮血不斷地滴著。

我漠然地望了他們一眼，心中沒有一絲不忍，這些傢伙殺了整個小鎮的人，只是要了他們每人一條手臂已經是寬宏大量了。本來殺光他們也不爲過，只是我考慮這是妖精界和人間界的事，何況這種慘事也曾發生在妖精們身上，我這個外時空來的人並不適合干預此事。

微微一歎我轉身離開。一道陰冷的目光印在我背後。

狼精族是不會善罷甘休的，這個早在我預料中，只是我並不把他們放到眼中，他們的實力，甚至我不用出手，只是七小就可以解決了。

何況還有幾天的時間，我們就能夠進入赤霞山。

等到狼精族派來真正的高手，我已經身在赤霞山中被猴族奉爲貴賓了。我想猴族不會樂意看到有別族的妖精們踏入自己的聖地的。

安然無恙的幾天後，我們安然的踏入了赤霞山的地界。赤霞山不愧是妖精族的第一聖地，山峰相連，綿綿至天邊，無邊無際，其高處聳入雲霄，隱沒在雲霧之中，令人難窺其真面目。

越是深入赤霞山，奇景越多，令人慨歎。

懸崖峭壁處，雲凝碧漢，青松蒼鬱枝虬，剛毅挺拔，千姿萬態。巧石星羅棋佈，競相崛起，溫泉終年噴湧，無色無嗅可飲可浴。

好一個人間仙境赤霞山，確實當得「聖地」二字。

是夜，我們在山中一處松林中歇下，蟠桃告訴我，我們只是剛進赤霞山而已，想要到達猴族的領地，還有好幾天的路要走，必須通過一處名爲「福天洞」的地方才能抵達真正的猴族聖地。

山中月華初上，霧氣繚繞，眉痕新月隱現在雲隙之後，山林中一切在雲霧的襯托下顯得若隱若現，如同透過面紗看東西，朦朧不清。

寒氣很重，不過有「似鳳」在，一切冷濕之氣都無法靠近我們。吃過東西，蟠桃很快睡著。我靠在一棵古松上，眼皮也漸漸地有些重，也昏昏睡了過去。

風停月淡，深山之中愈發顯得詭異，半夢半醒中，我突然醒了過來，七小也抬著腦袋，好像在傾聽什麼，我暗暗一笑，狼族終於忍不住了。我仍然閉著眼睛假寐，我倒想看看，狼族已經知道了我的實力，竟然還敢來找我，到底有什麼依持。

我打了個手勢，七小都乖乖地匍匐在原處，假裝睡著的模樣。片刻後，又一聲幾近微不可聞的聲音響起，如果不是仔細聽，別說聽不到，就是聽到了也以爲是蟲豸在草叢中跳動發出的聲音呢。

又過了一會兒，動靜逐漸變得頻繁起來，我大約可憑著聲音推測至少有七八個狼精已經把我們給圍了起來，只是令我不解的是，這幾個狼精力量並不強，甚至比前幾天還要弱很多，我皺了皺眉頭，他們到底想要什麼花招？

我雖然閉著眼睛，卻已把外在的情景在腦海中繪出來，他們的一舉一動我都瞭若指掌。七小一動不動地趴在地面，我可以感覺到牠們的喉嚨發出低微的顫動，牠們的力量在體內奔騰，只要我一個手勢，牠們就會在電光火石之間衝出去，瞬間把那幾個狼精給解決了。

我也仍默默地聽著他們的動靜，區區幾個狼精對我沒有任何威脅，他們一定還另有手段。

「噗嗤！」一聲輕微的怪聲響起，接著又連著響了好幾聲，聲音很輕，但是在寂靜如斯的夜中卻很清楚，我大訝，他們膽敢發出這麼大的聲音，必定是不怕我們聽見，那就是說他們的攻擊正式開始了。

我剛要招呼七小，突然鼻間竄進一股異味，其味很淡若蘭，接著越來越濃，濃郁的氣味中隱藏著一種淡淡的臭味。

這氣味有異，我剛要動，突然身體一陣鬆軟，竟然提不起勁來，再看七小，與我相似，除了一雙眼睛巴巴地望著我，就連嘴也張不開。

我心中大驚，驀地抱元守一，心無旁騖，艱難地調動丹田中如一潭死水般安靜的內息，任我如何呼喚，內息都沒有反應。

四周的幾個黑影逐漸向我們靠近，在我焦急不堪的時刻，背部傳來一股清冽的植物之力，接著各個部位的經脈中都湧出植物之力，那奇怪的氣味立即被植物之力吸收。

眨眼的工夫，我便立即恢復了正常活動能力，心中殺機大起，我如一條鬼影倏地投身於黑暗之中，同時召喚出「變色龍」寵合體，一道極快的亮光在黑夜中閃過，像流星一樣一閃隨即消失。

雙手撮指劍，劍氣在指間吞吐，森然而凌厲。這群狼精顯然並非我想像的那麼容易解決，看來我必須在今夜一併解決了他們，否則我將無法真正擺脫他們的糾纏。

幾個起落，我已經來到了偷襲我的狼精們的身後，極隱秘的保護色再加上我迅若脫兔敏若狸貓的身法，他們根本不曉得，他們的敵人已經來到了他們的身後，一場屠殺就從背後開始了！

我隱身在暗中，發現偷襲者都是半人半獸的模樣，獸首人身，還拖著一條毛茸茸的尾巴在身後。最先幾個並不是狼精，獐頭鼠目，身體輕盈。我輕身來到一人身後，剛要解決了他，忽然幾人停了下來，我大訝暗忖難道自己被他們發現了不成！

只見幾個半人半獸的傢伙停下後，轉過身來，彎身撅起屁股，尾巴高高翹起，「噗嗤」，一聲輕響，一股異味從他們身體向外擴散。

我恍然大悟，剛才聽見的聲音，應該就是這幾個傢伙發出的。而異味就是他們放的屁。

這就是他們的憑藉吧，沒想到狼精族中竟然還有這種妖精，實力雖然不強，卻能發出可以令人筋骨酥軟的氣味來，確實令人防不勝防。

搞清楚原因，再沒有留下他們的需要了，「嗤嗤」劍氣狂漲怒射，瞬間幾個會發出氣味的傢伙就被我解決。

狼精中一陣大亂，人人自危的抱著手中的武器緊張地四下看著，可惜任他們睜大了眼睛也看不到我的位置。

我彷彿化身爲黑夜中的夜遊神，遊走在松林中，所過之處必有一個狼精倒下成爲沒有生命的狼屍。黑夜、霧氣、保護色三重保護下，我如魚得水，把身法與速度發揮到極至。

恐懼如瘟疫般在狼精中蔓延，眾狼精失去了之前的銳氣，呼喊低吼著爭先恐後的向外逃去，有的甚至變回原形，化身爲狼更快的向外逃跑。可惜無論他們怎麼快，都有一個人比他更快。

短暫的時間內，已有一半的狼精伏屍倒地，黑冷寂靜的夜中，空氣裏飄浮著淡淡的血腥味。我跟隨在狼精身後，直到此時，狼精的首領還沒有出現，只要他不死，我就算把這些狼精殺完了也不會得到安寧，他隨時可從附近招來更多的狼精。

天空的雲層更厚了，幾乎將那淡淡的月光都給遮住。冷冷的山風刮起，冷颼颼的直往人脖子裏鑽。

不知何時四周一片靜寂，蟲鳴鳥叫都沒有了。我停下來，納悶的掃視著附近，那些倉皇逃竄的狼精呢？難道都死了？

爲何不見屍體？

雲層彷彿也被山風給吹走了，露出月痕，些微的月光灑下，予人清冷的感覺，我就這麼一個人孤單的站著，凝望四周，寂寥得很。

半晌後，天空出現密佈的星羅，星光隨著月華流淌下來，天地間好像只剩下我一個人存在，神秘而遙遠的星光深深的令我迷醉。

忽然一個聲音在我心底響起，聲音渾厚、低沉而富有磁性，使人注意力不由自主的就被吸引過去。

聲音彷彿和廣袤無垠的天空完美的融合在一起，一點也沒有突兀的感覺，隨著那聲音，我漸漸的迷失了自我。

「那古老而又令人陶醉的神話中，傳說文字擁有莫可知的神秘力量，古老的文字是力量的象徵，不同的文字代表不同的力量，我就是沉睡在萬物間的力量引導者，孩子，告訴我你的名字。」

「依天。」我身不由己的咕噥道。

「我是偉大的力量引導者，當我呼喚你的名字時，你只要答我，便可以獲得無窮的力量達成你所有的夢想……」

隨著聲音的起伏，一個身影從濃霧背後走出來，赫然是狼精首領，一團神秘的光華在他身上繚繞，妖冶的眼芒在黑暗中有說不出的詭異，一種不知名的力量從他身上發出，不斷地在我腦海中製造幻想。

「依天！」

「嗯！」只是淡淡的一個音符，卻著意想不到的後果！狼精首領陡然露出猙獰得意的面孔，面部忽然詭異的扭曲起來，神秘的光在他頭部停了下來，形成一個蜘蛛的模樣。

誰也沒想到狼精首領並不是單純的狼精，而是狼精與蛛精的合體，是最爲邪惡恐怖的狼蛛，擁有神秘的力量。

光華化爲狼蛛的八手，齊齊地向我伸來，狠狠扎向我的體內，狼精首領的面部出現一張大嘴，上面有幾對眼睛，射出妖異的光芒。嘴中發出令人毛骨悚然的聲音。

第十四章 樹帝木禾

我渾身一顫，八隻粗大的尖爪深深地刺到我體內，神秘的力量順著八隻爪子紛紛湧了過來，八道力量在經脈中搜索著，向著我丹田飛快地流去。

當我聽到對方叫我的名字時，我情不自禁地答應了出來，聲音剛從喉嚨發出，身體中陡然出現一種神秘的力量令我手腳發軟，思維混亂，無法掌控身體。接著幾道奇怪的力量延伸到我的丹田中，妄圖將我辛苦積攢的力量給吸走。

只可惜對方的力量太弱，無法帶動我的力量，只能艱難地一點點地汲取著，力量一點一滴地從我身體中被剝離出去。

而我卻彷彿是吸食毒品般，有種飄飄然的感覺，好像渾身舒坦，無憂無慮，我雖然清楚自己受到對方控制，卻興不起反抗的力量，這次連體內那三種不屬於我的強大的力量也無法幫我了。

連它們也好像受到了控制，一點反抗的波動都沒有，受到那種神秘力量的干擾，我甚至連思考的速度也變得慢起來。

狼蛛露出恐怖妖異的笑容，我的力量遠出於他的想像，如果能把我的力量全部吸收完，他甚至可以不用再看狼帝的臉色，推翻他，自己稱帝都不是不可能的事。

就在狼蛛正痛快地吸食著我的力量時，放鬆了警惕的他，竟然沒有感應到有人已經欺到他身邊。一聲低低地聲音在耳邊響起：「這麼偉大的力量讓你這種卑微的種族吸收，實在太可惜了。」

狼蛛大驚失色，敵人在自己毫無防禦的情況下來到身邊，這是非常可怕的事情，狼蛛剛要有動靜，就感覺到一隻有力的手穿破自己的身體，捏住了自己的心臟，「啪嗒」，心臟化爲碎片血漿。

狼蛛不敢置信，艱難地回過頭來望著來人，不甘地死去。來人悠然收回單手，彷彿做了一件微不足道的事情，淡淡地道：「你這種低等生物也配擁有這種強大的力量嗎，自不量力！」狼蛛的身體轟然倒了下來，砸起一片泥土。

來人狀甚悠閒地踱到我身邊，探手在我身上摸了摸，蔚然歎道：「多麼完美的身體，擁有強大的力量，太適合我用了！可惜被那頭愚蠢的狼蛛給破壞了身體的機能，否則我稱霸三界的夢想就可以提前實現了，唉，既然這樣，只有吸收了你的力量了！」

探出一隻手放在我丹田的位置，五指忽然生出尖刺扎到我體內，丹田內的力量被抽取的速度比剛才快了幾倍。

由於失去了狼蛛控制，神秘的力量在我身體中逐漸淡化，我也逐步恢復正常，正在吸收我力量的神秘人卻沒有注意到這一點。

靜悄悄的松林中，異變在悄無聲息地發生著，被神秘人給殺死了的狼精的屍體發生了變化。

事實上狼蛛是狼精與蛛精的合體，並非是那麼容易死的，捏破狼精的心臟只是殺死了屬於狼精的那一部分生命，而蛛精吸收了狼精的菁華，逐漸產生了蛻化。

狼精的屍身幻化爲一隻磨盤大小的蛛精，背部縱橫著各種顏色構成的奇形怪狀的圖騰，粗長的四肢長著粗而黑的毛，像是鋼針，刺立著。

四對腳攀在泥土中，前部有一個很小的頭，三對大小不同的眼睛閃著仇恨和詭異的綠芒，那是種平靜的殺戮之光，一張嘴占了頭部的很大一部分，獠牙交錯，散發著淡淡的毒氣。

我的神識漸漸恢復，默默地調整著體內的機能，將一些受到狼蛛力量影響的部分給恢復到正常情況下。我裝作受到控制的模樣，一邊拂平紊亂的經脈，一邊鎖住丹田，令力量被吸取的速度逐漸減慢。

驀地我感覺兩道凌厲的目光在我臉上掃視著，看來來人注意到汲取的力量越來越少，對我產生了懷疑，我暗中戒備著，表面仍是一副昏迷的模樣，四肢充盈著澎湃的力量，隨時能發出最強大的招數。

來人在我臉上盯了一會兒，沒發現可疑之處，皺了一下眉頭，低頭向下望向抓在我丹田處的那隻手。

這是個大好機會，對方的警覺心降至最低，我只要雷霆一擊必定可以脫離他的束縛，穩了穩心情，雙手一顫，力量奔騰而下。正欲出手，忽然兩股很強的勁風從前方傳來。

突然出現的攻擊去勢如電，勁風掃體而來，竟令人顫顫生寒。我不由慶幸身體前方有人給我擋著。

當神秘人醒覺時，再想躲開攻擊已經來不及。神秘人反應亦是十分迅速，絲毫不留戀地從我丹田處將手抽出，兩手閃出青莽莽的毫光，倏地迎了上去，堪堪將攻擊在臉頰不到一公分處給擋實了。

一聲悶響，我感覺到神秘人身體一顫，可見接的並不輕鬆。

我收起四肢積蓄的力量，繼續裝昏迷，旁觀事態發展。

「啊！」神秘人陡然發出一聲慘叫，我立刻感覺到一個硬物抵在我的胸前，接著便是一股淡淡的血腥從鼻前飄過。

我立刻意識到神秘人吃了暗虧。幾乎是在同一時刻，神秘人踢出一道強沛的勁氣，「噗」的一聲悶響，想來對方也不好受，被神秘人快速的反擊給擊個正著。

因爲神秘人仍是面對著我，我不敢睜眼，只是憑藉著六識感應兩人的變化，神秘人踢出一道勁風後就沒有了反應，好像身體突然軟了下來。

「嘶嘶！」怪聲突然響起。

我感覺到好像有許多東西在天空穿梭。當一切靜下來後，我瞇起雙眼，入目的情形頓時令我心中咯登一震，一隻碩大無比的醜惡蜘蛛擺動著八隻腳，正處理腳上的蛛絲。

而神秘人已經被蛛絲給覆蓋成一個雪人。眼耳口鼻全被包裹起來。

看情形，這隻蜘蛛正在作進餐前的準備，三對小如綠豆的眼睛發出貪婪的目光，一隻腳正拖拉著蛛絲，而蛛絲的另一頭就綁著神秘人。

我心中來回權衡著是否要救神秘人，蜘蛛已經把神秘人給拖到眼前，望著被蛛絲纏裹著的神秘人，蜘蛛忽然發出恐怖的尖嘯聲。

片刻後，四周忽然傳來奇怪的聲音。不多大會兒，看到無數的大大小小花花綠綠的蜘蛛出現在大蜘蛛的附近，而且還不斷地有蜘蛛正從遠處趕來，我一陣毛骨悚然，看來大蜘蛛把牠的子孫都招來了，準備來個大聚餐。

大蜘蛛望著神秘人忽然開口道：「多謝你將我從狼精的身體中釋放出來。一事不煩二主，我這些子孫都餓得很，你就再做一件好事，把牠們給餵飽吧，哈哈！」

大蜘蛛抬起一隻粗長的爪子倏地向腳下的身體狠狠地斬去，鋒利的爪甲反射出清冷的寒芒。

千鈞一髮之際，一道青芒彷彿晴天霹靂在半空一閃而過，緊接著一個人影破繭而出，發出如雷般的哈哈大笑：「憑你也配！」

「呷！」蜘蛛發出痛苦的哀叫，揚在半空中的一爪已經被神秘人給生生扯斷，臭氣四溢，液體如雨水灑下，被大蜘蛛的液體沾到的蜘蛛立即發出刺耳的尖叫化作一灘黃水。

「本王一不小心竟被你的毒給麻醉了，還好你這種低等生物沒有大腦，沒有立即殺本王，讓本王有足夠的時間將毒給逼出來！」

神秘人邊說著話，邊不斷地向一不小心受傷的大蜘蛛發動猛烈的攻擊。人影在半空中閃動，留下一道道殘影，而受傷的大蜘蛛雖然體形龐大，卻依舊靈活，剩下的七爪在空中快速地揮舞著阻擋神秘人凌厲的攻擊。

神秘人陡然抽身退出，大聲喝笑道：「本王先殺了你的蛛子蛛孫。」一片青光驀地從他身上湧出，如潮水掠過大地，洶湧地向四周撲去，很快將那些成千上萬的蜘蛛給淹沒。

凡是青光所過之地，大小蜘蛛全被青光穿透暴體而亡，瞬間空氣中充溢著血腥和零碎的屍體。大蜘蛛一見自己的子孫被誅殺殆盡，發出一聲哀鳴，瘋狂地向著神秘人撲了過來。

神秘人哈哈大笑，反身迎了上去。

雖然大蜘蛛的攻擊變得更加兇猛，卻反而沒有之前那般滴水不露，完全一副拚命的架勢，神秘人見到自己目的達到，乘虛而入，不到幾下的工夫已經將狼蛛重創。

狼蛛發出聲聲的哀鳴，終於轉身逃去。神秘人轉頭望了我一眼，隨即如附骨之蛆跟了上去，誓要將狼蛛誅殺！

望著他們消失在松林的盡頭，我雙眼大開，兩道金芒開闔間照亮了四周松林，遍地蜘蛛屍體，看了著實令人倒盡了胃口。我忍著嘔吐感，雙腳離地向著蟠桃她們待的地方飛去。

剛才那麼多惡形惡狀的蜘蛛從她們那經過，希望她們不會出現什麼意外，念及此，心中有些擔憂起來，加速向前飛去。

片刻後我回到原地，卻空無一人，連七小和「似鳳」也不見了，牠們都中了迷煙暫時失去了行動能力，不可能是自己離開的，一定是有人趁我與狼精糾纏在一起時趁機將牠們給掠走了！

「會是誰呢？」我緊鎖眉頭，忽然心中一震，想起了後來那個出現的神秘人，他是最可疑的人，而且不會是好人，否則不會在偷襲狼蛛後，又盜取我的內息。

人一定是他給偷走的，回憶著他瘦削高挑的背影，搜索著自己的記憶，卻發現自己在今天前根本沒見過此人，而且神秘人動輒稱孤道寡，自稱是本王，我猛的一驚，難道他是狼帝？

旋即又推翻這個設想，他如果是狼帝，又何需偷襲狼蛛呢？除了狼帝還有樹帝、遮天大帝、龍淵大帝三人有嫌疑，想要確定究竟是三人的哪一位卻是無從猜起。可惜沒看到神秘人顯露出真身！

查探著附近的腳步，來人好像不止一個，蟠桃和七小、「似鳳」一定是被帶走了。我召喚出體內的小白狼狼之力化身爲狼人。

四周百種氣味彷彿是眼睛看到的顏色一樣清晰，我分辨出七小和蟠桃的氣味，循著氣味向前追去。

憑著比狼仍要強百倍的嗅覺，我就不信這些宵小能逃出我的手心。氣味越來越濃，這預示著我已經非常接近蟠桃和七小了。穿過一谷坡，我發現在前方一條溪流前不遠處的大樹下，蟠桃和七小還有「似鳳」被幾個人圍著。

我伏下身，瞇起雙眼，斂去金光，小心地遠眺著幾人。令我不解的是，蟠桃臉上並沒有現出被強行綁走的驚慌和不安。反倒是很放心地坐在七小身邊。七小和「似鳳」中的迷煙效力還沒有散去，只能任人擺放在地面，哪還有一點神獸的威嚴。

我心中感慨了一聲那個不知名的狼族的怪獸竟能從身體分泌出這種怪異的迷煙。連七小和「似鳳」這種擁有強大力量的寵獸都無法倖免。看到她們幾個都沒事，我便鬆了一口氣。

站在蟠桃身邊附近的有六人，修爲俱都不弱，比起那個狼精首領強了很多，差不多和狼精首領的真身狼蛛所展現出的實力相近。

略略衡量了一下，想要在六個不弱的高手注視下搶走蟠桃還有七小和「似鳳」有很大的困難，要是一不小心再被他們拿蟠桃或者七小和「似鳳」任何一個來威脅我，情況就更糟了。

「木叔叔，伯伯怎麼還不回來，他能救出我大哥哥嗎？」蟠桃忽然仰起頭向其中一個人問道。

「公主叫小人木查盒就可以，千萬不要稱我叔叔，樹帝要是知道會降罪小人的，公主請放心，大帝道行高深，區區幾個狼精怎麼會是大帝的對手，大帝很快就能回來。」那人尊敬地向蟠桃回答道。

「哈，原來是樹帝！」我暗暗笑道，「先是海人族，接著就是狼人族，現在連樹人族的大帝都現身了，除了孔雀族的遮天大帝，妖精族的人都粉墨登場了。」

遠遠地眺望著蟠桃天真的雙眸露出稍許的焦急，心中頗有些感動，在危險的時刻，這個小丫頭還能惦記著我，實在不易了。

我冷冷一笑，心中已有主意，褪去體內的狼之力，召喚出老實待在我背部的小樹人，淡淡的一道綠光閃過，小樹人出現在我身邊，大眼睛羞怯地望著我，木指頭抓著我的衣服，好像對周圍陌生的世界有幾分害怕，我摸摸他的腦袋微微笑道：「看你的了。」

害羞的小傢伙重重地點了點頭，我回頭瞥了一眼正警覺地望著四周的樹人族的傢伙們，心中多了一分火熱的莫名情緒。

我淡淡地喝道：「合體！」綠色光芒大作，鋪天蓋地地向我卷來，纏繞著我，同一時刻，我搶身凌空躍了出去，當眾人看清我的面目時，我的體內已經多了一分令他們熟悉的木靈之氣。

「樹帝！」幾人驚喜的迎了上來。

等走到我面前時，才發現我並非是他們的樹帝，幾人驀地後退一步，聲色皆厲的喝道：「你是誰？竟敢假扮樹帝！」

【同場加映】

出場寵獸特色簡介

酒蟲：一隻小肉蟲，黑豆似的眼睛看起來很狡猾，白胖胖的身軀，拇指粗，寄生在依天體內，愛喝美酒，喝數斤而不醉，對劣質酒不屑一顧，天生為酒而生，一種非常奇怪的生物，蛻化後可以將普通的水變成最為醉人的美酒。

小白狼：一個驕傲的狼族公主，依天體內的狼之力凝聚而成，天生的神獸，擁有非凡的力量，可以離開依天獨立存在，最後成長為依天最強大的三種力量之一。

小樹人：植物系寵獸，處幼年期，看不出有何功用，寄居在主人的身體中。有四肢宛如人類，像是個木頭小人，具有一定的智慧，很害羞，不敢在陌生人面前露面，暫時不具有任何攻擊力。但是最後成長為依天最強大的三種力量之一。

小龍：半枚龍之魄在依天體內幾經輾轉，最後終於成長化龍，成為寵獸之王，但是由於尚在幼年期，力量並不成熟，幾次與遠古凶獸的戰鬥中都未能一展龍的威勢。是依天最強大的三種力量之一。

七小：七隻幼年狼寵，是飛狗與母狼王的孩子，聰明而強悍，擁有無窮的潛力，更從父親那裏繼承了龍丹的力量，是狼原中無數小狼的王，七個小傢伙調皮可愛，最喜歡吃魚，粉嫩的腳掌卻快速有力，連似鳳也深受七個小東西的虐待，粉嘟嘟的鼻子靈敏無比。最後隨依天離開了第四行星。逐漸成長為無可匹敵的天狼！

獅寵：依天從第四行星所得的獅寵蛋所孵化，乃是白獅王一脈，擁有不凡的潛力，被依天贈送給精靈女祭祀，可惜在封魔一戰中，精靈女祭祀為了營救依天燃燒自己的生命力，最後和可憐的精靈女祭祀一塊消失在人間。

火蟻：寒冷之源的特殊產物，火蟻很大，高及人的大腿，全身火紅，身上有堅硬的殼，一對齧齒大而鋒利，唾液有毒，最為可怕的是數量很多。乃是寒冷之源森林中的一霸，強悍的生物。給依天帶領的勇士們帶來很多困擾。

白虎：墮落精靈女祭祀的坐騎，擁有強大的攻擊力，一身雪白，是傳說中精靈族最強大的戰士的坐騎。

小黑：依天第一隻寵獸，得自一隻野生龜寵的卵，孵化後隨著依天一塊成長，為依天立下汗馬功勞，成就依天「鎧甲王」的尊號。乃是水中的霸者，後被依天煉為鼎靈，從奴隸獸進化至七級護體獸鼎級行列。在成長過程中屢次幫助依天渡過劫難。

似鳳：最接近鳳凰的種族，是鳳凰的旁支，體形嬌小，形似鳳凰而得名，身披鳳衣，在頭腹胸尾背分別有五種顏色鐫刻著「仁義禮智信」五字，善百音，可以將音樂轉化為克敵的強大武器，智慧無比，可懂人言，可惜貪玩、貪吃，是個狡猾的小東西。速度極快，任何一種寵獸都無法比擬。是讓依天又喜歡又頭疼的小傢伙，也是依天極為重要的寵獸之一。

狼蛛：事實上狼蛛是狼精與蛛精的合體，生命力強悍，屬於狼精的那一部分生命被蛛精吸收逐漸產生了蛻化。狼蛛幻化為一隻磨盤大小的蛛精，背部縱橫著各種顏色構成的奇形怪狀的圖騰，粗長的四肢長著粗而黑的毛，像是鋼針，刺立著。四對腳攀在泥土中，前部有一個很小的頭，三對大小不同的眼睛閃著仇恨和詭異的綠芒，那是種平靜的殺戮之光，一張嘴占了頭部的很大一部分，獠牙交錯，散發著淡淡的毒氣。

大地之熊：熊系寵獸中最強大的一種熊寵，赭黃色的皮毛，形象憨態可掬，平常像是個可愛的孩子，但是發起怒來，足以使大地震顫，為了脫離神劍的控制，動用龐大的力量使自己恢復到幼年時代。五大神劍之一土之厚實的劍靈，具有汲取大地力量的本領，號稱只要踩著大地就永遠不敗的上古神獸，後為依天收服。

【同場加映】

出場人物簡介

依天：依天以龍丹之力硬闖五大傳世神劍，在第四行星，歷經數次生死，在眾多朋友和寵獸的幫助下，斬殺魔鬼，蕩平邪惡城堡。在后羿星除掉為害甚大的魔羅，又幫助梅魁登上家主之位，除去為禍后羿人民數十年的飛船聯盟組織。歷經各種磨難，終於獲得藍薇的青睞，暢遊方舟星太陽海，卻意外的驚醒了一個絕世兇惡的人物……

聖琪：人族中最強大的騎士，擁有黃金鬥氣，帶領人族冒險隊跟隨依天一起前往寒冷之源，封印即將復活的強大惡魔。

矮人王：矮人族的王，熱衷大麥酒，天生神力，使用一把帶有火系魔法的鐵錘，脾氣暴躁，帶領著矮人族的勇士們跟隨依天前往寒冷之源，最後卻死在邪惡的不死生物手中，是一個值得欽佩的勇士。

半人馬：據說是遠古的獸族和野馬交配的產物，下半身呈現馬的特徵，上半身呈現人的特徵，半人馬是獸族所有生物中最具智慧的一族。

精靈女祭祀：一個可憐、善良、美麗的精靈族的大祭祀，數十年如一日的守護著精靈族，伺候精靈族的大神，當依天以精靈族使者的身分出現時，她將對精靈族神的愛轉移到依天身上，不可自拔地愛上了依天。

邪魔：遠古行星上最強大的生物，擁有無可匹敵的力量，也是最邪惡的惡魔，是不死生物與獸族生物的大神，為了復活，飲盡了各族的鮮血，當他復活時，意外的遇到依天和來自另一個星空的強悍生物。三大最強的生物在遠古行星上展開神一般的力量戰鬥……

死神：依天所見過最強的人，是傳說中死神的化身，擁有無窮的生命力，事實上是另一個星球的強大種族，被兩個傑出的人類封印在太陽海中的一個島嶼，歷經數百年，意外地被依天等人給釋放出來。在時空隧道中與依天同時陷入渦流。同依天一塊降落到遠古行星，在依天的封魔之旅上再次出現，為了復仇的戰鬥在死神與依天之間展開。

虞美兒：海人族的公主，長相嬌美，與人族藍家的大公子藍泰癡戀。不過因為龍宮寶藏即將出世，利益關係使海人族與人族藍家交惡，使得兩人姻緣多受折磨，最後終於苦盡甘來，美夢成真。

藍泰：人族藍家的大公子，脾性敦厚，深得父親「海浪搏岩」功的真傳，是下一代藍家家主的繼承人，卻因在龍宮寶藏出世在即之時，與海人族的公主產生戀情，遂為大家主不喜，甚至因此而遭到囚禁。和依天是好朋友，後在依天的幫助下順利繼承家主之位，圓了他的愛情夢。

蟠桃：猴族的小妖精，天真可愛的小女孩，上一代聖王之女，在聖王破空而去後成了聖族的小公主，但卻因聖后之亂，被迫從聖域中逃出，在人間流浪，後在一個意外的情況中，救下正為冰塔之光困擾的依天。

妖精族一后四帝：一后四帝乃是妖精族最強悍的人物，聖王在時，這五人尚能安分守己。聖王一走，五人立刻覬覦聖王之位，摩拳擦掌搶奪龍宮寶藏。妖精族的千年和平由此結束。

狼精族：狼帝立刀，統一天下獸類，凡是在陸地上的妖精皆歸狼帝管轄，居住在石湯山，聖王在時小心翼翼，聖王破空而去，立刻站出來搶奪聖王之位，是一位兇悍絕倫的霸主。然而在他尚未見到聖王寶座的那一天，就慘死在樹帝手裏。

樹精族：樹帝木禾，獨霸雲陽谷，管轄天下植物類妖精，一身奇功異法十分厲害，是位野心勃勃，智謀無數的霸主，一心想謀奪聖王之位，聯合了狼帝與人族的力量妄圖奪下龍宮寶藏，最後血染龍宮寶藏，斃命於另一位大帝之手。

孔雀族：遮天大帝孔聖，居住在小西天，孔雀族的王，統管天下羽翼類妖精，善於玩弄風的力量。為人淡泊，雖能看破名利卻為愛情所累，一生跟隨在心愛女子左右，然而自己心愛之人卻另有所愛之人。一個讓女人感動，讓男人欽佩的悲劇英雄。

海人族：龍淵大帝虞天，居住在東海，海人族的王，天下水族皆為其子民，富可敵國，在一后四帝中實力最強，妄圖獨佔龍宮寶藏，成為人族和其他妖精族的共同敵人。在族譜中發現一個驚天秘密，為恢復本族的榮耀努力經營，最後被困在龍宮寶藏中，永世無法出來。

猴族：聖后蕭仙貞，居住在赤霞山，福天洞中，與聖王一脈，苦戀聖王，在聖王破空離開之後，由愛生恨，第一個發動篡奪聖王之位的戰爭，由此而拉開了妖精族內亂的序幕。

幻獸志異 ⑦ 不死大軍（原名：馭獸齋傳說）

作　　者：雨　魔
發 行 人：陳曉林
出 版 所：風雲時代出版股份有限公司
地　　址：105台北市民生東路五段178號7樓之3
風雲書網：http://www.eastbooks.com.tw
官方部落格：http://eastbooks.pixnet.net/blog
信　　箱：h7560949@ms15.hinet.net
郵撥帳號：12043291
服務專線：(02)27560949
傳真專線：(02)27653799
執行主編：劉宇青
美術編輯：吳宗潔

法律顧問：永然法律事務所　李永然律師
　　　　　北辰著作權事務所　蕭雄淋律師
版權授權：蔡雷平
初版換封：2015年11月

ISBN：978-986-352-221-8

總 經 銷：成信文化事業股份有限公司
地　　址：新北市新店區中正路四維巷二弄2號4樓
電　　話：(02)2219-2080

行政院新聞局局版台業字第3595號
營利事業統一編號22759935

定 價：280元　特價：199元

國家圖書館出版品預行編目資料

幻獸志異 / 雨魔 著. — 初版. —
臺北市 : 風雲時代, 2015.07-
冊 ;　公分
ISBN 978-986-352-221-8(第7冊 : 平裝). —

857.7　　104009473